突破屋

警視庁捜査二課・五来太郎

安東能明

潮文庫

主な登場人物

五来太郎　警部補。警視庁捜査二課第四知能犯捜査第三係統括主任。「突破屋」の異名を持つ。
青地晃三　警部。警視庁捜査二課第四知能犯捜査第三係係長。
尾上孝弘　警部補。警視庁捜査二課第四知能犯捜査第三係。
佐藤邦明　警部補。警視庁捜査二課第四知能犯捜査第三係。
瀬川浩志　巡査部長。警視庁捜査二課第四知能犯捜査第三係。
伊加猛　巡査部長。警視庁捜査二課第四知能犯捜査第三係。
太田正行　巡査部長。警視庁捜査二課第四知能犯捜査第三係。通称、事務局長。
水沢理恵　巡査。警視庁捜査二課第四知能犯捜査第三係。
田村伸二　警部補。警視庁捜査二課第四知能犯捜査第三係。見習い配属のキャリア組。
平山節　警視。警視庁捜査二課第四知能犯捜査管理官。
松永幹夫　国土運輸省港湾航空局港湾等周辺整備室長。
松永節子　幹夫の妻。

松永定男　幹夫の父。
片桐由香　バー『うらら』のママ。幹夫の愛人。
梅本敏行　国土運輸省関東建設局港湾航空部長。

本条修一　株式会社峯岡建設営業本部長。
本条康子　修一の妻。
本条圭太　修一の息子。中学二年生。
永井明美　バー『白樺』のママ。修一の愛人。
峯岡隆司　株式会社峯岡建設三代目社長。

並川勝一　金融業から身を起こした青年実業家。
早見利昭　五来がかつて捜査した戸波建設の元社員。

装幀：片岡忠彦

突破屋

警視庁捜査二課・五来太郎

プロローグ

点滅するウインカーが窓に映っている。玄関の戸に手をかけ、身を滑りこませた。同時に車のドアが閉まる音がした。深夜の住宅街を走り去るエンジン音が、尾を引くように残る。

出迎えた節子(せつこ)から逃げるように、二階へ駆け上がった。背広の内ポケットから茶封筒を引き抜く。下枠に峯岡(みねおか)建設と印刷されている。

開けるべきかしばらく迷った末、ラジオのスイッチを入れてボリュームを上げた。まあ、返せばいいではないか。

封筒の縁に両手をあてがい、赤子の柔肌(やわはだ)に触れるように、五ミリ幅に切り取る。おそるおそる中身を引き出した。月明かりに、一万円札のホログラムがきらりと変化する。

どくんと心臓が鳴った。

親指と人差し指を舐(な)める。乾いていてなかなか、唾液(だえき)がつかない。

「お父さん、どうかした?」節子が扉の外にいた。思わず手から滑り落ちそうになる。

「明かりもつけないで」

あわててドアの鍵をかけ、明かりをつけた。「どうしたのよ、鍵なんかして」

「いや……いいんだよ」しどろもどろで答える。

「何時だと思ってるの？　ラジオの音量下げてね。お願いしまーす」

それ以上疑うこともなく、妻は階段を下りていった。

すっかり酔いがさめていた。あらためて、数えなおす。ぜんぶで三十枚。

『ほんの気持ちですから、よろしくお願いします』

一時間前、あいつはそう言い、封筒を渡してよこした。つい、受け取ってしまった。今度、あいつと顔をあわせたら、どんな顔をすればいいのか。

その晩はなかなか寝つけなかった。

こんなことをしていいのか。もし、ばれたらどうなるだろう。いや、金は次に会ったときに返せばいい。そもそも、あいつから表沙汰になることなど、あるはずがないではないか。

悶々（もんもん）としながら、結局、朝を迎え、寝た気がしなかった。

ほとんど味のしない朝食をとって家を出る。

路地でひとけのないのを確認して、封筒を取り出す。峯岡建設の字がつぶれるよう、細心の注意を払いながら、文字の真ん中にそって横に切り裂いた。駅のゴミ箱に丸めて投げいれる。また金を返しづらくなったことに気づく羽目になった。

1

警視庁捜査二課、浅草分室四階にあるサブ会議室は、決して広いとは言えない。無機質な長方形の机をかこんで十名の捜査員が口をひき結び沈黙を守っていた。ひとりの女をのぞいて、皆、銀行員のように髪を整えてネクタイを締め、背広をまとっている。

日頃から青大将と冷やかされている、第三係長の青地晃三（あおちこうぞう）が、重苦しい雰囲気に堪（た）えかねたように口を開いた。「どうなんだ、的、しぼってやれる事件ないのか？」

答える者はいない。

「春から寝かせていた協力者がいただろ、だれだ？」

係員がそろっているなかで、協力者の名を告げるお人好しはいない。そんな常識を軽々と無視する青地は、日頃から座の中心にいる管理官の顔色をうかがっているだけなのだ。

そのことは全員が承知している。

「よそは来月にも、打ち込みに入るらしいぞ」

「ほう……やってんだなあ」

同じ分室の第一係が容疑をかためて、検挙にうつるらしい。他係の事件を口にすることはご法度だが、今日の青地は気にする様子はない。それはある意味で、三係全員がかかえるあせりにも通じている。

　捜査二課の相手は、殺人犯でもなければ、暴力団員でもない。詐欺(さぎ)、横領(おうりょう)事件、そして、メインはあくまで贈収賄(ぞうしゅうわい)事件になる。地下深く、うごめいている汚職事犯を積極果敢に攻め落とす。それこそが最大の使命だ。

「係長、女性のご意見をうかがうのはどうでしょう？」末席にすわる若い男がこともなげに言った。

　係で唯一、女性捜査員の水沢理恵(みずさわりえ)がぱっと頰を紅潮させる。

「それはないよなあ、りえちゃん」

　こざっぱりした背広を着た男が、かばうように言う。一年前、配属になった尾上孝弘(おのうえたかひろ)警部補だ。

　水沢は、ほっとした表情を浮かべた。居合いの真剣をすっと構えた女性剣士のような鋭さが目じりにやどっている。

　青地は管理官におもねり顔をむけて最後の切り札を使った。「ところで、管理官、聴訴の方から、何か直結するようなネタは来てませんでしょうか？」

　管理官の平山節(ひらやませつ)はこの日も、会議がはじまってから、一言も発せず、クルミをずっと手のひらで転がしている。

　ルル、ルル……

　静寂をつきやぶるように、間延びした電話の着信音が鳴った。警電ではない。重苦しい雰囲気から助けられたように、全員が、ふっと息を抜いた。

「ええ、はい、局線から電話です」

「はっ……おたく、どちら？」受話器を取った捜査員は眉間をしかめる。「ええ、はい、わかりました」相手に強引に押し切られたらしい。保留ボタンを押す。「五来主任、局線から電話です」

局線とは外線のことをいう。

「だれだよ、こんなときに」

受話器を受け取った男は、唇をわずかにゆるめた。眼光こそ鋭いが、澄んだきれいな目をしている。髪を短く刈りこんだ額は広く、密事を聞き逃さぬために持って生まれたかのように耳は大きい。太筆で描かれたような眉がまっすぐ左右にのびている。

五来太郎警部補、三八歳。統括主任。

「五来ですが」問いかけてみる。「もしもし？」相手はこちらの息づかいを読んでいる。しばらくして、相手は口を開いた。男だ。雑音がひどい。雑踏の中でかけているらしい。

「ん？　何、築地がどうしたって？」

「ちよまつ。接待……やられてるよ」

「どこの業者だ？」

ぷつんと切れた。

受話器を耳にあてたまま、五来は、しばらく男の声を耳元にとどめた。どこかで聞いた覚えはあるが、思い出せない。

接待という言葉が神経にさわる。

ちよまつとは、築地の千代松のことか。

受話器を静かにおいた。

密告のほとんどはガセだが、局線から、しかも、名指しで入ってくる情報は確度が高い。

同業者、対立業者、そして、内部告発といったマブネタだ。

七名の部下の顔を端から順に見ていく。水沢は目を大きく見開いてじっと五来を注視している。何か言いかけた青地を五来は目で制した。

「もう、こんな時間になるのか」五来は手にはめたロレックスのデイトジャストで時間を確認する。午後、七時半。「どうだ、みんな、築地あたりにぶらっと出かけてみるか？」

飲み会でも誘うように五来は言った。

ほとんどが安堵の表情を見せたものの、尾上だけは、表情をひきしめた。

いちばん年長の佐藤が動いた。「今日は総出になるぞ」

捜査員たちは、出動にそなえて別室にむかった。最後に残った青地を佐藤が部屋から追いだす。「太田(おおた)、いつものとおりだ」出しなに青地は声をかける。「暇だからって帳面とにらめっこするなよ」

「わかってますよ」事務局長こと太田正行(まさゆき)は、青地をにらみ返した。

勝手がつかめず、つっ立ったままの水沢の肩を五来がぽんと叩いた。人なつこい笑顔を浮かべ、「運転よろしくお願いしますよ」

「あっ、はい」

三台の車が地下駐車場から滑るように、通りに出た。吉原大門を背にして、国際通り方面へむかう。ソープ街のネオンがすっかり秋めいた十月の夜空に輝きを増していた。

水沢は分室にいたときとは別人のように生き生きとしていた。黒のブーツカット風パンツがきびきびと動く。細かな路地まで知り尽くしているらしく、流れるように車の進路を変えて走らせている。たちまち、後続の二台が離れていった。

「スカイラインか、いい車、乗ってるじゃない。新車だな」後部座席から五来が声をかける。指で背面のガラスをつつく。「ただし、スモークは張っておくようにね」

「あっ、すいません。父のですから」

日本橋に入ったかと思うと、あっという間に築地に抜けた。

「そんなに飛ばさなくていいんだぞ」

五来の言葉も耳に入らないらしく、水沢は運転に集中している。バックミラーに映る目に、初出動の緊張感がみなぎっていた。

そんな水沢を見て、五来はふっと頬をゆるめた。

水沢は九月の異動で二課にやってきたばかりの巡査だ。ひと月前には、四谷署の地域課でベテランと組み、警らパトカーに乗っていた。事件現場へ機動捜査隊よりも早く到着することに生き甲斐を感じていたらしい。

だから、何より現場へ急行したいのだろう。その気持ちはよくわかる。しかし、接待が行われているというタレコミだけだ。これから出向く先に事件のネタがあり、贈収賄事件にまで発展するか否かは、神のみぞ知る、だ。

　しかし、名指しで情報が飛び込んできた。思わず業者名を聞いていた自分に苦笑する。

「そういえば、今日は金曜日か」ぽつりとつぶやく。

「何かおっしゃいましたか？」

「ひとりごと。気にしない気にしない」

　まず、月曜日から接待をする人間はいない。週のはじめは受ける側も招待する側も、会議や仕事に追われる。しかし、水曜日、木曜日と週末に近づくにつれて、人はしだいに酒を恋しがるようになる。古風な黒塀にそってしばらく走ると、街路灯の明かりが届かない暗がりに、木々の葉を茂らせた門構えが見えた。

　楓（かえで）の古木をそのまま使ったような門柱に瓦屋根がのっている。川風になびく葉のなかに「千代松」の木彫り文字が威厳をたもっていた。水の打たれた石畳が濃い草木のなかにつづき、その奥でいざなうように薪が焚かれている。

　こぎれいなマンションの角にバイクが停まっていた。スマホのマイクが仕込まれたフルフェイスのヘルメットに厚手のブルゾン。その前をすぎると、男は小さく親指を立てた。

「伊加（いが）さん？」ふりかえるように、水沢が言う。

「だれだろうね」知っていながら五来はとぼけた。

　車の絶えない路上で、短い足をのばしてバランスをとり、バイクを停めている姿は、どこにでもいるバイク乗りだ。あれは瀬川浩志（せがわひろし）だったが、伊加猛（たけし）も先まわりして、どこかで待機しているだろう。

ふたりは、ともに巡査部長で、若手の頃、機捜の「サソリ」と呼ばれるバイク専門部隊で腕を競い合った仲だ。

小高いオフィスビルをまわり、隅田川にそった道路の路肩で停まった。オートバイのふたりから、配置完了した旨の報告が入る。二台の車も別ポジションで固定配置についた。

午後八時を五分ほど、まわったところだった。

隅田川の川面をわたる風はおだやかで、対岸に建つビルの谷間から、満月がのぞいていた。

「主任、わたしの運転でいいんでしょうか?」水沢がじっと前を見ながら言った。

「いいよ、十分。それに、今日はりえちゃんの初仕事だからねぇ」

名前で呼ばれて、水沢はいくらか緊張の糸がとけたようだった。

「まあ、そう硬くなるなよ」

「は、はい」

「夜は長いからねえ」

水沢はうしろをふりかえった。毛先にシャギーを入れたショートヘアがさりげなく流れ、ベビードールの匂いが、すっとかすめた。鼻はつんと高く、険しさをおびた二重まぶたの目がわずかに湿っている。

「りえちゃん」五来はきいた。「四谷の前はどこにいたの?」

「野方署の刑事課に三年いさせていただきました」

「その前は？」

「交通課でミニパトに乗ってましたけど」

「そうか」

　女性でミニパト勤務は普通だが、警察学校を卒業して、たった一年で、すぐ刑事課に配属されたという女刑事は、はじめてだった。

2

　しばらく会話がとぎれた。

　千代松の店構えが五来の頭の中でちらついていた。旧財閥の別邸として建てられただけのことはあり、百二十畳の大広間から掘炬燵をしつらえた小部屋まで、いかようにも使えるだけの部屋数が用意されている。銀座の奥座敷として、超一流の名をほしいままにしている。

　べたなぎの隅田川の川面から、暗い手がのびてくるような錯覚を覚える。考えに沈み込み、知らぬ間に腕組みをしていた。

　ロレックスの短針が早、九時をさす。

「ちょっと、行ってみようか」そう声をかけて五来は車から外に出た。

あわてて、水沢が車から降りた。五来の陰に隠れるように、さっとうしろにつく。

「カップル、気取ろうか」

五来が肘をさしだすと、水沢は腕をかけた。

ならぶと、水沢は小柄な五来と同じ上背がある。

「尾上さんたちはどこにいるんですか？」

「どこだろうね」こちらが見える位置についていることは確かだ。「そのラルフのジャケット、いいじゃない」

「あ、はい」

「そう硬くならない、硬くならない」

「はい」

「りえちゃんの実家、商売してるんだって？」

「目黒で和菓子屋をしてます。みんなからは、ダンゴ屋の娘って……」

「そこの跡取り娘さんか」

「いえ、店はたぶん、妹が継ぐことになると思うんです」水沢は、はにかむように言う。

「わたしはずっと刑事をしていたいですから」

アコードの脇をすり抜けた。後部座席の白いシートがいやでも目につく。顔をつきだした青地に、黙って念を押すようにうなずく。

公用車で張り込むのはやめてください、と何度青地に注意してもわかってもらえない。

運転席の佐藤が苦笑いを浮かべていた。

すでに、瀬川は位置を変えているらしく、姿はなかった。千代松の門構えを通りすぎたところで、五来は水沢の腕をほどいた。

門の中をそっとのぞきこむ。身につけた仕立てのいい背広と靴のせいで料亭のたたずまいになじんでいる。

千代松のなかは、たてこんでいるというふうでもなかった。ロレックスに目をやる。九時十五分。

水沢と腕を組み、歩きだす。

一瞬、強い光を足下にあびた。半身になって後方を確認する。

黒塗りの車がするすると千代松の玄関先に停まった。運転手の白手袋が目にとまる。

数人の男たちが、人垣を作るようにして門から現れた。輪の中心にいた男が腰をかがめた。酒に染められた赤ら顔がぬうと現れる。

うしろにいた背の高い男が、赤ら顔を車に押し込み、自らも車中におさまろうとした。その瞬間、男の顔が真正面をむいた。喜色満面といった顔が目に焼きつく。

「あとでまいりますから」残された男たちの声が黒塀にそって伝わってきた。

水沢がぶら下がらない程度に、足取りを速める。

脇を走りぬけていくハイヤーの窓越しに、男の横顔が見えた。それだけ見てとると、小道に入った。腰のスマホをとりだし、短縮ダイヤルでバイクの伊加を呼びだす。「ナンバーをとれ」

短くそう告げると、暗闇から一台の単車がすっと目の前を横切った。革の上下でかためた伊加が、ハイヤーの追跡を開始する。

次に尾上を呼びだした。「おーさん」

「はい、あんちゃん、何？」

「うん、ほんじゃあ、ぼちぼち、いってみるとすっかなあ」五来は軽い口調で伝える。

「えっ……いく」尾上は息を殺してつぶやく。わずかな沈黙のあと、「了解、皆に伝えます」声がこわばっている。

五来の態度が軽ければ軽いほど、ことは重みを増してくる。尾上はすでにそのことに気づいている。杉並署の知能犯係長をしていた尾上を一本釣りしたのは、五来本人なのだ。

発進してから三分とおかず、先行したバイクの伊加から連絡が入った。「ナンバー確認、品川む65××。ただいま、銀座方向にむかっています」

「了解。りえちゃん、聞こえたね？　そっちへまわろう」

「あの、主任」遠慮がちに、水沢は口を開く。「これは……事件になるんでしょうか？」

「さあ、どうだろうね」

言葉とは裏腹に、事件と遭遇したときの、あの独特な高揚感がひたひたとせりあがってくるのを五来は感じた。確たるものはない。しかし、何かがはじまろうとしている。確実に何かが。

「贈収賄事件っていうのはね、りえちゃん、ふつう、むこうから飛び込んでくることはないからね。こっちから営業にまわらないと」

「営業……ですか」

こちらから攻勢をかけて事件を探りだし、そこから事件を作り上げる。しかし、今、事件を作るなどと口にすれば、水沢の誤解を招きかねない。

「ここ当分、張り込みがつづくかもしれないから、デートはしばらく、おあずけだね」

少し怒ったように、「承知してます」と言い、水沢はバックミラーを見た。「あっ、尾上さんが、今、うしろに」

「わかってるから、ふりかえらない」

築地の裏通りから、銀座、中央通りに入った。

さすがに人出が多い。瀬川から、ハイヤーは銀座七丁目で客を降ろしたという情報が入った。

「いつもどおりたのむぞ」

「了解しました」

銀座四丁目交差点の信号が青になる。

交差点をすぎると、ひときわ明るさが増した。最初の一方通行を左折する。駐車スペースを見つけて、そこに車を停めさせた。佐藤の運転する車がうしろから脇をすり抜けていく。

「りえちゃん、行こうか」

五来が声をかけると水沢は、唇をきっと引き締めて飛びだすように車から降りた。

横に身を寄せたものの、どこかぎこちない。所轄で刑事の経験はあるものの、本庁で、しかも贈収賄事件の内偵というはじめての体験に水沢がかたくなっているのが手にとるようにわかる。

「だめだめ、恋人、恋人」そう言って五来は緊張をとく。

西五番街通りは、立錐(りっすい)の余地もないほどバー・ビルが軒(のき)をつらね、道はタクシーで埋まっていた。

新橋が近づくにつれて、高級店が多くなる。バブルが遠のいた今でも、軽く十万単位で金が飛ぶ世界だ。瀬川から、一行の入った店の名前と住所を告げる知らせが入る。

「出入り口、一カ所かなあ」五来は係員たちに点検開始の指示を出す。

すでに車から降りて、遊動配置についた係員たちから矢継ぎ早に報告が入る。

その住所にむかって歩く。しばらくして、スマホがふるえた。「一カ所みたいですよお」

伊加の声がした。

現場に入れば、全員、音の鳴らないバイブレーションモードだ。

「はい、了解ぃ。出入り口はひとつだな。いいんじゃない」

バー・ビルの谷間に、白い玉砂利が敷きつめられた狭い道があった。十メートルほどで行き止まりになっており、えんじ色の扉が見える。ずらりと名前がならんだ銘板の中に「オリオン」という名前を見つけた。

店をすぎた最初の交差点に、軽ワゴン車の花売りが停まっている。バイクはどこにも見えない。風でゆれる柳の下を中央通りにむかって歩く。

「太田さんは、今、どちらに？」水沢が言った。

「事務局長？　分室にいるよ。ちょっときいてみようか」五来はスマホで太田を呼びだした。「ああ、局長、実はさ、ちょっといい店、見つけたんだけど、入ってみていいかな？」

実際はそんな気などない。

「予算はどれくらいですか？」

「うーん、りえちゃんとふたりで二十万」とからかってみる。

「冗談ですよね」の一言で、あっけなく電話が切れた。

係で唯一、事務方の仕事をしている太田の通称は事務局長。こうしている今も、机にむかい几帳面に捜査費の帳簿をつけているはずだ。階級は下でも、捜査に使える費用は太田の考えひとつだ。

「もう、こんな時間かあ」五来は時計を見た。「ばかばかしいよなあ、こんな寒空に。どうだい、りえちゃん、おれといっしょにどこか飲みに行こうか？」

「寒くありません」水沢は、つっけんどんに答える。

おやおや、と五来は思った。

前の署で、言いよってきた男性刑事に、『きちんと刑事としての職務を果たしてからにしてください』と課員の見ている前で気合いを入れたという逸話は、どうやら本当らしい。

オリオンの前をもう一度通る。変化なし。

斜め前のビルの二階にある喫茶店に入った。オリオンの出入り口が見える窓際で内張りをはじめる。

「配置完了しました」二台のバイクから報告が入った。

「無理すんでねーよ、街に溶けこめよー」と、五来は呼びかける。

「さてと、眠気覚ましのコーヒーでも飲もうか」五来は通りに目をあてながら声をかける。

「ところで、りえちゃん、サンズイって知ってるよね？」

「もちろんです。汚職の汚の字にサンズイがついてるから、二課では贈収賄事件のことをサンズイって呼ぶ。前の署で先輩から教わりました。でも、まさか……」

「その現場に来るとは思わなかった？」

答える代わりに、道を見下ろしていた水沢の顔がさっとこわばった。

オリオンの小道から、ワイシャツ姿の男がふらりと出てきた。ネクタイはゆるみ、ほんのりと頰が赤い。接待を受けていた男か？

面長の顔に銀縁のメガネをかけていた。白髪がちの髪を七三に分け、品良くまとまっている。通りに一歩出たところで、軽くよろけた。

背後から上背のある男が現れ、思わず五来は身を乗りだした。

あの喜々としてハイヤーに乗りこんだ長身の男だ。

こちらは、少しも乱れていない。よろけた男の腕をささえ、手にしていた背広をかいがいしく着せてやる。

停まっていた黒塗りのハイヤーに、背広を着せられた男だけが乗った。

男は、背をのばし、うやうやしくお辞儀をして、ハイヤーを見送った。

いよいよ幕開けだと五来は思った。

伊加を呼びだして、尾行を命じる。

背後にもうふたり男がいて、ともに丁寧に頭を下げていた。ハイヤーが見えなくなると、片方の若い男が解放されたように、腰を伸ばした。小腹のでた年配の男は腰を折ったままだ。

背の高いその男だけは、毅然としてハイヤーの走り去った方角をむいていた。顎が厚く、軽く唇をかみしめている。年の頃は五十歳前後。長めにカットした前髪に、筆でひいたような白髪が一筋入り、額は広かった。

たばこを取りだすと、若い男が、さっとライターで火をつけた。

ひとくち吸ったところで、若い男が声をかけた。

『あの人、つかまえておけば大丈夫ですよ』

唇の動きでそう読めた。

『さあ、飲みなおすか』

背の高い男はそう答えた。

年配の男がその脇にぴったりとはりついて、三人は店にもどっていく。その様子から、背の高い男がリーダー格に思えた。

三人が店の中に消えたと同時に、五来のスマホに伊加のだみ声が入った。

「ハイヤーのナンバーとりました。品川す10××。現在、日比谷通りを芝方面にむかって南進中です」

「了解。深追いするなよ、でも、きっちりな。そっちのお客さんには、係長をつけるから」

「ありゃ、ありゃ」

「あれ、おまえ、係長と合わなかったっけ？」

「いやあ、滅相もありませんです」

五来は笑い声をあげた。「とにかく、気をつけてな。しっかり、追い込めよ。成功祈ってんぞ」

さあ、ここからいよいよ勝負がはじまる。ヤサづけだ。ホシの住所が特定できなければ、事件そのものが成り立たない。

店から三人が出てきたときは、午前零時をまわっていた。五来は水沢とともに、喫茶店から出た。支払いはとうに済ませてある。街の喧噪はピークをすぎて落ち着きを取りもどしていた。

若い男と年配の男は無視した。

背の高い男は、新橋駅にむかって歩きだした。

終電に間に合わせようとする、せかせかした歩きではない。曲がり角で人とぶつかり、驚いた相手に敵意のない笑みをかえした。緊張で固まっていた怒り肩がすっかり影を潜めている。

男は並木通りに入ったかと思えば、オリオンのほうへ逆もどりしたりする。祭りでにぎわう露店をひやかすような、ゆったりとした足取りだ。

捜査員たちに、何度となく場所を知らせなくてはならなかった。

「いったい、どこ、行くんでしょうか？」不安げに水沢はつぶやく。

「もう少し様子を見るしかないよ、りえちゃん」

そうしてたどり着いたところは、銀座四丁目の交差点だった。ビジネスマンのグループのほかに、二組ほど若いカップルがいる。この時間にしては結構な数だ。

その中にあって、頭半分、人ごみから抜きんでた肢体は遠目でもよく目立つ。若い頃、バスケットでもして鍛えたのだろうか。負けがこめば機敏な動きで同点のロングシュートを放ち、勝っていれば、アシストでチームを支える。常にコートに立つリーダー。すっと伸びた背筋は、補欠選手のそれではない。

目の前に三越があり、和光の時計塔の短針は、いつのまにか一時をさしていた。信号が青になり、一斉に人々が横断歩道をわたりだす。

ふりむいた男の顔色は艶やかで、だれよりも晴れ渡っていた。

その瞬間、五来はひらめいた。

これは官官接待などではない。官と民だ。接待を単独で受けていたのが何よりの証だ。

ほんの数十秒だが、五来はあの男に公務員独特の匂いを嗅ぎ取った。

五来は水沢の腕をとり、人の群れにまじった。目の前を、背の高い男が通っていく。

晴れ晴れとした、何ともいえない顔で。

この男は、夜の銀座の祭りにも似た雰囲気の余韻にひたっていたいのだ。まっすぐ家に帰ってしまうには、もったいない。そう、男の背中は語っているように見える。

千代松につづきオリオンの中で何があったか。

接待を受ける公務員、そして饗応する民間側。

どちらも、はじめは腹のさぐり合いだ。

最初はコーヒーからはじまり、食事、酒。共に過ごす時間が長くなれば付き合いも深まる。別れ際、タクシー券を一枚だけ渡し、次はタクシー券を一冊ごと、さしだす。その次は……。

贈る側の業者にしても、はじめて金を渡すときは、心底、緊張するものだ。金を見せたとたん、それまでおとなしかった役人側が、突如として『おれをなめるのか』と怒りだすことも往々にしてある。

そうなれば、接待どころではない。これまでの攻勢がすべてご破算だ。そして、その業界では生きていけない。しかし……奴は、あのオリオンで金を渡すことに成功したのではないか。会社生命をかけるほどの大きな贈賄工作の第一歩に。

離れていく男の背中を見つめながら、

「野郎、今日、つかませたな」

と五来はもらした。

「どうかしましたか？」水沢が不思議そうな顔で言った。

「いや、何でもない」五来はそっけなくつぶやく。

一定の距離を空けてから、五来は水沢と腕を組み、尾行を再開する。

男は通りから一本路地に入った目立たないバー・ビルに入った。エレベーターに乗り、三階でおりた。銘板で確認する。『白樺（しらかば）』となっていた。

「行きつけの店ですよね、きっと」水沢は言った。

「だろうね」

「こんな時間なのに」不服そうに言う。

「いやいや、これからだよ」

「ええ？　どうしてですか？」

「まあ、いいから、いいから」

張り込みに使えそうな場所はなく、いったん通り過ぎる。そのとき、五来のスマホがふるえた。

3

五来はスマホを耳にあてた。押し殺したような、独特のだみ声。ハイヤーに乗せられた男の尾行をしている伊加からだ。「えー報告します、第一京浜を蒲田方面にむかって南進中」風切り音がまじっている。「間もなく大森署です、おお、寒いぃ」

「はい、了解、風邪ひくなよー」通話を切り、水沢に教えてやる。

ほかの捜査員たちに、『白樺』の位置を連絡してから、焼鳥屋の暖簾をくぐった。炭火の煙にまじって、ぷんと甘だれのにおいに鼻をくすぐられる。立ち食いのカウンターに手をのせた。客はいない。

「りえちゃん、小腹減らない?」

「少し」遠慮がちに言う。

「何にする?」

「大丈夫ですか?」しきりと水沢は外を気にする。

五来は適当に注文して先に金を払った。

そうはいっても、水沢は腹が減っていたらしく、出された二本をするっと胃におさめた。

思わず五来は頬をゆるめた。

瀬川から出入り口の点検、尾上から固定配置についたという報告がきた。

「あの店ですけど……どうして、また入っていったんでしょう？　こんな時間なのに」水沢が自信なげに言う。

「りえちゃんも、わかっただろ？　あの店、奴が常連ってことくらい。ひょっとすると、これがやってる店かもしれないぜ」五来は左手の小指を立てる。

「やっぱり、そうですか」水沢は焼き鳥で腹が落ち着いたのか軽口を叩く。「主任には、そんな人いないですよね」

「いるように見えるか？」

「わかりません」

「そうか、うーん、いまんとこ、探してんだけどなあ、どう、りえちゃん」

「やめてください。こんなときに」

五来も焼き鳥を二本、胃におさめたところで瀬川から報告が入った。あわただしく、店をあとにして中央通りに出た。三越デパート方面にむかって急ぐ。

金曜日とあって、深夜にもかかわらず、かなりの人がいた。男は四丁目の交差点に近づいていく。通りのむこうは三越だ。青信号が点滅しだした。

「あっ」水沢が声を発した。

男は歩道から姿を消していた。

水沢が走りだすのを五来はとめた。

信号機が赤になる寸前、目の前の交差点をバイクが有楽町にむかって突っ切った。ライダーが左手親指を立てるのが目に入った。瀬川だ。

タクシーの車列がのろのろと走りだす。それにまぎれて、田村伸二の運転する車が通過していった。後ろの席にいる尾上が五来と目をかわした。

信号が切り替わる寸前、男は目の前にいたタクシーにさっと身を滑りこませた。

水沢をせかして車にもどり、あとを追いかける。

しばらくして、先行するバイクの瀬川から報告が入った。「ただいま、日比谷通りを帝国ホテル前通過、このまま追います」

「よっしゃ、きっちり、いけや」

男を乗せたタクシーは内幸町から霞ヶ関へ抜け、内堀をまわって四谷に入った。

「もしかして、気づかれたんではないでしょうか？」水沢が心配げに言った。

タクシーとの間には、バイクの瀬川と尾上の車も入っているので、直接、見ることはできない。

「気づかれたらどうなるんですか？」

「終わりだ」

「事件にならないということですか？」

「無理だねえ、お互い口裏あわせるし、証拠物件はひとつ残らず廃棄するからね。ところで、りえちゃん、伊加が追いかけてる奴、民と官、どっちだと思う？」

「もちろん官だと思いますけど」

「どうしてわかる？」

「ひとりで接待されてましたから。官官接待でも民民接待でも、ふつうなら複数同士だと思います。ひとりというのは……きっと、やましいからです」

「それもあるね。でも、投げてくるネタは、かなり確度が高いと見ていいよ。特に名指しのときはね」

「投げてくる？」水沢は首をかしげた。

「ほら、例の電話」と五来は言った。

「主任の受けたあの電話のことですか。密告のことを『投げる』というんですね」

「それくらいで感心しない」

　車は新宿を過ぎ、青梅街道を荻窪方面にむかっている。

「投げてきた人ですけど……あのどちらの方でしょう」

「だれだろうね。俺の『協力者』のひとりとは思うけどね」五来はとぼける。

　水沢にはピンとこないようだった。

　二課に配属されたばかりで、『協力者』のことを理解しろというほうが無理だ。

　しかし、あの声の主はだれだったのか。投げ込みから半日たった今、五来の脳裏にいったんは浮かんだはずの顔も声も薄まるばかりだ。

「りえちゃん。この贈、いったい、何者だろうね」

「ぞう?」

「贈収賄の『贈』。ぼくらが追ってるのは接待した側の親玉だろ」

「ああ、じゃあ、伊加さんが追いかけている方は……『収』?」

「そういうことだ。いずれにしても」五来はロレックスに目をやる。「あと、小一時間、二時半頃にはわかるだろうね」

「事件かどうか……もですか?」水沢は、驚いてさっとふりかえる。

「ほら、前見て、前」五来は声をかける。

「あっ、はい」水沢はハンドルを握りなおした。

五来の脳裏に去来するのは、『収』を見送った若い男が言った言葉だ。

『あの人、つかまえておけば大丈夫ですよ』

「まあ、どこの役人にしても、ちょっと、楽しみだな。ところで、りえちゃんはS1バッジ、つけたくなかったの?」

「はい」きっぱりと水沢は言う。

S1バッジとは捜査一課の刑事たちが誇りをもって胸につけるバッジだ。

「やっぱり、二課が……スマートですから」

五来は笑えなかった。

知能犯担当の捜査二課は今も昔も、刑事部の中のエリート中のエリート集団だ。二課を経験すれば、どの部署でもこなせる。逆はない。

五来も若い頃は粋な背広を颯爽と着こなす二課の刑事にあこがれた。官給の靴をすりきれるまで、はきつぶす一課の刑事は野暮すぎる。

「それに、社会の裏をえぐる捜査をしてみたいなって思って」

「本当に？」

「本当ですよ」

「ああ、悪かった、ごめん」

「いえ、いいんです……本当は少し野次馬根性もあったりして」水沢は首をすくめて舌をちょこんと出した。

「第一線の地域課にいたときです。テレビや新聞で贈収賄事件が報道されるじゃないですか」水沢の声は熱をおびていた。「そのたび、どうやってこんな事件と出会って掘り起こすのかなって、いつも感心して見てたんです」

「なるほど、でね、りえちゃん、二課の事件って、どこにあるんだろうかね？」五来は車窓に映るファミレスの明かりを見てつぶやいた。

「新聞、テレビ、ラジオ、雑誌、それから、人の噂話もですよね。とにかく、それらをふくめた全部に、二課事件の端緒はあるって……」

「警察学校でそう教わった？」

「はぃ」自信なげに水沢は答える。

「銭湯も忘れちゃいけない」

「電車の中、飲み屋の会話、りえちゃんの言った噂話、とにかく、ふだんから耳をダンボにしておくのが大事だよ。それがナンバーたるゆえんだからね」

キャリアの課長を筆頭に、捜査二課の課員は総勢三百。組織は『第一知能犯捜査』から『第五知能犯捜査』と数字で割りふられている。

「はい……でも、ホシはいつも、密室でこっそりと。だから、現場にさえ踏みこめない」

「じゃあ、ナンバーはいやかい？」

「そんなことないですよぉ」あわてて水沢は否定する。

五来らの所属は、『四知三係』。正式には『第四知能犯捜査第三係』。管理官の平山のもとに、三つの係がある。立件がむずかしい贈収賄事件を受け持つ捜査二課の中枢だ。この四知と五知が特にナンバーと呼ばれている。

「あの、主任、事件もそうですけど、もうひとつ、腑に落ちなくて」

「何が？」

「サンズイで罰せられるのは、公務員とそれに賄賂を贈った民間ですよね？　民間の人同士がいくら賄賂を贈っても罪にはならないですし」

「それはそうだけど、りえちゃん、役員と名のつく連中をふんじばるのは、二課と地検特捜部だけだからね」

「あっ、そうですよね」

「大会社の役員を警視庁の組織に置き換えるとどうなる？　たとえば、取締役あたりを」

「うちでいえば、刑事部長……ですか？」

「だろ、会ったことあるかい？」

「訓示のときに一度、遠くから見ただけです」

「その刑事部長を捕まえるんだよ。マスコミだってどっとくる。心してかからないとね」

水沢の沈黙は、自分の職責の重大さをあらためて実感しているようだった。

車は青梅街道の東伏見の交差点にさしかかっていた。伊加から報告が入った。

「はるばる来ましたでーす。多摩川わたりまして、第一京浜を横浜方面にむかっています。東神奈川署まで、もうあとちょいです」

「横浜まで行ったか」

「おっと、路地に入りました」

「すぐだな、しっかり、追い込めよー」

「はいぃ、了解っ」伊加のだみ声が大きくなる。

「むこうは横浜ですか」水沢は不安げな声で前を見つめる。「こっちは、どこまで行くんですかね？」

「国立か立川、八王子くんだりまで行くのかなあ」

「まだまだですね」

ふたたび、スマホがふるえた。伊加だ。

「着いたみたいですよぉ、今、ハイヤーから降りました」

「係長は？」

「狭いんで、通りでお待ちいただいてます」

「よっしゃ、最後だ、きっちりな、きっちり」

「ほお、けっこうな家だな」

電話がいったん切れ、五分後、ふたたび報告が入った。

「名前とれました。まつながみきお、松の木の『松』に永久の『永』、新幹線の『幹』、それに夫。松永幹夫です」つづけて、住所が知らされる。

「はい、了解。係長にちょっくら、交番、起こさせるからな。少し待っててちょうだい」

五来の声は明るい。

二十四時間態勢の警視庁とちがい、神奈川県警の交番は十一時過ぎに戸を閉めている。へたをすれば人定は明日ということにもなりかねない。

しかし、心配には及ばなかった。

その道にかけて、手練の佐藤邦明（くにあき）から、連絡が入った。

「人定とれました。松永幹夫、昭和四十四年生まれ」しばらく、佐藤は間をおいた。「国土運輸省勤務、課長となっています」

五来は思わず武者震いした。

旧国土建設省と運輸交通省が合併してできた、日本一権限をもつ省の名前が出た。

これはいける。面白いことになりそうだ。

「で、部署はどうなの？」五来はたまらずきいた。

「そこまでは確認してません」

「そうか、課長か、わかった」

興奮して追加報告はろくに頭に入らなかった。

水沢がぶつぶつと何事かつぶやいている。

「……しょう、こくどうんゆしょう」

「どうしたの？　りえちゃん」

「ですから、『収』です、国土運輸省の国家公務員なんですか？」

「だから、どうなの？」

ハンドルを握る手に力がこもり、顔も白くなっている。「じ……事件になりますよね」

「眠気、飛んだかい？」

「はい」声がうわずっている。

「『贈』のヤサも割らないとな」

「はい」

「よしっ、行こうか」五来は膝を叩いた。

水沢は緊張して、シートから背中を離し、前のめりになって運転している。

ジャスト五分後、スマホがふるえた。先行する瀬川だ。

「おまっとうさんでーす。たった今、こちらもヤサ、割れました。名前、報告いたしまーす」ヤサづけがうまくいき、瀬川の声がはずんでいる。

「おう、待ってました」

五来はスマホを耳におしつける。

「ええ、住所は小金井市本町××。ほんじょうしゅういち。本屋の『本』に条件の『条』、修行の『修』、横棒の一。本条修一、以上です」

「はい、了解、どうも、お疲れさん。のんびり、今日中に帰ってきてくださーい」

五来は尾上を呼びだした。近くの交番で簿冊の確認をするよう指示して電話を切る。

「さてと、りえちゃん」五来は大きく息を吐きながら言った。「うちも、ぼちぼち帰ろうか」

4

土曜日午前九時、浅草分室のサブ会議室。五来はテレビを見ながら歯をみがいていた。ドアが開き、Tブラウスにジーンズ姿の水沢が現れた。

「あれっ？　主任、帰らなかったんですか？」唖然とした表情で水沢は言った。

「りえちゃんこそ、早いじゃない」

水沢は、はじめての出動で緊張し、寝つきが悪かったのか、まぶたがうっすらとはれている。

五来が洗面所で口をすすぎ、もどってくると、どんぶりのような五来の湯呑み茶碗に渋いお茶が入っていた。

ひと口すすった。生き返ったような気がする。

「旨いよなあ、いつでもヨメさんにいけるぞ」

半分も飲まないうちに、瀬川が顔を見せた。どっかり腰を落ち着けている五来を見て一瞬、たじろいだものの、

「おはようっす」と、とりつくろってみせた。

「ゆうべはどうも、ごくろうさん」

「はい、ありがとうございます」

ぺこりと頭を下げ、五来からいちばん離れた定位置にすわる。

バイクで尾行し、『贈』の家を自分の目におさめたのは、ほかならぬ瀬川だ。こちらも、一晩あけても興奮がさめないのだろう。酔っぱらって作った額の傷も、今日はそこそこの勲章に見える。

「どう、ゆうべはこれ」五来はおちょこを口にもっていく仕草をする。

「はあ、まあ」瀬川はオールバックになでつけた頭をかいた。

「いつもより、うまかったか？」

「そりゃもう」

瀬川は四知きっての飲んべえだ。毎朝、湯沸かし室でこっそりコップ一杯の水を飲んでから、仕事場に顔を出す。

「主任こそ、早いですね」

「そうかぁ」五来はとぼける。

昨夜、水沢に送ってもらってから、分室で夜を明かした。

家に帰る気はさらさら起きなかった。匿名の電話を受けた瞬間から、五来の勘はすでに事件であることをしきりと告げていた。実際、電話どおりの接待が繰り広げられ、そこで目の当たりにした人間たちは、事件のホシとして五来の中に居座っていた。このヤマをどこから切り込むか。あれこれ筋読みし、寝ついたのは五時過ぎだったが、頭はすっきりしている。

十分後、尾上がジーパンにヨットパーカーというラフないでたちで現れた。記者の目もあり、係員には仕事と悟られないよう普段着で時差出勤するように伝えてある。

「あれ、あんちゃん、早いねえ？」尾上は五来の首に巻かれたタオルを見て言った。

「おーさんこそ早いじゃない。十時のはずだろ？」

とぼけた尾上は、五来と階級も同じ警部補で、職名も同様に主任だが五歳ほど年下になる。一昨年の暮れ、本庁十七階の喫茶室で皇居をながめながら、一知の管理官とお茶を飲んでいたとき、杉並署の知能に面白い男がいるという話になった。国立大学を中退して警視庁に入ったというのはよく聞くが、会ってみると、五来と同じく地方出身、四国生まれとわかって、その場でうちとけた。噂どおり勘も働くし、機転もきく。いずれは二課を背負って立つ人間に育てようという五来の思いを理解して、今では自他ともに認める女房役になっていた。

「しかし、いよいよですね」ひとつおいた席についた尾上は言った。

五来は唇をきっとひきむすんだ。まさに捜査がはじまろうとしている。いったん、はじめたからには、検挙まで突っ走る。休みはない。

事務局長こと、太田があらわれた。上下とも、薄茶色のトレーナーとチノパンツは、どう見てもかたい。一言も発せず、椅子に深く腰かけると背をまっすぐにのばして青罫(あおけい)をひろげる。プラスチック製の筆入れの上ぶたをとると、鋭く尖った鉛筆がずらりとならんでいた。

田村と佐藤が前後してやってくる。パンチパーマの伊加、そして、係長の青地が席についた。

午前十時十五分、管理官の平山が還暦前に似合わぬ派手なジャケットを着て顔を出した。

「さてと、そろいましたか」五来は席に着いた管理官を見やる。

挨拶がわりに平山はクルミを鳴らした。血圧低下にさほどの効き目はなさそうなのだが、手のひらのツボを刺激するのだという。

佐藤に顔をむける。「まず、『収』のほうからいこうか」

「はい、ではわたしから」佐藤は鼻にかかった老眼鏡を押しあげ、手帳に目を落とした。

「ええ、松永幹夫、昭和四十四年一月二十日生まれ、五十五歳、国土運輸省課長。家族構成ですが、妻、節子、五十一歳、それから、父親の定男、八十一歳。以上の三人ずまいです。住所は横浜市神奈川区白楽……」

管理官のとなりで、書記然とかまえている事務局長が、かりかりと音をたててメモをとりだした。

定年を三年後にひかえた佐藤警部補は、淡々と報告をつづける。刑事らしからぬおだやかな口調だ。趣味は盆栽で家にいれば料理も作る。

「あっ、どうも、ごくろうさん、でね、佐藤さん」五来は気がせいていた。「やっこさん、国土運輸省の課長でしょ。どこの課長なの?」

都市整備局、それとも、道路局? 昨晩見たばかりの、白髪がちの男の顔がありありと目に浮かぶ。エリートぞろいの大臣官房や政策局はないだろう。課長職はもう少し若い。実務に徹した、しかも潤沢な予算をかかえる公園課あたりか。

「ただ、本省の課長としか」佐藤は言葉をにごした。

「簿冊で確認できなかったんですか?」

「ええ」

「五十五歳で本省の課長か……もしかすると」意味ありげに田村は言った。

「どうした? 田村」五来はきいた。

田村はじろりと一同に目をくばり、「なんでもありません」と退屈そうに答えた。

「余計なこと言うな」

「あんちゃん、まあ、いいじゃない」尾上が五来をなだめる。

「そうだな」はやる心をおさえて、五来は尾上を見やった。「で、『贈』の方は？」

「はい、はい、では『贈』いきますよ。まず、名前ですが。本条修一、昭和四十七年七月三日生まれ五十二歳、峯岡建設勤務、こちらも、今のところ、地位、所属ともに不明。住所は、小金井市本町〇×」尾上はちらりと五来を牽制する。「家族構成は、妻、康子、四十七歳、長男、圭太、十四歳、以上の三人住まいです」

「三対三か……」はじめて管理官の平山が口を開いた。

「三対三？　何ですか、それ？」青地が聞き返す。

「家族ですよ、家族の数」五来がかわりに答えた。

まったくわかっていない男だ。

「ああ、そう」青地は気にかけることもなくつづける。「峯岡建設っていやあ、けっこうな規模だぜ。従業員は千人だよ、千人。立派なゼネコンだ」

自宅の会社四季報でも見たのだろう。

「ちょっとちがいませんか、あえて言うなら準大手ゼネコンでしょ。ネットで峯岡建設のホームページ見ました。本条修一は平取り格ですが、営業本部長のようですよ」田村が横やりを入れる。

「そうか」五来は思わず身を乗りだした。

「まあ、どちらでも」尾上が議論を元にもどす。

「事務局長、大至急、確認してみてくれ」五来が言うと太田がうなずいた。

「さてと、じゃあいいかな」五来が気分をあらためてつづける。「次、当面の班分けにいくからね。まず、『収』は、俺と佐藤さん、尾上、伊加、瀬川、田村、以上の六名。残りが『贈』ということで」

「オールスターじゃない」管理官がからかう。

贈収賄捜査といっても、捜査員の数は限られている。とりあえず『収』はひとりだ。行動確認するにしても『収』を張れば、『贈』はむこうからやってくる。あとはその場に応じて臨機応変にのぞむしかない。

「ちょっと待ってよ、わたしはどっちに入ってるの?」青地が心配げに言った。

「どちらにも入ってません」五来はきっぱりと言った。

「困るな、それって。わたしは『収』を受け持つ。現場にも出るよ」青地はおいてきぼりを食った小学生のようにもらした。

あきれ顔で尾上を見やると、尾上は苦笑いをうかべた。とりあえず、ここは、折れるしかなさそうだった。「……そうですか、では、わたしが『贈』にまわりましょう」五来は言った。目で尾上にしっかりたのむぞと合図を送る。「田村も『贈』にまわってくれ。水沢と俺の三人だ。事務局長は大至急、『収』の権限捜査に入ってくれないか? 俺も手伝うから」

「了解しました」太田の顔に厳しさが増した。

『収』の権限捜査は当面、最大の関心事だ。公務員が自分の持つ権限を利用して、私企業や個人に便宜をはかる。対価として金品をうけとる。

その公務員がどんな権限を持っているのか。

とにもかくにも、『収』の松永幹夫の職務権限を五来は一刻も早く知りたかった。

「じゃあ、次は『収』の身上ね。こいつは佐藤さんにお願いします」

まずはじめにとりかかる身上捜査は、ホシの資産や財産を徹底的に洗いだす仕事になる。

「わかりました」落ち着いた声で佐藤は返事する。

「ほかは、さっそく、行確に入ってくれ。たのむぞ、伊加」

「うぉっす」伊加は口をすぼめ、独特のだみ声で答える。

「本日は以上」五来は平山に顔をむけた。

平山はかりっとクルミを鳴らした。

「散会。今日はゆっくり休んで、明日から勝負だ」

五来は係員をねぎらいながら送りだす。

まだ、十一時を少しまわったところだった。

「ちょっと、ぼうや」でしなの田村をつかまえる。「さっき言ったの、何？」

「ええ？　いや、別に」田村は下駄顔の顎をさらにのばす。

「何だよ、もったいぶるなよ」

田村は今年の春、東大を卒業し、三カ月の研修をうけたのち、二課に見習い配属された、ばりばりのキャリアだ。階級も五来と同じ警部補だ。

「五十五歳で本省の課長としますよね？　そうなると……」

「ノンキャリに決まってるだろ」五来はなめるなと言わんばかりに言い捨てた。

すごすごと退散する田村を見ながら、尾上がささやいた。「あんちゃん、そう、かりかりしなさんなって」

「あはは」

「さてと、今日はゆっくり休ませてもらいますよ」

「かみさんにサービス、忘れんなよ」

「あんちゃんこそ」

尾上は舌をぺろっとだし、

「ああ、くわばら、くわばら」

御祓(おはら)いの手まねをしながら出ていった。

人の気配を感じてふりむくと、青白い顔の太田が目の前にいた。「驚かせんなよ、局長」

「これ」太田は自分のつけた今日の会議録と白紙の出面(でづら)をよこした。主任専用の捜査日誌だ。

「ああ、そうか、そうか、悪いな」五来はそれをうけとる。

用がすんだのに、太田はじっとしたまま、五来の顔をうかがっている。

「どうした？　帰らんのか？」

「いいんですか？」

「何が？」

「松永幹夫の権限」

「ああ……そりゃな」

「気になるんでしょ？　だったら、行くしかないじゃないですか」

五来はふっと頬をゆるめた。「今日くらい帰って休めよ」

太田は表情を変えない。

「……いいのか？」

「土曜でしょ。本庁は休みで他係はいないから好都合ですよ」

「よしわかった、行こう」

5

当たり前と言わんばかりに、太田は部屋をあとにした。渡された書類をかかえて三係の部屋にもどり、机の引き出しにおさめると五来は太田を追いかける。

分室を出た。

「しかし、局長も勤勉だねえ」

「誰がですって?」

「ごめん」

目立たない駐車場に、ずんどうなセレナが停めてある。後部座席のチャイルドシートの横に五来がおさまると、太田はアクセルをふみこんだ。明治通りにむかう。

土曜の道は混んでいた。白山通りから九段下に抜ける。天気は上々だ。

隅々まで整理整頓された車内は、どことなく居心地が悪い。五来がたばこを取りだすと、さっと前から手がのび、後部座席の灰皿がなくなった。

「車内禁煙にご協力ください」太田は言った。

「はいはい」

「ところで、大丈夫でしょうか? ふたり、がん首そろえて行ったりして」

「何、言ってんだよ、局長が言いだしっぺだぞ」

「それはそうですけど」

「まあ、まかせておきなさいよ」

外堀をまわり、桜田門に着いた。警視庁の地下駐車場にセレナを停めて、エレベーターに乗りこむ。四階まで上がったところで、先に太田を降ろして五来は中にとどまった。

しばらくして、太田がもどってくる。「オーケーです」

五来はボタンから手を離しながら、エレベーターから出ると、そっとあたりを見わたした。

広い廊下はひっそりと静まりかえっている。記者の姿は見えない。太田はともかく、五来が土曜日、こんな場所で記者に見つかってしまっては、せっかくの事件がだいなしだ。ここ数年、ネタ取りに困ると、五来の自宅にまで夜討ち朝駆けをしてくる記者が多くなった。

捜査二課の入り口は死んだ貝のようにぴたりと閉じている。

五来はドアをそっと開けた。

道場なみの空間は、がらんどうに近い。ずらりとならんだデスクは、ないだ海のように紙一枚、おかれていない。

窓際に、休みでも出てきて、経済誌を読むのが日課になっている理事官がぽつんとすわっている。一知の資料係はどこも空席だった。庶務のデスクで、宿直員がひとりノートパソコンを開けている。

小声で「様子見て入れ」と太田に言いおき、課内に踏みこんだ。顔を上げた宿直員に歩みより、ドアが陰になる位置に立つ。

「あれ、珍しいですね?」宿直員が言った。

「理事官にゴルフのお誘い、しようと思ってな」

「あの人、なさるんですか?」

「何、言ってんの、怒られるよまったく」

窓ガラスに太田が課内に身を滑りこませるのが映る。資料室に入るのを見届けてから、宿直員の前にどっかりと腰をおろして、ゴルフ談義をはじめる。

本庁捜査二課の資料室は、ちょっとした図書館だ。官公庁資料からはじまり、雑誌や週刊誌、はては業界新聞までずらりとそろっている。

十五分ほどすると、大きな紙袋を両手にかかえた太田が部屋を出ていった。それを見て、五来も腰をあげた。

「あれ、理事官、誘わなくていいんですか？」

しっ、と五来は宿直員をにらみつけて口元に人差し指をあてる。

課を出ると来たときと同じように、用心深く車にもどった。

待ちきれず、宝物でも探すように地下駐車場に停めたまま、太田のかかえてきた袋をひろげた。

官公庁の本から一般雑誌まで、三十冊近い本が車の中にちらばる。

国土運輸省関係を奪いあうように手に取る。

「おお、これだ、これ」タッチの差で五来の手におさまったのは、分厚い『国土運輸省名鑑』だ。

大臣官房からはじまって、鉄道局まで九つの局にわかれている。局長クラスは写真入りだ。

課長級以上の全職員の生年月日と学歴、そして、省内での経歴がひとりひとり詳しくのっている。

ホシはこの中にいるのだ。

しかし、何とでかい官庁か。

旧国土建設省と運輸交通省のほかにも、国土政策庁と北海道開発連絡庁も合併している。総合政策局からはじまって、果ては海上安全庁から気象予報庁まで、カバーする範囲はとてつもなく広い。名簿の半分は本省で、そのほかは地方局だ。

ひとくちに課長といっても、同じクラスの企画官から室長まで、びっくりするくらいの数がいる。東大卒のオンパレードだ。生年月日は申し合わせたように昭和四十年代が多かった。

いくらめくっても埒（らち）があかない。

巻末の氏名索引で名前をひいてみる。

前川、前島……松下、松永、いた、こいつだ。

そろりとページをめくる。いきなり車が動きだしたので、五来は背もたれに押しつけられた。物流要覧やら独立行政法人職員録など、事件とは関係のない本がばらばらと足下に落ちた。

「何すんだよ、まったく」五来は半分、本気で怒った。

「目が悪くなりますよ、分室にもどって見てください」太田は意に介さない。

「また、そんなこと言って」

目当てにしていた本を先取りされたので、機嫌が悪いのだ。

資料室には貸出簿がある。他係の捜査員がそれを見れば、ターゲットがわかってしまう。だから、本命の本に無関係な本を交ぜて借りる。

敵をあざむくには、まず味方をあざむけ、だ。洩れてはならない内部から洩れることもないわけではない。

足下に落ちている本をそのままにして、五来は名鑑のページをめくった。

太田も気になるらしく、

「ないんですか？」とせっつく。

あった。

港湾航空局港湾等周辺整備室長　松永幹夫

太字の名前の下に生年月日がある。

昭和四十四年一月二十日。暗記していた生年月日をとなえた。まちがいない。『収』の松永だ。

マンモス予算をかかえる道路建設局でもなければ、都市整備局でもなかった。しかし、本省勤務にまちがいはない。

「あったんでしょ？」だまりこくった五来を見て太田が言った。

信号で停まったとき、そのページを見せた。

「ありましたか」太田は首をひねり、食い入るように見る。「ほう、ノンキャリか」

「だな」

本省勤務の役人は、百パーセント近く大卒なのに、この男の学歴には、神奈川県立鎌倉南高校卒としか出ていない。それだけに目立った。

太田は経歴を読みあげた。「東京港湾航空部工事事務所、中部航空局工事事務所……」

松永幹夫は一貫して現場を歩いている。

「さあさあ、こいつは終わりだ。まだ、肝心なところが終わっちゃいないぞ」五来はそう言って、別の本をとった。

ふたたび、車は走りだした。

字を追っていると気分が悪くなり、途中でやめた。

分室にもどった。浅草分室の外観は鉄筋コンクリート五階建て、どこから見てもごく普通のオフィスビルだがビル名は出ていない。一階入り口には背広姿の立番がいて、一般はおろか記者もシャットアウトする。

四知三係はその三階にある。

きれいにかたづいた部屋の机に本をぶちまける。

車のつづきだ。今年度版の『国土運輸省機構法令集』を手にとったとき、スマホが鳴った。

「おーさん、何？」

「あんちゃん、今、どこにいるの？」

「えっ……」五来はとぼけた。

「まさか、まだ分室？」

「そのまさかだけどね」言いながら、ガイドブックを開ける。

「やっぱりね。ひょっとして、局長も？」

「ああ」

「休めっていった指揮官が今からがんばっていてどうするのよ」

「そっちこそ、気になってんじゃない？　松永の件」五来は空いている方の手で、テーブルをつつく。

「で、資料室は？」

「行った。ごっそり、借りてきたよ。今、調べている最中」

五来は松永の所属を伝えた。

「ほお、港湾航空局ねえ。で、権限の方はどう？」

「うーん、そっちはねえ」言いながら、本をめくる。

「まだ見つかんないの？　いったい、どこ見てるのよ」

「そう、あせんなさんなって。おお、あったあった」

「言ってみてよ」

「あいよ」五来は棒読みする。

「えーと、まずねえ、『港湾空港の周辺整備および保全に関すること』だろ。それから、『海洋汚染の防止』なんてのもあるねえ。まあ、ほかにもいろいろとあるよ」

「そうか、港湾空港の整備か」

「何かとあるよね」

「あるだろうね」

「おーさん、そっちは詳しい？」

「いやあ、残念なことに。あんちゃんはどう？」

「ぜんぜんだよ、俺も」五来は笑い声をあげて通話を切った。別の本を手に取りめくりはじめる。

腹の虫が鳴った。

太田はまだ本にかじりついている。

「どうだい？　局長」

「ええ？」

「ほら」五来は時計を指した。

午後二時に近い。

「ああ、気がつかなかった」太田はすわったまま背筋を伸ばす。

「飯食いに行こうか」と五来は誘った。

ふたりして分室を出る。

「さてと、何食いたい？」五来は聞いた。

「手打ちうどんで旨い店、あるんですよ」

五来は歩みを止めて太田をにらんだ。

「どうしたんですか？」

「うどん、何色だい？」

「うどんの色？」

「ああ」

「小麦色っていうか、白ですよね」

「シロ？　おまえ、ホシを白くしてどうするんだい？」

ようやく、意味に気づいたらしく、太田は頭をかいて謝った。「そうですよね、内偵、はじまったばかりだし、ホシがシロになっちゃまずいですよね。じゃあ、ソバにしますか？　ラーメンでもいいですよね」

五来はしばらく、じっと太田の目をのぞきこんだ。「そんな長いもの食うなよ、縁起でもない」言いながら、歩きだす。「もう事件は、はじまってんだよ。事件が長びいたらどうするんだい」

「すみません」言いながら、うしろをちょこちょこついてくる。

「カツ丼だろ、今日は」

「そ、そうですね」

6

日曜日。気になっていたらしく、尾上がまっさきに駆けつけた。

「あんちゃん、どうしたの、その目。真っ赤じゃない」

尾上はあきれ顔で机にならんだ本の山をながめた。その中の一冊を手にとり、めくりだす。

会議室の窓のブラインドは下ろしてある。電気もつけない。日曜日の朝方、蛍光灯の明かりを洩らせば、仕事をしてるぞ、とブンヤに知らせるようなものだ。それでも、日差しがまぶしい。

午前九時すぎ、朝会で、松永幹夫の職名と職務内容を全員に伝えた。

それを聞いて、にんまりした青地は、「おいおい本当かよ。佐藤さん、簿冊の確認、やり直したほうがいいんじゃない？」と皮肉っぽく言った。

佐藤はぎょっとしたが、「そうですね、やりましょうか」と応酬する。「宅配でもよそおって直接訪ねてみましょうかね」

青地は苦笑いして五来をふりかえる。「なあ、統括、ふりだしにもどったほうがいいんじゃないか？」

「ふりだし？」

青地はぐいと五来をにらんだ。「だから、筋の悪そうなのはさあ、最初から手出ししない方がいいと思ってさ。国運省だろ」

「どうしました？」

「厚生労働省とか外務省とかならわかるよ。脇が甘いからさ。でも、国運省だぜ。ガードかたいよ。よっぽどのことがないかぎり、無理なような気がするがなあ」

「その無理を承知でやろうと言うんじゃないですか」五来がむっとして言った。かりっとクルミの鳴る音がした。「今日の予定なんだっけ」平山が口をだす。日曜というのにやってくる平山も、相当の事件好き、いや仕事好きかもしれない。

「割りふりは昨日、済ませましたが」五来は言った。

「じゃあ、どうしてみんな、こんなところで油売ってるの？」と平山。

「管理官、やはりですねえ、ここは別の筋にあたってみる方が賢明かと思いますが」青地は言った。

「あて、あるの？」

「いや、それは」青地は頭をかいた。

「おれは二階に行ってみるかな。ぼちぼち一係も煮つまってるからね」青地をからかうように平山は言い、席を立った。

「さてと、みんな、予定通りいこうか。よろしくお願いしますよ、係長。筋がいいのか悪いのか、すべて、あなたの腕にかかってますからね」晴れ晴れとした声で五来は声をかけた。

ふん、と鼻を鳴らして青地は部屋を出ていった。

瀬川が五来を一瞥(いちべつ)して、あとを追う。

同じ松永の行確を受け持つ尾上が、

「どうだろうな」と不安げに声をかけてきた。

五来はロレックスに目を落とした。午前九時をまわったところだ。

「日曜だからなあ、出と入りはなしだな」それでも、日曜だからこそできることも多い。

「まあ、家の様子見してくれ。身上は明日だ」

『出』は家から出ることをさし、『入り』は役所にはいることをいう。

「そうします」

「ああ、たのむ、権限の方はもう少し、局長に調べさせるから」

「わかりました」

背をむけた尾上を呼びとめる。「くれぐれもたのむぜ」

「青大将のこと？」尾上は笑みをうかべる。「まかせてくださいよ」

「さてと、ぼうや、りえちゃん。三人で会社見物でもするか、なっ？」

「いいですねえ。運転はまかせてくださいよ」と田村。

「おお、まかせる、まかせる。ところで、どこ行くか、わかってんの？」

「青山の峯岡建設本社ビル。地図は頭の中に入ってますから」

「よし、行こうか、りえちゃん」五来はドアを開けた。

地下駐車場のアコードに乗りこむと、田村は急発進させた。

「おいおい、そうあわてるなよ」五来は声をかけるが、田村は何かに憑かれたかのように、道を急いだ。

助手席の水沢も表情がかたい。

はじめて『贈』が籍をおく会社を訪れる。挨拶するわけでも何でもないのだが、五来にしても、心なしか手に力が入っているのを感じないわけにはいかなかった。

勢いこんで出たわりに、田村の運転は急停止、急ハンドルありの素人運転だった。空いた席に漫画週刊誌が積まれ、その間にジュリストの刑訴判例百選がのぞいている。本革のシートは一見豪華だが、よく見ると床に細かなパンくずが落ちていた。

「一度、機捜にやっかいになってみるか」五来はからかい半分に言う。

「いや、それればかりは」と田村。

「月賦、いくら払ってるんだい？」

「この車ですか？」田村は本革巻きのハンドルをこんこんと突く。「親父からの就職祝いってやつでして」

「二代目襲名の祝いだな」

「はあ」

この六月の終わり、五来あてに局線から一本の電話がかかってきた。

「あっ、すっましぇん。まことに突然のお電話で恐縮しとります」とひどく丁寧な言い回しに、思わず受話器を耳に押しつけた。

「わたくし、田村伸二の父親でございます。こんたびは、突破屋のご異名をもたれます五来警部補のもとで息子が研鑽を積ませていただいてるそうで、深く感謝しちょります……」

七月に配属されるキャリアの父親が、福岡県警博多中央署の署長をしているという話はすでに耳に入っていた。

「いえいえ、署長さん、わたくしごときが、ご子息の教導など考えも及ばないことでございまして、こちらこそ、よろしくご指導にあずかろうと思っております」

「ほんにありがたかお言葉で、いたみいります。実を申しますと伸二は女ばかり五人姉弟の末子、こりが偏屈な子でございまして、ちいさか時から、警官ばなる、警官ばなるち申しまして、とうとう、警察要員の末尾に入れていただいたようなわけでございます……」

久方ぶりに聞く博多弁に、五来の心にはあたたかいものが満ちてくる。じっと聞き入るしかなかった。

「……ばってん、わたくしから見るち、キャリアといえども万人の警官あってのキャリアぞと、幼い頃から教え諭してきちょります。その分はわきまえさせちょるつもりでございます。なんとぞ、よろしくご鞭撻いただきますようお願いば申しあげます」

「はっ、心得ました」思わず、五来は受話器にむかって最敬礼していた。

後楽園から外堀通りを南にむかう。

日曜日のせいか車は少ない。左手に市ヶ谷の釣り堀が見えてきた。窓を半分ほど開けて、のんびりと竿をあやつる人を五来はながめた。

「どうしたの、りえちゃん」

助手席にいる水沢は、分室を出てから一言も口をきかず、五来と同じように外堀に目をあてている。

「何でもありません」

「横浜に行った連中が気になるんだな？」

「いえ」

「主任、会社をまわったあとはどうしますか？」田村が頓着なく割りこむ。

「小金井まで駆けてみるしかないだろ」

「そうですよね、今日は日曜だから、会社見たところで、本人がいるわけないですし」

「わからんぞ」

「そうですかあ」

水沢が首をひねって、五来の顔を見た。どことなく、顔つきがかたい。

「どうかした？」

「さしでがましいと思うのですけど……奥さん、何もおっしゃらないんですか？　昨日も、主任は分室にお泊まりでしたよね」水沢は顔を窓側にむけた。

「水沢さん、ちょっと、その話」田村が止めにかかる。

「女房が何言うの？」

「まだ内偵、はじまったばかりですし、なにも泊まらなくてもいいと思うのですけど」

「わからないね、女房が何言ってるのか。電話してないから」

「えぇ？　ご自宅に電話入れてないんですか？　ご家族の方、心配なさらないんですか？」水沢は困惑した顔でふりむいた。

「だから、水沢さん、それは」田村は気が気でないらしい。

「十二時になったら、俺が帰らなくても寝ろとふだんから伝えてあるからね。昨日も今日も同じ」

水沢は信じられないという顔つきで田村を見やった。

「これまでにね、りえちゃん」五来は言う。「俺の仕事中、一回だけ女房から電話がかかってきたことがある」

車は四谷をすぎ、信濃町に入った。

いぶかしげな面持ちで水沢は聞き入っている。

「七年前。二課に配属になった翌年に結婚してね。新婚二カ月目のちょうどその日、事件が発覚した。もちろん、新米だから帰れない」

「それで、奥さんが電話を？」

「ああ、きた。でも、死んだとき以外、電話してくるなと言って切ったよ」

「死んだとき以外？」水沢は理解できないというふうに言った。「それって、永久に電話するなってことじゃないですか」

本当は足腰が立たなくなるほど叱りつけた。

「あの、それからもう一度は？」おずおずと水沢は聞く。

「上の娘が二歳のとき、高熱をだしてね。あわくって電話してきた」

「そのときも？」

「すぐ切ったね」

こっぴどいどころではない。ぐうの音も出ないほど罵(ののし)り倒した。

それ以来、二度と妻から仕事中に電話がかかってきたためしはない。携帯を持つようになってもだ。

「いやあ、水沢さん」場をやわらげようと、田村がお調子ぶって言う。「一昨日の晩は興奮しませんでしたか？」

「ああ、そうね」いくらか、気をとりなおして言う。

「僕もこの七月に配属されたばかりでしょ。はっきり言って、興奮しましたよ。何せ、ヤサづけ初体験でしょ。こう、警察無線ががんがん鳴らしていくとばかり思ってたんですけど、現場はちがいますよね」

「田村さん、何言ってるの。現場はみなこうでしょ。照会だって、太田さんにたのめば済みます。そのために、分室に居残っているんですよ」

「そうですよね……おっ、あれかな」

国立競技場を左手に見ながら、田村は斜め前方をさした。

茶色い八階建てのビルが建っている。はめ殺しの窓が全面をおおっていた。すりガラス以外の窓はブラインドがおりて、中をうかがい知ることはできない。玄関脇に、Ｍの字があしらわれた青いモニュメントがたち、峯岡建設と書かれた白文字がおどっていた。

田村はのろのろ運転で、その前を通過する。

透明なガラス窓を通して、峯岡建設一階の薄暗いロビーが見えた。受付カウンターのほかに何もない。ビルの脇にスロープがあり、地下駐車場へつながっている。小高い壁が奥手につづき、城壁のようにビルを取りかこんでいる。となりも、オフィスビルだ。

「ぐるっとまわってみようか」五来は指示を出す。「ほら、その信号を右」

「了解」田村は慎重にハンドルをまわす。

低いオフィスビルや個人商店が軒をつらねる一角を通り過ぎ、ふたたび、角を右手にとった。もとの峯岡建設前にもどる。

「裏口はないみたいだね。そこ、停めてみようか」五来は空き地をさして言った。

車を停め、三人して出た。

峯岡建設を背に、神宮前方向にむかって歩く。

「会社はいいんですか？」田村に声をかけられるが、返事はしない。

車で走ったときには気づかなかったものがよく目にとまる。

「きょろきょろしない」五来は低い声で注意する。

狭い路地の奥に寺があった。ふたりに指示を出して五来は境内に入った。

ちょうど峯岡ビルの裏にあたり、コンクリートの仕切り壁をここからでも望むことができた。裏口はない。

峯岡ビルは四十メートルほどの奥行きがあり、側面の窓は透明でブラインドのおりていない窓は中が見てとれる。

境内を出ると、五来は単身、車でたどった同じコースを歩いた。峯岡建設ビルの前をもう一度、通り過ぎる。

日曜の通りはビジネスパーソンの姿もなく、閑散としている。左右のビルや商店をつぶさに見ていった。ときおり、峯岡建設ビルをふりむく。ひとつ先のブロックまで歩いて、もとの空き地にもどった。

この空き地が車の張り込みにもうってつけだ。峯岡ビルから死角に入り、しかも、こちらからは見通しがきく。

先に姿を見せたのは田村だった。車に乗って水沢を待つ。

「見つかったか？」五来はきいてみる。

「はい、一カ所」

「大丈夫だろうな？」

「ええ……たぶん」自信なげに田村は答える。

水沢が帰ってきた。

「ぼうや、弁当箱、持ってるか？」五来は声をかけた。

田村はショルダーバッグの中から銀色に光るノートパソコンを取りだして起動させた。両手の上にすっぽりおさまるほどの大きさだ。無線カードがわずかに突きでている。起動がすむと、田村は窮屈そうに小さなキーボードを叩いた。

やがて真っ青な湾を背景に、峯岡建設のホームページが立ち上がった。トピックスや業績といった文字がならんでいる。

「会社の創立はいつ？」

田村は沿革をクリックする。

「……ほお、昭和十一年創立か。横須賀が発祥の地ねえ」

さっと水沢がパソコンを取り上げて膝に載せる。「創業者、峯岡公一は、横須賀軍港建設の際に会社を創設、以来、国内外の建設工事や海洋開発、地域開発を展開し、従業員千二百名、資本金百四十億円、売上高は千五百億円。大手マリコンの一翼をになう、となっています」

「マリコン？」

「海で生まれて陸で育った建設会社をそう呼ぶみたいですね」田村が口をはさむ。「港の埋め立てや浚渫からはじまって、陸の土木や建設業に進出していったわけですから」

「今でも、海の比率は高いんだろ？」

「そうですね」すっかり、仕事の顔にもどった水沢がパソコンをあやつる。「まだ、かなりあるみたいですよ。官庁の工事割合も高いです」

「公共事業の減るこのご時世、そりゃ大変じゃない」

「ですね……田村さん、車出してくれませんか。こんなところでぼけっとしてても仕方ないでしょ」

田村は五来の顔をふりかえり目を丸くした。

「じゃあ、小金井に行きますか」

車は路肩からはなれた。

「かなり、危ういときもあったみたいですけど……去年あたりから持ち直してるみたいです」

「何があったんだろうね」

「順調に売り上げが上がってます。理由は……わかりません。それから」

水沢はそのページを開けて、五来に見せた。

ずらりとならんだ役員一覧の下に、その名前を見つけた。

取締役　営業本部長　本条修一

「ほお、これがお客さんか」五来はつぶやいた。

7

分室にもどると、太田はパソコンと格闘していた。プリンターから、次々に印刷された紙が排出されている。『収』の行確に出ていた連中はまだいなかった。

「何してんだい？」と五来は打ち出された紙を手にとってみる。

建設会社のリストのようだが、ろくに確認できないうちに、「ああ、ちょっと触らないでください」と太田はぴりぴりしながら、紙を奪いとり、元の場所にもどした。

「管理官は？」

「帰られました」太田は液晶画面に釘付けだ。

田村は机に住宅地図をひろげて、峯岡建設ビルの位置を調べている。遅れてやってきた水沢は、さっそくデジカメにおさめた写真の印刷にかかりはじめた。

五来は田村のノートパソコンを立ち上げ、峯岡建設のホームページを開いた。

廊下の外から独特のだみ声が聞こえてきた。

「……だから、無理すんなって言ったんだ、俺は」先に部屋に入ってきた尾上の背後から、伊加は吐きつづける。瀬川も姿を見せた。

「佐藤さんは直帰してもらいました」尾上は席に着くと、ため息をついた。「やあ、まいった。めんぼくない。失尾だ」

「いやね、主任、これがね」伊加はしきりと親指を立てる。青地のことを言っているのだ。

「やめてくれっていうのに、横浜駅降りて野郎のあとにつくもんだからさ、案の定だよ。日曜の夕方だろ？　人混みだって半端じゃないよ。まったく、何考えてんだ」伊加の唇がお猪口（ちょこ）のようにとんがる。目のまわりが赤みを帯びてきた。「瀬川、おめえもおめえだろうが。電車から降りて階段で野郎と鉢合わせするし、あげくの果てに野郎は見失うわでよう。まったく、こんな初日、あるかってんだ。だいたいがだよ、そうまでして手柄あげたいのかねえ」

青地は現在四十五歳。二課にくるまで、地域課、機動隊と制服畑が長かった。そこへもってきて、二課への異動は大抜擢（ばってき）といえる。ただし、頭の中身は制服のときのままだ。

「伊加」尾上がたしなめると、青地は、ああ、とだけ答え、係長席についた。

五来が声をかけると、ちょうど青地が入ってきた。

「で、どうだったの？」五来は尾上にきいた。

「松永は午前中に一度、玄関口に出てきたきり引っこんじゃいましてね。午後二時過ぎまで家に閉じこもったきりで一歩も出ないんですよ」尾上は言った。

「家族も？」

「ええ、家ん中にいるのはまちがいないです。洗濯物とりに奥さんが外に出たり、爺（じい）さんが杖ついて、散歩に出たりしましたからね」

「拠点は見つかったか？」

「それは何とか。白楽の駅方面にむかって、そうですね、五十メートルほどいったところに新築のアパートがありましてね」尾上はつづける。「その二階の角部屋がちょうど空き部屋になってます。そこからだと、いい角度で松永の家が視界におさまるんですよ。駐車場も三分ほど歩いたところにありますから、そっちもセットで」

「じゃあ、明日にでも話をつけてくれ」

「わかりました。で、本条のほうは？」

「会社も家も余裕だよ。いくらでも拠点がある。ところで、そっちの車の張り込みは？」

待っていましたとばかり、瀬川が口を開いた。「いや、それなんですがね。路地は狭いし、入り組んでましてねぇ。米屋の駐車場があるにはあるんですが、そこだと死角になっちゃう。もうひとつはクリーニング屋脇の空き地。そこは奴の家からこっちが丸見えですからだめ。いざというときは、ワンブロック離れた大通りで、遠張りかけるしかないですよ」

「で、二時過ぎからどうなったの？」

「野郎、めかしこんでいそいそと出てきました。あとで写真見せますから」瀬川はしきりと髪を両手でなでながら言う。

「ほう」

「最寄りの駅は東急東横線の白楽駅なんですけどね、そっちにはむかわずに、ぷらっぷらっとJRの東神奈川駅まで歩いたんですよ。それで、やってきた京浜東北線に乗り込んで」

「上り？」

「そうそう、大宮行き」

それだけ言うと、瀬川は撮ってきたデジカメの写真の印刷にかかった。

「そこから五人がかりで尾行か」

代わって尾上が言う。「松永は、田町で山手線に乗り換えて有楽町で降りました。で、どこへ行ったと思いますか？」

「係長と佐藤さんには駅で待機してもらって、三人であとをつけたんですよ。銀座方面にむかいましてね。映画でも見るのかなと思ってると、マリオンも素通りして、すっすっと歩いていく」尾上はつづける。「中央通りをすぎて、松坂屋の裏手を右にまがりましてね。ほら、ひところのバブルがはじけて、大通りから画廊が撤退していったでしょ。でも、どっこい、こんな路地に小さな画廊が集まってるんですよ」

「松永はその画廊に？」

作業を終えた係員たちが、めいめいの席について、尾上の話に聞き入っている。

「これです」と尾上は折りたたんだチラシを広げて見せた。

〝長沼善之（ながぬまよしゆき）個展〟

ギャラリーモンド

「新進の洋画家みたいですけど知ってる人いる？」

ほぼ全員、首を横にふるなか、田村がさっそく、ネットで検索をはじめる。

「入り口は地下でしてね。昔はバーかキャバレーだったかもしれない造りです。なんだか、いかがわしいんですよ。裏口を瀬川にまかせて十分ほど待っていたんですが、松永は出てこない。で、様子見に入ってみたんですよ。中はけっこう、広くて、三十畳近いフローリングになってました」

「絵ねえ。そんな趣味があるのか……」五来は言った。

田村がパソコンをにらみながら言う。「長沼善之ですけど、パリ在住の三十三歳、風景画にすぐれている、とありますが」

「いくらぐらいだ？」いらついた表情で伊加がきいた。

「絵の値段までは出ていません」

「見た限りじゃ十万単位だったよ。百万超えてるのもあるかもしれない」尾上が言う。

「そういや、松永、妙な絵に見入ってたな」

「どんな絵？」

「陳列されてる絵のほとんどは、古城や田舎町を描いた風景画なんですけどね。松永の見ていた絵は、こう、女だか男だかわからないのが枝のようなものを持ってましてね。背中にとんがった羽が生えていました」

「そりゃ天使じゃない？」

「言われてみりゃそうですね」尾上はひとしきり、腕を組んでその絵を思い浮かべていた。

「そのあと、どうなった」五来は先をせかした。

「店を出たのが午後の四時ちょうど。それから、来たときと同じように有楽町の駅にもどりました」

「寄り道はなし？」

「ぜんぜん。有楽町の駅で係長と佐藤さんと合流しましてね。佐藤さんにはその場で引きあげてもらいました。奴は同じ経路をたどって京浜東北線に乗った。今度は東神奈川駅をパスして、横浜駅まで行ったわけです。そこで、さっき言ったとおり……」

「東神奈川で降りずに、横浜まで行ったのか」五来は青地をふりむいて声を荒げる。「で、まさか、感づかれるようなことはなかったでしょうね？」

「そりゃない、ない。それにしても、電車降りてからの奴の動き、すばしっこくてさあ」青地は言う。

「わき目もふらずに、どこ行ったんですか？」

「そんなことわかんねえよ。野郎にきいてくれよ」ぷいと青地は横をむいた。

瀬川がデジカメで撮った松永の写真を印刷して五来によこした。

駅の階段に足をかけている松永を、斜め後ろから撮った写真だ。少しぶれているが服装はわかる。灰色の若作りなデニムのジャケットに黒っぽいジーンズは若者風だ。五十五歳にしては思い切った組み合わせに思える。しかし、全体にどこか、ちぐはぐな印象をうける。茶色のドレスシューズは、履くというより履かされている。

「初日だから仕方ないか」五来は自分から折れた。

報告を受けているうちに太田が紙をととのえ、五来の机に滑らせてきた。峯岡建設の財務資料だ。連結決算表や貸借対照表がごっそり打ち出されている。過去五年分ほどある。ホームページからとったのだろう。

「こっちを先に見てくれませんか」太田は財務資料をよけて、その下にある紙をひとまとめにして五来の前においた。

国土運輸省管轄工事の入札調書だ。防波堤工事から道路舗装工事まで、バラエティに富んだ工事があり、どれも峯岡建設が落札している。全部で七枚ほどある。

「過去の分をネットで検索してみました。落札会社名で検索できないので、一件ずつ見ていくしかないんですが、それでも、けっこう、見つかりました」

「インターネットでここまで見られるのか？」五来は言った。

「ええ、国土運輸省のホームページで。港湾航空局が発注した工事だけをしぼりこみました」

『収』の松永の肩書きは、港湾航空局港湾等周辺整備室長。そして、『贈』の本条が籍をおく峯岡建設は公共工事の比率が高いらしい。とりあえず、両者の接点を推測するには、価値のある資料だ。

「じゃあ、全部出してもらおうか」こともなげに言うと、太田の目がつり上がった。

「だから、それは無理です」

「できるって言ったじゃない？」

「会社名では検索できないようになってるんですよ」

「だったら、直接、行くしかないか」

「もちろん、行ってきますよ。明日かあさってには」

霞ヶ関の国土運輸省には、情報公開室がある。そこに出向き、何食わぬ顔して一覧表をめくったほうがネットよりずっと早い。

「明日中にできないの？」

「そんな簡単にはできないです」太田はむっとした顔で言った。

「ところで、情報公開室は何階にあるんだ？　わかってるだろうけど、あんまり、うろちょろするなよ」

「主任……」太田はむっとした表情を浮かべる。「それくらい言われなくてもわかってます」

「まあ、まあ」尾上が口をはさむ。「局長、あれだろ？　さいたまの新都心にある合同庁舎に行くんだよな」

太田は何をいまさらという顔でうなずいた。

上野駅から京浜東北線で四十分。さいたま新都心駅に隣接したビル群に国の地方局がごっそり移転した。その中に国土運輸省関東地方建設局が入っている。

「みんなも報告書、書いたら今日は上がってくれ。明日からの行確はぬかりなくたのむぞ」五来が言うと青地は渋い顔でうなずいて、席を立った。そのあと三人ほど、まとまって帰っていった。すでに引き払った太田の席で、田村が熱心にパソコンで調べものをしている。そのわきで、じっと腕を組み、伊加が画面をのぞきこんでいた。

五来は出面を開いた。

上から順に名前があり、それぞれに捜査事項と捜査結果、そして備考欄がある。五来の捜査事項には、すでに『捜査指揮全般』と書き込まれている。その上、青地の捜査事項は『松永の行確』。つづいて、その横の結果欄に、『失尾』と太い字で書き入れる。備考欄には『継続』。

伊加が田村にぶつぶつと話しかけていた。「……おめえ、ヤサづけでいっぺん、瀬川追い抜いたんだってなあ、気ぃつけろよ、今度、そんなことしたら、ただじゃあ済ませねえからな、小指とっちまうぞ……」

「伊加ぁ、くんろく、それくらいにしとけよ」五来は出面から顔を上げないまま、説教はほどほどにするようたしなめる。

「言うときゃ言ってやらねえと、こいつのためになんねえですから」伊加は格好の相手を見つけたと言わんばかりに五来の脇へきた。一度とがった口元がなかなか元にもどらない。

「それより、主任、青大将の奴、わかったようなことぬかすもんだから」

「何だよ」

「五来の野郎、図に乗りやがって、ろくに聞き込みもしやがらねえで、いきなり行確ったぁ何だってね。おれは言ってやりましたよ。じゃあ、係長がネタめっけてきたんですかってね。二課じゃあ、ネタをめっけてきたもんが勝ちじゃないですか。たとえ、平巡査でも、ヤマが終わるまでは、そいつの意見が通るんだ。そんなこともわかってねえからね、あんちくしょうは」

五来は含み笑いをした。

「そりゃ、せっかく二課まで駒、進めたからには、お次は管理職試験ですよ。そいつをパスすりゃ、警視になる目もでてくる。でもさ、管理職試験にゃ、実績がものいうでしょうが。それを今度の事件でかっさらおうっていう魂胆が見える。そこが気に入らねえよ、俺にゃあ」

ドアがひらき、帰り支度をととのえた水沢が顔をだした。「主任、明日はどうしますか？」

「本条の行確か……」五来はペンを持ったまま答える。「例の場所で落ち合おう。ぼうや、明日は小金井だ。分室にはくるなよ。車は俺がだす」

「今日もお泊まりなんですね」水沢は五来の耳元に顔をよせ、小声でささやく。

8

月曜日午前七時半。

本条家は両脇を梨園にかこまれるように建っている。玄関に面した道路は、本通りから外れているので車の往来は少ない。通りの反対側は建築資材置き場がつらなり、五来のクラウン・アスリートは、その片隅にある朽ちかけた小屋の陰に、頭から突っこむ形で停めてある。小屋のトタンは、はがれていて、そこから本条家がすっぽりと視界におさまる。

純日本風の寄せ棟が生け垣にかこまれた七十坪ほどの敷地にどっしりと建っている。

玄関の戸が開き、学生服を着た長男が現れた。重そうな学生カバンをさげ、傘をさして道に出た。通っている学校は東小金井にある。思ったとおり、長男は駅方向に歩き去っていった。本条康子らしい女が道まで出て、見送っている。

「どうしたんでしょうね」いかにも、名残惜しそうな案配で、なかなか家の中に入らない女を見て田村がもらした。

女が家の中に消えてすぐ、今度は家の前に黒のレクサス・セダンが来て停まり、運転手が車からおりて家に入った。

やがて、運転手が現れ、そのあとに本条が姿を見せた。

「りえちゃん、そろそろ行くぞ」五来は声をかける。

「はい」水沢はエンジンをかけた。

レクサスは長男とは逆方向に走り去る。

「よし、行こうか」五来は声をかけた。

水沢は首をねじまげ、車をバックさせたかと思うと素早くハンドルを切り返し、道に出た。

「かなりの家ですよね」車を一台はさみ、前方を走るレクサスを見ながら田村が言う。左右は団地がつづいている。ところどころに畑があり、建てこんでいるわりに余裕が感じられる。

「このあたり、一昔前までは農家が多かったんじゃないかしら」水沢が言った。

「本条もこの土地の出でしょうね」

「家から見てわかるのか？」五来は意地悪くきいた。

「あの家の造りからみれば、他所から移り住んできたようには見えないですけどね？」

「限らないぞ」五来は道沿いに建つ屋敷を指して言った。

生け垣どころか、林といってもいい木々にかこまれた家が目立つ。中に建つ家は、どれも苔むした感じがして年代物の雰囲気を漂わせている。

「そうですね、本条の家はあれほど古くはない」

レクサスは五日市街道に入り、都心を目指している。まだ渋滞はない。

「昨日の午後も、ずっと家にいましたよね、本条」

「そうだったな」

本条家は、玄関脇の小道を入ったところに車庫があり、アウディのＳＵＶと真っ赤なホンダのフィットがならんでいる。昼過ぎから三時間近く張り込みをしたが、本条は一歩も家から出なかった。

「休日くらい家でのんびりしていたいんですかね。それにしても、あのアウディ、汚れてませんでしたか？」

「よく見てるじゃないか」

「あの車、アウディのQ8、最高ランクのSUVですよ。赤のフィットは嫁さん専用か」

「どっちにしても、身上をやれば、めどはつく」

「主任、本条と松永の接点ですけど、峯岡建設が落札した工事の受注記録を調べるのが手っ取り早いわけですよね？」水沢が遠慮がちに言った。

「何より大事だろ」

「松永が本条に洩らしていたのは、やはり工事関係の情報になりますよね？」

「おそらくな。今年の春先、五知が区議を贈収賄であげただろ。知らない？」

「覚えてます。ニュースでけっこう大きく取り上げてましたから。たしか、区発注の下水道工事の予定価格を業者に洩らしたとか」

「その予定価格だけど、だれが作るの？」

「区の役人ですが」

「そうだ。役人が工事ごとに積算して作る。でも、その元になる資料は役人しか知り得ないからねえ」

「その予定価格を区議が洩らしたということですよね。でも、それがどう相手方に有利になるのか……すみません、こんな基本的なことお伺いして」

「いや、いい。りえちゃん、公共団体の工事の発注のやり方、わかってるだろ？」

「はい」前方を気にしながら水沢は答える。「区でも国でも、一般競争入札で広い範囲の業者の参加をつのるのが普通だと思います。それで、いちばん安く落札した会社が受注する仕組みです」

「入札する時点では、業者側は、自分の会社で立てた見積もりで入札するのが建前だ」五来はつづける。「単純な工事なら予定価格との差はほとんど出ないけど、規模が大きくなって複雑になればなるほど、見積もりがむずかしくなってくるし、手間もかかる。だいいち、予定価格を一円でも上まわる金額で入札したら、たちどころにアウトだろ。そんなとき、予定価格を知っていたらどうなる？」

「大いに参考になりますよね。儲けがでるかどうか簡単にわかりますし」

「それだけじゃない」

「えっ、ほかにも？」

「最低落札価格はどうだ？」

「予定価格を百とすれば、通常、その七十五パーセントが最低落札価格ということになります。予定価格さえわかれば、自動的に最低落札価格もわかるはずですが」

「最低落札価格をつける理由は？」

「工事の質を保証するためです。安値で落札しても、工事に手抜きがあったりしたら本末転倒ですから。もちろん、最低落札価格以下で入札した場合は、即、失格になると思います」

「問題はそこだろ」五来は声をあらためる。「ある工事をどうしても落としたい業者がいるとする。そのとき、予定価格を知っていたらどうだ？」

「その最低落札価格のちょい上、もしくは最低落札価格そのもので札を入れれば確実に落札できますよね」

「そこだよ、りえちゃん」

「というと、やはり、予定価格を松永が本条に流しているということですか？」

「その線が濃いかもしれないね」

「なるほど」水沢はさらに考えこんだ。

「まだ何かあるのか？」

「水沢さんの言いたいのは、談合のことじゃないですか？　公共工事って談合がつきものみたいに言われてるから」田村が助け船を出す。

「そう先走らない。でも、今のは基本原則だからな。それに、予定価格の漏洩だけじゃない。行政指導ってやつもある。わかってるだろ？　ぼうや」

水沢は田村をふりかえった。

「こらっ、どっち見てハンドル握ってるんだ」

「あ、はい」

薄笑いを浮かべて田村は五来を見た。まかせてくださいよ、とその目が言っている。

「水沢さんが峯岡建設の営業本部長だとしますよね」田村が声をかける。「社長からある場所にゴルフ場を建設しろって命令がおりる。ところが、その用地は国の景観規制がかかっていて、規制対象からはずしてもらわないかぎりゴルフ場はできない。でも、社長の意向は絶対だ。そうなったら、水沢さんならどうします？」

「決まってるでしょ」水沢はアクセルをふみこみ、車を一台追い越した。

「いいんだよ、りえちゃん、そうあわてなくても」五来は声をかける。

「で、お答えは？」

「その管轄をする国の役人をつきとめて、そのあとは徹底的に接待するわね」

「ですよね。それが行政指導ってやつですよ。早い話、明文化されてない規制ですよね」

田村は一件落着というふうに五来に目くばせした。

「港や空港は規制だらけでしょうからね」

「でしょ。そうなると、その規制にからんだ部署にホシがいるってことになりませんか？」

「松永のいる、えーと何だっけ……」

「港湾航空局港湾等周辺整備室」

「まったく、長ったらしいわね。整備室でいきましょうよ、これからは、ね、主任」

「でも、行政指導の件、今回はどうだろうな。そもそもの発端は千代松だからね」五来は腕を組む。

「あの料亭が何か？」

「規制をはずしてもらうために、接待するのはいいよ。でも、役人はあんな仰々しい場所はふつう敬遠するからな。しかも、最高級クラスだ」

「一回こっきりのお願いくらいでは、あんな場所は使わないわけですね」

「ふつうはそうだ。接待でもそれなりの場数をふんで、料亭クラスになれば、大づめだ。ここまで持ちこめば、『贈』の勝ちだろうな」

「逆に言えば、今度のケースはかなり、昔から工作が行われていて、根が深いということになりますよね？」

「そうだとしたら、どうだ？」

「やっぱり、工事関係の受注と言うことになりますか……あっ」水沢は声を上げて、ブレーキをふんだ。

セダンがふいに飛び出してきて、前方の車との狭い車間に割りこんだ。

「運転に専念しろ、運転に」五来は声を上げた。

そうこうしているうちに、また車が割り込んで、レクサスは五台ほど先に遠のいてしまった。

水沢は、しきりと追い越しをかけるタイミングをねらっている。

「りえちゃん、いいんだよ、アンコでいけや」五来は車が間に入ってもいいとなだめる。

「もし、切れるようなことがあっても、気にすることはない。いちばん気をつけなきゃいけないのは、相手に悟られることだからね。歩いて尾行するときも同じだ。やばいと思ったら、即、尾行をやめること」

「はい」

「主任、ひとつだけ確認させてください」田村は一息ついたところで言う。「松永は自分が担当する工事の予定価格を本条に洩らしていたとしますよね。ということは、峯岡建設の入札調書を調べて、最低落札価格に近い額で落としていれば、有力な状況証拠になると見ていいわけですよね？」

「むろんだ。それがひとつやふたつでなくて、数が多ければどうなる？」

「ですよね」

「でも田村さん、松永が担当している工事だって、どうしてわかるの？」水沢が言う。

「それは太田さんが……」

「局長が頭、悩ませてるのはそこだよ。自分の職務の範囲内で知り得たことを相手に教えて便宜をはかる。その見返りになにがしかの利益を受ける。これが贈収賄事件の根幹だ」

「それはわかりますけど、主任、かりにですよ、相手に知らせる情報が自分の職務の中になかったらどうなるんでしょう？」

「そんなのを筋が悪いというのかなあ。ところで、峯岡建設、業界ではどれくらいにつけてるんだっけ？」

「資本金？　それとも、売り上げですか？」

「わかってるほうでいいから」

田村はパソコンを開き、「資本金ではまちがいなくゼネコンの一角です。資本金五百億以上の大手ゼネコンは五社、その下に二百億から四百億が十一社、峯岡建設はその下の中堅クラスに入りますね。といっても、中堅三十社の中ではトップです」

「これはおおごとになりそうだな」五来は見え隠れするレクサスを見ながらつぶやいた。

「そうですよね、何といっても、本省ですからね」

9

渋滞にはまり、青山の峯岡建設本社ビルに着いたのは、午前九時に近かった。

地下駐車場に滑りこむように入ったレクサスを見届けてから、五来は、単独で車からおりた。自ら拠点になりそうな物件を物色し、結局、本社ビルから南にくだった通りぞいにあるオフィスビルの二階にある空き部屋に決めた。

オーナーの名前と住所を確認し、手帳に書きとめる。

車にもどりながら、あらためて会社との位置関係を見た。

五来の車は、空き家になっている飲み屋の駐車場に頭から入って、後部座席からうしろが歩道にかかるように停まっている。そこからは容易に峯岡ビルの人や車の出入りが見てとれる。

後部座席からスモークをはったリアウインドウ越しに監視すれば、気づかれることはまずない。

　スマホがふるえた。太田からだ。

「おう、局長、どうした？」ドアを開けながら答える。

「人、お借りできませんか？」いきなりの応援要請だ。

「今、どこにいるの？」

「例の場所ですよ。どっちですか？」声が細い。

「わかった、わかった、どっちかやるよ」

「了解」

　五来はふたりを外につれだした。

「今度はどこに行くんですか？」田村が言った。

「車でずっと張り込むつもりか？　少しつらいだろ」

「すみません。拠点ですね」

「張り込みはいいんですか？」水沢が不安げに言う。

「今日は月曜日だ。本条は会議、会議だよ。ところで、局長が応援欲しいそうだ。どっちが行く？」

「行きます」田村が間髪を容れずに言った。

「よし」

早くも立ち去ろうとする田村を呼びとめ、しばらく通りをつれて歩いた。それとなく拠点となるビルを示した。

手帳を開けて、そのメモを見せる。

「拠点のオーナーだ」五来は田村に言った。「色がついてるいないの確認」

「ああ……そうか」

「番号はわかってるな?」

田村はしきりとうなずきながらスマホをとりだし、素早くボタンを押す。

遅れる田村をそのままにして、水沢と先へ急いだ。青山通りに入り、表参道にむかう。

田村が追いかけてくる。「わかりました。大丈夫です」

「よし」

通りから一本へだてた路地に入った。四階建ての細長いビルを見つけた。エントランスは御影石張りで、落ち着いた間接照明があたっている。

エレベーター脇にあるドアをノックして開けた。中年の男がぽつんとソファにすわりテレビを見ている。

「失礼ですけど、大野隆一さんでいらっしゃいますか?」五来は丁寧にきりだした。

「はい、そうですが」大野はぽかんと顔をこちらにむけた。

「こういう者ですが」縦型の警察手帳を見せると、大野は、ぱっと立ち上がり、歩みよってきた。

「あっ、警察の方ですか」まじまじと大野はバッジに見入った。うしろにいるふたりにまで、気づかう余裕はない。

「大野さん」親しみをこめて五来は言い、拠点となるビルの名前と部屋を口にする。

「はい、たしかにわたくしのものですが……何か」

「実はですね、ちょっとお宅さまの部屋から見たいところがあるんですよ。ほんの短い間で結構なんですが、ご協力、お願いいただけないかと思いまして、伺わせていただきました」

　突然の申し出に右往左往しながら、「ああ……そうですか」と大野はテレビのスイッチを切り、いそいそともどってきた。

「あっ、はい、よろしいですよぉ、今は空き部屋になってますし、ほかでもありませんから」

「ありがとうございます。助かります」五来は深々と頭を下げた。

「まあ、そうお堅くならなくても」

「いや、社長さんのおかげで事なく進めそうです」

「そんな、おおげさな……で、いつからになりますか?」大野は遠慮がちにきく。

「明日からでもお願いできますか?」

「わかりました」ようやく、大野は水沢にむかって笑みを浮かべた。奥の部屋から鍵をとってもどってくる。

鍵を受けとると、五来はもう一度、礼を言った。

「いや、いいんですよ、どうぞ、お使いください」

「助かります」

「何ですか、そのー、事件でも」大野は好奇心をふくらませる。

「大野さん、これはシークレットですからね。大変、申し訳ないんですが、今は、お伝えできかねます。ただしね」声を低める。「これが終われば、必ず新聞にのります。そのときは」じっと相手の目を見つめる。

大野は興味津々な目つきで五来を見返す。

「わかりました。また何かありましたら遠慮なくお申し出ください」

「ご協力、感謝いたします」背を伸ばし、会釈してふたりに目で合図を送る。部屋を出た。

車にもどる道すがら、田村は感心したように口を開いた。「いや、びっくりだな、あんな短い間に。ねえ、水沢さん」

「そうね」

「しかし、警察手帳の威力か」

「それもあるけどな」五来は田村の目を見やる。「お互い、見知らぬ者同士でもああして秘密を持ち合うだろ。そうすると、親密になれるものなんだ」

「でも、主任、二課の名前は出さないんですね」

「出すわけないだろ。ところで、あの社長、どう思う？　今日、家に帰って、警察が訪ねて来たぞ、ってかみさんに言うと思うか？」

「そりゃ、言わないんじゃないですか？」

「いや、言う。人間てのはな、秘密を知ったら人に言いたくて仕方なくなるもんだ。とくにあの社長のようなタイプは」

「そうですか」

「でもな、部屋をただで貸してくれと頼まれたことまでは言わない。そういうもんだ」

「そういうものよ、田村さん」そう、つけたした水沢に、五来は五千円札を渡した。

「りえちゃん、あとで大福でも買ってくれないか？」

「社長に届けるんですね？」

「半分は俺たちが食うんだよ」

昼近くなっても、本条をのせた車は地下駐車場から現れなかった。ときおり、思い出したようにぽつんぽつんと人がエントランスに入っていくだけで、静まりかえっている。

「来客、少ないんですね」後部座席で水沢が言った。

「マクドナルドとはちがうぞ。千客万来というわけじゃない。それから、双眼鏡は注意して使うように。日があたって反射するとまずいから」

「わかりました。でも、建設会社ってどこもそうなんでしょうか？」水沢は手にしていた双眼鏡をひっこめる。

「似たり寄ったりだな。今日は月曜だし、建設会社に来る人間はけっこう、限られてるからな。だいたいが、営業にでるほうだから、むこうから足を運んでくれる人は少ない」

「そうですよね、厳しい世界かもしれませんよね」

「ああ、厳しい」

「ところで、主任、伊加さんのことですけど」

「どうかした？」

「田村さんにけっこう、つらく当たりますよね」

「そうだな」含み笑いをしながら五来は答えた。

「あれ、何かあるんですか？」

「よそ見しない」

「あっ、すいません」水沢はリアウインドウに顔をむける。

「志望動機がなあ」五来は嘆息する。「ぼうやと伊加は正反対だからなあ」

「というと？」

「ああ見えても、ぼうやは正義感の固まりみたいなところ、あるだろ？」

「それは感じます」

「伊加は伊加で小さいときから警官志望だったんだよ」五来は言葉をにごした。

じっと水沢は五来の目を見つめる。

「奴は暴力団狩りをしたかったというんだな」

「えっ暴力団狩りですか」

「小さい頃から悪と体、張っていたらしくてね、伊加は。どっちかというと、純粋培養のぼうやは嘘っぽく見えるんじゃないの」

「田村さんはあまり気にしていないみたいですけど」

「似ているところがかえって反発を招くのかもしれんな。それに、伊加はああみえても、俺と似て」それから先の言葉を五来はのみこんだ。

「主任も暴力団狩り、されたかったんですか？」

「おいおい、変なこと言うなよ、人が聞いてたらどうするんだ」

「ご自分と似ているとおっしゃいませんでしたか？」

「俺は暴力団なんて、少しもかかわりなかったさ。中学校じゃ生徒会長してたくらいだから」

「それは、うかがいました」

「だれから？」

「歓迎会の席でしたから、あまり覚えてません。そのあとは？」

「中学を卒業したあと？」

水沢は興味深げにうなずいた。

「高校かあ、少し、生活態度が変わったかもしれないなあ」

「どう変わられたんですか？」

「生意気になったんだろうねえ」五来は窓を少し開け、たばこをくわえて火をつけた。

「こんなものも覚えたしね」

「たばこくらいは」

「いや、そのたばこだけどね、えらい目にあったよ。ほら、体育館にくっついて部室あるだろ。当時は木造だ。そこに皆して入ってたばこ吸ってたんだよ。授業のチャイムが鳴ったんで、あわてた。床の節目に穴、空いてるだろ。そこにたばこをほうりこんでさ」

「火のついたたま?」

「消す余裕なかったからね。教室にもどってしばらくすると体育館のほうから煙が上がってるんだよ。そしたら、またたく間に火が出てさ。町中の消防車が出動するわで、大騒ぎになっちゃってね」

「それで体育館は?」

「全焼」

こちらをじっと見つめる水沢の血相が変わった。何と言えばよいのか。言葉がつまって出てこない感じだった。

「職員室の前の廊下に悪ガキ仲間、十人、ぴったり一線にならばされた。体格のいい体育の教師が目をつむれ、だ」五来は、にやにやしながらつづける。「目を閉じると、その先生が『部室でたばこ吸った奴いるな。十数えるうちに前に出ろ』っていうわけだ。『ひとつ、ふたつ……はい、一人、二人……いつつ、はい、六人……ここのつ……とう』そこまで言われて、俺は前に出た。『よし、目を開けろ』。言われたとおり目を開けると、俺一人しか前に出ていなかったんだよ。やられたなあ」

「それで、どうなったんですか？」水沢は五来の顔に目をむけて聞き入っている。

「俺だけ一カ月の停学。ほかは、全員おとがめなし」

「番長、張られていたんでしょ？」

「そんなこと、だれから聞いたんだよ」

水沢はリアウインドウに顔をもどした。「まだまだ、あるんじゃないですか？」茶目っ気たっぷりに、水沢は自分の横腹に手を立て、「このあたりに、刺された傷があるって聞きましたけど」

「おいおい、いい加減にしろよ、仕事中だろ」

「あっ、出ます、レクサスです」

五来は素早く車から出て運転席に移ると、車をだした。ちょうど、レクサスが尻をこちらにむけて国立競技場方面に走りだすところだった。

レクサスは外苑西通りから新宿通りに入り、四谷方向にむかった。麹町三丁目の交差点で一方通行の路地を南にとる。小さなビルの手前で停まると背広姿の本条修一がさっと出てきた。

路地に入ったところで車を路肩によせて、その様子を見守る。

本条は何も持たず、手ぶらでビルの中に入っていった。車は通りに待たせたままだ。

五分としないうちに、本条は足早にもどってきた。車に乗り込むと、さっと発進した。

そろそろとあとをつける。

本条の入ったビルの看板には、

『関東建設振興会』

とあった。

それからも、本条を乗せた車は、都内のあちこちを走りまわった。昼食もとる気配がない。

途中で水沢と運転を代わった。それでも車に乗りづめで、さすがに五来の背中はこわばりはじめた。夜の帳がおりる頃、うつらうつらしていると、運転席から、「昨日は帰られたんですよね」と声をかけられた。

「ええ、何？　今どこ？」

「ちがいます、主任。昨日はご自宅に帰られたんでしょ？」

「帰りましたよ」五来はぶすっと答えた。

下着や服の替えがほしかっただけで、家に帰るには帰ったが、家族はみな寝ついていた。十日分の下着と背広の替え二着をバッグにつめて三時間ほど〝仮眠〟し、明け方、アスリートを飛ばして分室にもどってきただけのことだった。

10

七時前に分室にもどった。

「お帰りなさい」太田の横にすわっている田村がちょこんとふりむいて言った。

「どうだ、進んだか」

「田村のおかげではかどりました」太田がパソコンの画面をにらみながら、答えた。

「さいたま新都心まで行ってきたのか？」

「行きましたよ。快適でした。食堂はあるし、おまけに安いし、な」

「えっ、ええ」田村は液晶画面に見入り、何事か小声で話しあっている。水沢も興味深げに、ふたりのうしろについた。

佐藤の椅子に地味な背広がかかっている。五来が席につくと、ハンカチで手をふきながら佐藤が部屋に入ってきた。「いやあ、お疲れでーす」佐藤はいやに機嫌がいい。

「どうしたんですか、おじさん」一対一になると五来は佐藤のことをそう呼ぶ。

「いやぁ、別に」佐藤は机の下においたバッグから、大事そうに書類をとりだした。

戸籍謄本（こせきとうほん）がごっそりでてきた。かなりの数がある。

「今日一日でそれ全部とってきたんですか？」

「もたもたしてられないでしょ。今、局長にコンピュータで不動産の登記簿、見てもらってますから、なあ」佐藤が呼びかけると、太田が、もう少し待っててくださいと言った。

「どれどれ」五来は書類の束を手にとった。

今日、この目におさめてきた家族の戸籍謄本だ。

本条修一　昭和四十七年七月三日生
本条康子　昭和五十二年五月八日生
本条圭太　平成二十二年二月二十五日生

その下にびっしりと附票がついていた。夫妻は結婚した平成十四年に、今の住所に住みついている。修一の前住所は鎌倉市七里ヶ浜となっていた。兄がひとりいて、その人物が現在でも鎌倉に住んでおり、両親ともに健在らしい。

妻の康子の出生地は現住所と同一で、両親とは死別している。一人っ子の長男は今の場所で生まれていた。

そこまで確認してから『収』に移った。

肝心の松永幹夫だ。

松永幹夫　昭和四十四年一月二十日生
松永節子　昭和四十八年十月三日生

松永定男　昭和十八年六月十九日生

附票を見ると母親はすでに亡かった。現住所に住みはじめたのは平成十年の五月。それまでは、鎌倉市大船に住んでいた。

「ちょっと匂いますね」五来の手元を見ていた佐藤が言った。相づちを打ちながら、五来は本条修一の附票を見直した。

こちらも、前住所は鎌倉になっている。

「同じ鎌倉にはちがいないけど、大船と七里ヶ浜ではね」と五来は見比べながら言う。

大船は東海道線に沿った内陸にあり、七里ヶ浜は相模湾に面した湘南だ。

「年も三つ、離れてるからね」佐藤は言う。「でも、同じ鎌倉だし、どこかでつながっている線は捨てきれないよね」

「それより、おじさん、今日一日で両方まわったんでしょ？」

「何はなくともまず戸籍だけは欲しいからねえ。ついでに本条の家も見てきましたよ。『贈』と『収』、両方の家を見てきたのは私だけだろうね、今のところは」

「へえ、そりゃ大車輪だ。明日は何を？」

「まずは横浜の陸運局かな。松永が乗ってる車の車歴、調べないといかんでしょ。あの年でスープラですからね」

「あの排気量三リッターのスポーツカー？」

「それぞれ。直列六気筒のモンスターマシンです。新車ならフル装備で七、八百万はいきますよ。銀座の例の画廊にも寄ってみたいし。妙な絵を見てたっていうじゃないですか」

「ああ、ありましたね。おじさんとしては放っておけないわけだ」

佐藤の洋画好きは年季が入っている。警視庁職員の展覧会では特別賞を連続してとっているし、フランスを訪れたこともある。

「それにしても、連中、私をのけもん扱いにするもんだから、あんなことになる」

初日の失尾を佐藤は持ちだした。

「あれだけむさいのが揃ってれば、おじさんの出番はなかったんじゃないですか？」

「ほう、珍しいね、統括がかばうなんて」

統括主任の五来のことを〝統括〟と呼ぶのは、佐藤のほかに係長と管理官の平山だけだ。

五来は頭をかいた。

「おーい、局長、まだー？」佐藤は根元が真っ白になった髪をかきあげる。

「ちょっと待ってくれませんか、最優先でしてますから」太田はいらついている。

ほー、と佐藤は首をすくめる。

田村が印刷された紙をもってきた。

ネット経由で調べた松永幹夫宅の不動産登記簿だ。

「なんだ、もう出てるじゃないか、局長、人が悪いなあ」ぼやきながら佐藤は老眼鏡をかけた。その横に田村はすわり、自前のパソコンで調べものをつづける。

「土地、建物ともに所有者は松永幹夫かあ。引っ越した平成十年に登記が済んでますねえ」佐藤は登記簿を見ながら言う。

「広さは」

「百六十平米」

「そりゃでかいや。その土地、だれから買ったんですか？」

「前所有者は、(株)ポートハウジングとなってますね。おそらく、建て売りか何かでこの業者から買ったんでしょう。このあたり、白楽駅に近くて建てこんでますからね。まとまった土地の出物はめったにないでしょうから。おーい、局長っ」

「何ですか？」太田がふりむく。

「この(株)ポートハウジングってのはコンピュータで見られないの？」

「調べましたが、今現在、その会社は存在してません」

「なあんだ、全部、インターネットで調べられるんじゃないのか」

「コンピュータ化される前に会社がなくなっていれば、当然、見られません」

「じゃあ、これ以上、だめなわけ？」

「いや、これまでと同じように調べれば済むことですから」太田はこともなげに言う。

「現地で閉鎖登記を見ればいいんだな？　よし、わかった。明日、こっちもまわってみるから」

「おじさん、やけに張り切ってますね」

「いやあ、統括……いい事件、やりたかったからね」

「そうですね」

退職まで余すところ、三年足らず。佐藤にとって、今回の事件は引退の花道になるかもしれない。

「こいつはね、いい仕事になりそうだよ」佐藤はしみじみとつぶいやいた。

これまで見ていた登記簿の下に、何枚かの紙が見え隠れしている。佐藤に断ってそれを手に取ると、本条修一宅の登記簿だった。

「何だよ、これ、局長。『贈』の家の登記簿とってどうするんだよ。金、かかってるんだろ」

「徹底的にやれって言ったのは主任じゃないですか」

「ああ、ごめん、ごめん」五来は謝りながら登記簿に目を落とした。ざっと見たところで、ほうと声をあげる。

「どうかしましたか?」佐藤が声をかける。

五来は登記簿を見せた。「もともと、この家の土地は女房方の土地ですよ、ほら、平成七年に本条康子が父親から相続してるでしょ」

「なるほどね」

建物は、本条修一と康子とが半分ずつ所有している。

「しっかりしてますよね、この康子ってのは」

「離婚するときにそなえて担保かねえ」冗談めかして佐藤が言う。

「元々は自分の親のものですからね。旦那だって文句を言える立場じゃないでしょ」

「理解ありますね。統括の奥さんとこもあれでしょ？　そこそこの運用してるって話、小耳にはさみましたけどね」

「まあ、それはそれで」

「ところで、まだ、松永に張り付いてる連中から連絡ないの？」

「さっき、役所を出たっていう連絡が入りました」五来はロレックスを見た。午後八時。

「ぼちぼち、家に着く頃じゃないですか。何もなければね」

「さて、お待たせしました」ごっそりと書類をたずさえて、太田がやってきた。水沢がついてくる。

「これが今日、情報公開室でコピーしてきた入札調書です」

「こんなにあるのか」

分厚い書類の束が四つ、クリップでとめられている。どれも一センチ近くある。

太田はひとつずつ書類の束を取りあげる。「まず、これが三年前のもの。これが二年前、それから、こっちが去年のやつ。少し薄いのが今年の分です」

「これ、全部、国土運輸省管轄の工事なの？」

太田は大きくうなずいた。「じっくり見てもらいましょうかね」

それを聞きつけて、田村と水沢がやってきた。

五来は目の前にある書類をながめて唾をのみこんだ。「もう一度きくけどね、局長、これ、全部、峯岡建設が落札した分なのか？」

「まず、二年前のものを見てください」太田は束のひとつをずらしてよこした。

見出しに、『件名　横浜港本牧（ほんもく）地区護岸工事』とあり、予定価格は、十二億七千二百万円、最低落札価格は、九億五千四百万円となっている。

その下に、入札に参加した業者の一覧とそれぞれ入札した金額がしめされている。どの額も互いに数百万単位の開きがあるものの、予定価格の十二億七千二百万円に限りなく近い。

上から五段目にある峯岡建設がもっとも低い額を提示してあった。

十二億四千六百五十万円。

額の横、摘要欄に『落札』としるされてある。

佐藤が電卓をとりだして、ぽんぽんと叩いた。「落札率は九七・九パーセントかあ。四捨五入すりゃあ、九八パーセント。いいもうけだねえ」

「落札率というと……峯岡建設の入札した額を予定価格で割った率ですよね？」水沢は興味深げに言う。

「ああ、やってみる？」

佐藤から渡された電卓で水沢は同じ計算をした。

「なるほど、九十八ですよね」

「落札率が高ければ高いほど会社のもうけが多くなるってわけだ」田村が突っこんだ。「予定価格は、一般管理費という名目で会社の利益が出るように算定されてるからね。工事の原価は、いいとこ六、七割だろ」

「予定価格ぎりぎりで落札すれば、三割のもうけがでると考えていいわけですね」水沢は入札調書を見ながらつづける。「でも、つばぜり合いですよね」

佐藤はふふふ、と笑いながら五来の顔を見る。

田村も気になるらしく、その束をとって、上から順にめくりながら電卓を叩いた。「護岸工事とか防波堤工事とかが多いですね。うん……そうでもないか、トンネルや道路もあるし。どれも落札率は、九十五パーセントから九十八パーセントですよね」

「それより、局長、最近のはどうなの？」五来は口をはさんだ。

「これ、見てください。去年のものです」太田は別の束の付箋をつけてあるページを開いた。

佐藤が調書を自分の前におく。「どれどれ……ほお、いってるじゃないか」

「どうしたんですか？」五来はきいた。

佐藤は付箋のついたページの前後をぱらぱらとめくっている。

「この工事が境目みたいだな、そうだろ、局長？」

太田はじっと書類を見たまま答えない。

五来は佐藤からまわされた書類を見た。

「なになに、大阪港南港A地区築造工事、予定価格二十五億二千六百万で峯岡の落札額が、おお……十八億九千四百五十万円」

佐藤がすっと電卓を滑らしてよこした。

手早く叩いて、落札率をはじき出す。

「七十五パーセント……最低落札価格に近いな」五来はため息まじりに言った。

「それ以降、見てください」太田が口を出す。

五来はページをめくった。

新門司港埋め立て工事、鶴見川土砂搬出工事……金額はまちまちだが、どれもほぼ最低落札価格に近い額で落札している。しかも、他社の入札価格は予定価格に近い額になっていて、峯岡の入札額より二割以上高い。

「今年のも見てくれませんか？」太田が別の束をよこした。落札率が赤字で書き込まれている。

「こっちも七十六から七十七パーセント台か」

「あの、どうなってるんでしょうか？」

おずおずと田村が口を開くと、佐藤が三年前の工事の束を田村の前に押しやった。「三年前のときは、まあ、峯岡建設はそれなりに業界の中で誠意をもって入札に参加していたんだ」

「誠意？」と水沢が口を出す。

「この調書、よく見てみろよ」佐藤は強い口調で言った。「入札はあくまで個々の会社が独自の額で入れるものだろ？　それにしちゃあ、額がきれいにならびすぎてると思わんか？」

「そうですよね。どれも百万から五十万の間だ」

「仲良く話しあってスポンサーを決めてるからだ」

「スポンサー？」

「落札する業者のことだよ」

「というと、これは……談合というやつですか」

「十中八九まちがいないね」

「予定価格はどこから知ったんでしょうか」

「いいかい、談合というのはひとつのシステムだ。仲間に加わっていれば、特別なことをしなくても仕事がまわってくるし、予定価格もちゃんとわかるようになってる」

「まあ、いいです。で、去年から、峯岡建設は、談合からはずれたんですね？」水沢は言った。

「仲間はずれにあったか、それとも、自分からはずれたか。どっちかだろうな」佐藤はそう言って五来の顔を見やった。

「まあ、はずされたんだよ」

「でも、主任。今年度に入って峯岡建設が落札した工事の数……すごいですよ。半年で去年一年分と同じくらいあります」水沢は、紙を前後にめくりながら言う。

「だから業績が上がるわけだ。もうけは少なくても量で来いってやつじゃないですか」田村は納得する。

「でも、田村さん。最低落札価格は予定価格を知らなきゃ、弾くことができないわけでしょ？　峯岡建設が談合の仲間からはずれたとしたら、どうやって予定価格を知るんですか」そこまで言って、水沢は、はっとした顔つきになった。

「松永が本条に……」田村がつぶやく。

そうなんだよ、予定価格を洩らしているんだよ。

五来は心の中でつぶやいた。

「まあ、あとはしっかり行確やって、松永の尻尾をつかまえることですな。早けりゃ年内に立件だな」あっさり、佐藤が片づける。

「おじさんも気が早いですねえ。まだ、身上をやってる最中でしょ」

「あはは」

「りえちゃん、明日は佐藤さんにつくか？」

「ええ、是非」

その言葉を待っていたかのように、尾上からスマホに電話が入った。「ただいま、松永は自宅に到着しました。銀座線虎ノ門駅から新橋駅乗り換えでＪＲ京浜東北線、東神奈川駅下車、徒歩で帰宅。寄り道はありません」

「了解、お疲れさん。係長は？」

「あーっと、東神奈川の駅から帰りました」

「こっちに来るんだろ？」

「いや、直帰すると」

「なんだよ、まったく」

五来は入札調書のことを話した。

「へぇ」尾上の声はうわずっていた。「そりゃ、明日にも打ち込みかけますか？」

「おーさん、そいつぁ気が早いよ。じゃあ、また明日もよろしく。落ち着いたら俺も様子見に行くよ」

「はい、了解、いつでもどうぞ」

11

木曜日。五来は単独で霞ヶ関に出むいた。

張り込みをはじめて十日あまりがすぎていた。本条修一は相変わらず、目まぐるしい営業をかけていた。その合間をぬうように、松永への接待攻勢は相変わらずつづいていた。先週の金曜は、赤坂の料亭を使い、キャバクラをはしごした。今週の火曜日は、銀座にある本条行きつけのバーで接待だ。まったくあきれる。

できあがって間もない合同庁舎ビルは、秋の日差しにあたって光り輝いていた。偽の名刺を守衛に見せ、一歩中に入る。吹き抜けのロビーがあり、大理石の壁にずらりとハイビジョンテレビが埋め込まれていた。昼前で人は少ない。

磨きぬかれたコンコースを歩き、渡り廊下に入った。すぐ先にエスカレーターがあり、そこから先は別棟になっている。国土運輸省だ。

左手のオープンスペースにチェーン展開している〝トールカフェ〟が入っている。さっと目をやると、窓際にある太い柱の陰にその横顔が見えた。

五来はコーヒーを買い求め、その席についた。

「いよいよおでましだね、あんちゃん」

「大げさなこと言うなよ」そう言ってはみたが、『収』の棲む牙城に足を踏み入れることを思うと、少しばかり気負っている自分がいた。

「係長は？」五来はきいた。

「そのへんで遠張りかけてますよ」尾上はうんざりした顔で窓越しに外を見やった。

「大丈夫か？」

「車をはなれるときは駐車違反でつかまらないように、一時間おきに移動してくださいって言ってありますからね。松永は車、使うようなこともないみたいだし」

「移動の経路も決まってるようじゃないか？」

「ええ、ものさしで測ったようにね。松永のいる港湾航空局は六階の国会議事堂に面した側です。部屋は、そのいちばん北の角ですね。実際は建設整備課と同じ部屋に入ってます。奴の席はここです」尾上は課の配置図をよこした。

窓際にふたつの独立した席があり、その左側が松永の席。右手は建設整備課長。そこを起点にして、係員の島が二列ならんでいる。

「これまで、松永は七時きっかりに、エレベーターで二階まで降りてきます。それから、この先にあるエスカレーターをつかって、この前を通ります」

五来はちらっと渡り廊下に視線を送った。

「七時に帰宅か。本省にしちゃあ、ずいぶんと早いな」五来は小声で言った。

「予算は夏の間に片づいてるし、臨時国会もぼつぼつ終盤ですからね。ほかの連中もあんがい、早く帰ってますよ。相変わらず午前様はいるみたいですけど」尾上はまわりに目を配りながら言う。カフェの中は四、五人が散らばっているだけだ。

「昼間の動きはどうだ?」

「地下一階に食堂がありますが、昼飯は課の中で弁当食べてるようですね。七時までは下に降りてこないみたいですから」

「そうか……で、奴の帰宅経路は?」

「判で押したように、七時過ぎにこの前を通ります。合同庁舎の表玄関から出て、桜田通りを二ブロック歩くでしょ。それで銀座線の虎ノ門駅です。国会議事堂側と外務省側にも出入り口がありますが、これまでのところ、使ってません」

「接待以外に足をむけたところはないか？」

「ないですね。先週の土日も家にいましたから。今のところ、街金にも出入りしていません」それだけ言うと尾上はうつむいた。

「借金も何もなしか」

ギャンブル狂い、借金漬け。『収』の弱みをついて『贈』はたくみに取り入る。松永に弱みがあるとすればどこにあるのか。いずれにしても、早々に銀行捜査に着手しなくてはならない。

「おーさん、ひとつ、ビッグニュースがある。佐藤さん、松永の出た鎌倉南高校へ行って名簿めくってきた」

顔をあげた尾上の目がきらっと輝いた。

「同窓だよ。本条と」

「こりゃ、ますます筋がいいですね。同窓会でもあれば、すぐお近づきになれる。あんがい、古い付き合いかもしれないですよ。まさか、白楽の家も本条が世話したんじゃないでしょうね？」周囲に気遣うのも忘れて尾上はまくしたてた。

「さすがに土地は奴個人の購入だよ。鎌倉から引っ越したのは二十六年も昔だ。勤め先と近い場所を選んだらしい」

「勤め先というと？」

「港湾航空局の地方局。横浜にあるらしい。それより、例のスープラだ。今年の七月、新車で購入だよ。しかも、現金で一括」

「あれれ、そんなにボーナス、出ますか？　あの車、八百万はするんでしょ？」

「もうちょい、上」

「やっぱり、別のところで宝くじ当ててますね」

「たぶんな」

「それ、ぜんぶ佐藤さんの調べですか？」

「鎌倉でずいぶん聞き込みをしてきたよ。水沢もついていくので精一杯とこぼしてる」

「えらい、張り切ってますね、佐藤さん。ところで、本条、どうですか？」

　五来は先週の土曜、瀬川とともに本条を尾行したときのことを話した。朝、八時過ぎ、本条はアウディを自ら運転して家を出た。同伴者はいなかった。調布インターから中央高速に乗り、首都高、常磐道を経て北上し、茨城県の那珂インターで降りた。常陸那珂港まで走り、峯岡建設が手がける防波堤の工事現場に着いたのが午前十一時。現場を督励したのち、港全体をくまなく見てまわった。二時過ぎ、同じルートをたどって帰京したものの、今度は有明北の埋立現場に出むいた。泥の中をアウディで走りまわり、小金井の自宅に帰り着いたのは結局、夜の八時を過ぎていた。

　ここぞというときに辛抱強さを見せる瀬川も、さすがにぐったりと疲れて、途中で五来と運転を交代したほどだった。

「それにしても、えらい熱心ですね」

「ウィークデイは都心で営業かけてるし、現場に行く時間がないんだろう。夜は夜で……な」

「あちこち接待か、野郎も骨が折れるな」

「こっちの方こそだよ」

尾上は声をひそめる。「ところで、松永以外につかんでる役人はいますか？」

「局長がほかの省庁や東京都、それから全国の自治体関連の工事を総ざらいしてる。今のところ、国土運輸省以外から予定価格を入手している兆候はないそうだ」

「わかりました。で、どうします？　奴の課をのぞいてみますか？」

「そのつもりで来た」

「わかりました、でも……しばらく待ったほうがよさそうです」尾上は思案顔を渡り廊下にむけた。「まだ人が少ないでしょ。十一時すぎればもう少し人が出てくると思いますが」

「よし、わかった。おーさんはもう少し、ここにいてくれ。俺は外を見てくる」五来は携えてきたビジネスバッグを取りあげて席を立った。尾上は意味がわかったらしく、にやりと笑みをこぼした。

合同庁舎ビルをひとまわりし、霞ヶ関坂をのぼった。国土運輸省の南門の前を通りすぎる。3号線の手前、外務省側に伊加のプリウスが停まっていた。

軽く親指をあげて合図すると、運転席にいる伊加は人差し指で後方をしめした。

青地はその方向にいるらしい。

桜田通りにもどった。農水省の正門の斜め前に、白のアコードが停まっていた。リアウインドウにアンテナまでつけている。

五来は横断歩道をわたり、アコードの後部座席に身を滑りこませた。気づかなかったらしく、運転席の青地はぎょっとして、五来をふりかえった。

「信号に近すぎますよ」

「ああ、そうか」青地はぼそりと言い、しぶしぶ車を二十メートルほど前に移動させた。斜め後方に合同庁舎が離れていく。

「いいだろ、このへんで」と青地。

五来は答えず、「また、公用車ですか」とつぶやいた。

青地は意味がわからないらしく、しきりとバックミラーで合同庁舎の正門を見ている。

「どこの世界に、行確の現場から直帰して、本部にもどってこない係長がいますか？」五来は重ねて言った。

「報告なら局長から受けてるぞ」

「太田がすべて、知ってるわけじゃないでしょ」五来は言うと、後部座席に張られている白いレースのカバーを手荒く引きはがした。

青地は目を丸くして、その様子を見つめる。

五来はカバーをたたんで車の外に出ると、運転席のドアを開けて、カバーを青地の顔に叩きつけた。

「統括っ、何するんだ」

「こんな車に白カバーつけてれば、だれだって公用車とわかるでしょ」手を突っこんで、エンジンをかけてやる。

「帰りなさい」五来はぴしゃりと言った。

「何言ってるんだ……」

「いいから、分室へ帰りなさい」

横断歩道の手前で警戒にあたっていた警官が車に近づいてくる。

五来は勢いよくドアを閉めた。

青地はひくひくと眉を動かし、憤懣（ふんまん）やるかたない顔で五来をにらみつけたかと思うと、アコードを勢いよく走りだして去った。

12

歩みよってくる警官に何でもないというジェスチャーをし、五来は合同庁舎にもどった。

トールカフェの手前で濃紺のスーツに身を固めた尾上が待っていた。こちらも、五来同様、本革製のアタッシェケースをさげている。

「おまっとうさん」声をかけると、すっと尾上は横についた。

短いエスカレーターに乗る。

「こっちに入るのは今日で二度目ですよ。これから先、よくよく注意しないと」尾上は小声で言った。

五来はだまってうなずいた。

日の差しこむ渡り廊下を進み、くすんだ建物の中に入った。守衛室の前に立つ守衛が遠慮のない視線を送ってくる。身分を尋ねられることはなかった。

そこを通りすぎて、国土運輸省の地下一階にたどり着いた。エレベーターが左右六台ずつ、ずらりとならんでいる。合同庁舎に比べると、建物全体が古くさく蛍光灯の明かりも黄ばんでいる。壁もエレベーターの扉も黒で統一されているせいか、よけい暗さを感じた。

しかし、これはどうしたことか。五来は我が目を疑った。人がいない。

四年ほど前、事件がらみでこの庁舎に足繁く通ったことがある。その頃、このエレベーターホールは人いきれでむんむんしていた。一階へつづく階段にも、発注をねらう業者や地方自治体の役人が大挙してつめかけていた。その頃の熱気はなく、建物全体が静まりかえっている。一国のインフラ整備を一手に引き受ける巨大官庁にしては、閑古鳥(かんこどり)が鳴いているといってもよかった。

チンと音がして奥手のエレベーターの扉が開き、サンダルをはいた職員が出てきた。

扉が閉まる直前、尾上はさっとその中に身を滑りこませた。五来も体を横にして入った。

つづいて乗ってくる者はいない。

尾上が六階のボタンを押す。扉が閉まり、ごとりと音がしてエレベーターが上昇をはじめた。

「人がいないな」思わず五来はこぼした。

「業者はおろか、自治体の連中もいませんよ」

ふたりしかいないエレベーターの中で、尾上の顔に厳しさが増した。「ひとりでこの中を歩くと怪しまれますからね。こうしてコンサルタントか何かを気取ってないと、とても歩けません。それから、銀行のATMと郵便局が地下一階に入ってます」

「奴がいつ降りてくるかわからないんだろ。無理はするなよ。せっかくのネタだから」

どのみち、汚い金をつかまされているとしたら、役所のATMなどを使って引き出すことはない。

六階の扉が開いた。ことりとも音がしない。そっと足を踏み出す。クリーム色の壁にそって薄暗い廊下を歩く。以前は荷物が廊下にも山積みになっていた。それを縫うようにして、土産物のつまった袋を手にした業者たちが頻繁に行き来していた。今は何もない。港運課、貨物課とすぎる。

しんと静まりかえった廊下に人の通りは絶えていた。開いているドアの内側をのぞきこむ。中は仕切りがなく、いちいち廊下に出なくても往来できる。

革靴の音が神経質に響いた。暗い廊下の先に、ドアが開いて明るい光が差しこんでいる。ことさら、足音をしのばせた。突きあたりまで来た。

ドアのすぐ脇に、席次表が貼られている。松永の名前を見つけた。中を見ることのできる位置に立つ。

いた。

松永幹夫はきれいに片づいた机につき、こちらをむいている。ワイシャツ姿でひじかけに両腕をあてがい、ややうつむき加減で書類に目を通していた。所在なげにノートパソコンが半分ほど開けられている。それ以外、机の上にあるものはない。夜分に見たときより、銀髪が多く感じられた。血色はいい。

ずらりとならんだ課員たちは、いちようにノートパソコンとむきあい、キーボードを叩いている。電話で話し込む人間もいない。

尾上に袖を引かれ、その場でUターンした。

たった今、目におさめた課の風景を反芻する。

あの静けさはどうだ。客とおぼしい人間はおらず、課員たちの机もきれいに片づき、立っている者すらいなかった。

四年前、五知が国運省の審議官をサンズイで挙げたことがある。五知の山崎管理官は知る人ぞ知る、汚職一筋のベテランで優秀な警部補をずらりと揃えての逮捕劇だった。『贈』のほうはあっさり落ちた。『収』の川西審議官も行儀のいいエリートだからすぐ落ちると、五知はタカをくくっていた。

その予想は見事にはずれた。利益供与はあくまで職務権限の範囲内であると審議官は主張し、それを盾に賄賂の受け取りを否認しつづけた。地検から身柄をよこせと脅され、あわてた幹部は、審議官の細君を刑法六十五条一項〝身分なき共犯〟で挙げる寸前までいった。一度も抜いたことのない宝刀を抜いてしまったら、立件できないかぎり恥をかくのは二課だ。そこで呼ばれたのが、五来だった。交番勤務のときでさえ、署に送る前にホシの自供を取っていた。五来にかかれば、ことごとく落ちる。上層部にも〝落としの五来〟が浸透していた。

「おまえが川西か！」取調室に入った第一声で相手を一喝した。自分の息子ほどの歳の離れた男に呼び捨てにされ、相手はひるんだ。その瞬間から五来のペースで事が運んだ。座布団を三枚敷いて相手を高見から見下ろす。川西の目からそらさず、捜査資料にあった日時の行動をただしていった。

川西はひどい汗かきだった。自供が進むにつれて、はいているズボンから汗がにじみ出て床に滴り落ちた。最後は完落ちした川西を抱いて、ともに声をあげて涙を流していた。

取り調べに入る前、五来は何度となく、業者を装ってこの建物に入り込み、つぶさに観察した。

その頃の省内は、課員たちの机に山のように書類が積まれ、頻繁に人が出入りしていた。狭いスペースで、膝をつき合わせるように打ち合わせをしたり、業者を机の脇にはべらせて、話を聞いている姿をどの課でも見ることができた。だから、用事もないのに業者面して課の中に入り込み、広げている書類をのぞくことくらい朝飯前だった。審議官室の一画は土産物が山積みになり、我が物顔で出入りしている業者すら見ることができた。

金をもらう代わりに、『贈』に与える利益は何なのか。どのような手順を経て『贈』と接触するのか。それを見極めたうえで取り調べに入った。そのツメがなければ、核心をつく取り調べはできなかった。しかし、あの頃と今とでは同じ国運省とは思えない。部屋の中に一歩、入ろうものなら、いっせいに課員がふりむき、質問を浴びせてくるだろう。そうなれば、ホシに気づかれ事件は消滅する。

言葉をかわさず、黙々と暗い廊下を歩いた。エレベーターの中に入ってふっと息を抜く。あらためて、本省の変わりようを五来は思った。

ひとりとして業者らしき人間を見かけることはなかった。職員は机を離れず、打ち合わせめいたことをしている様子もない。仕事のありようが変わったとするなら、どこが変わったのか。業者がいないことからすれば、考えられることはたったひとつ。

発注業務を行っていないからではないか。

地下一階で尾上と別れ、外に出た。伊加の車を見つけて後部座席におさまると、まっ先に青地のことをきかれた。

「丁重にお帰りいただいた」

そう言うと、伊加はほっとした顔つきになった。「そりゃ助かりまっせ。松永の顔を見ると言ってきかなかったっすからね。なだめるのに骨ぇ、折れて。ところで、まいっちまいますよ、この張り込み。北はお堀だし西隣も庭園でしょ。本庁のお膝元で角ごとにオデコが立ってやがるし、南は外務省、裁判所ときやがりますから、こうやって、あちこち車停めて出待ちっすよ」

　そうぼやきながら、伊加は車を移動させる。本省の中を見てきたことを伝えると、伊加は「やっぱ、内張りはだめか」

「まさか、本条が来るわけでもないし。外が勝負だろ」

　五来が合同庁舎を出てから三時間近くが過ぎた。午後二時半。スマホがふるえた。尾上からだ。「あんちゃん、松永が動いた」

「早いな、今、どこ？」

「たった今、トールカフェを通過。間もなく、合同庁舎正面を出るところ。紺の背広にベージュのソフトバッグ」

「了解」五来は通話を切った。

「やけに早いっすね」

　伊加の声を背中で聞きながら、車から出た。急ぎ足で合同庁舎にもどる。すんでのところで、地下鉄駅に潜りこむ松永をとらえた。

　五来は地下鉄入り口までもどり、階段をかけおりた。改札近くにいる松永を見つけた。うしろに尾上がついている。改札口を抜けた松永は日比谷線のホームにむかった。五来も同じ日比谷線のホームに立った。尾上がすぐ脇を通って、松永をはさむ位置につく。やがて電車が滑りこんできた。同じ車両に乗り松永と同列にすわる。窓ガラスに映りこむ松永の姿を視界におさめた。松永はプラダのソフトバッグを膝の上におき、軽く目を閉じた。

13

恵比寿をすぎても松永は降りる気配はない。電車は地上に出た。松永は終点の中目黒駅で降りて、同じホームの反対側にやってきた東急の急行列車に乗った。経路こそちがうが、やはり早退して自宅に帰るのだろうか。ことさら、顔色が悪いようには見えない。

自由が丘、武蔵小杉とすぎる。自宅のある白楽で下車するためには、菊名で各駅停車に乗り換える必要がある。にもかかわらず、菊名で降りなかった。

横浜駅も乗りすごし、電車は、相互乗り入れしているみなとみらい線に入った。三駅目の馬車道駅手前で松永が席を立った。

戸が開く。間髪を容(い)れず五来もホームに出た。

松永はゆったりした足取りで大通りを南に歩きはじめる。百メートルもいかないうちに、煉瓦(れんが)づくりの建物の中に入った。横浜地区合同庁舎となっている。なるほど、ここならJRを使うより東急線経由のほうが便利だ。

入り口のガラス扉越しに中を見ると、松永はエレベーターの前にいた。エレベーターに乗り込むのを確認して、庁舎に飛びこんだ。

松永の乗ったエレベーターが停まった階を確認する。

八階。国土運輸省関東建設局港湾航空部。

松永は仕事で来たのだ。ほかの階には、法務局や財務局といった国の地方局が入っている。

あとから来た尾上に目くばせして建物から出た。ふたりで建物のまわりを歩いて張り込み場所を決める。五来は正門から通りをはさんで、差し向かいにある喫茶店の窓際に陣取った。

尾上は遅れてやってきた伊加のプリウスに乗り込み、裏口で待った。

五時をすぎると、煉瓦の壁のライトアップがはじまった。十五分ほどして、松永が同じ年代の男とともに正門から出てきた。尾上に連絡を入れて店を出る。

ふたりは歩道橋をわたって、伊勢佐木町（いせざきちょう）方面へ足をむけた。松永の横顔はおだやかだ。

馬車道に入るとふたりは、〝霧笛（むてき）〟というこざっぱりした居酒屋に入った。

一時間後、赤い顔をしてふたりは店から出てきた。馬車道駅にもどると、仲良く電車に乗り、ふたりとも横浜駅で降り、そこで別れた。

申し合わせたとおり、五来は松永の背中についた。尾上と伊加は念のため、片方の男のヤサづけに入った。

五来が分室にもどったときは、九時半をまわっていた。佐藤と水沢がいた。太田がすわったまま、椅子を回転させてふりむく。「たった今、尾上主任から直帰したと電話がありました」

「わかった。で、係長は？」

太田はうんざりした顔で首を横にふる。

報告も入れずに直帰？　お灸をすえたのがこたえたのか。

「これ、どうしますか？」太田はファックスで送られてきた尾上直筆の捜査報告書をかざした。

ヤサづけした男の住所氏名はすでに携帯で知らされている。見る必要もない。

「適当にまとめて上げてくれよ」

各捜査員が書く報告書とは別に、捜査二課長へ上げる正式な報告書は、太田が一手に引き受けている。

太田は気に入らないらしく、尾上の報告書を読みあげはじめた。

佐藤にたしなめられて、ようやく太田はやめた。

「まったく、冷やかすなよ」五来は水沢のいれてくれた渋いお茶を口にふくんだ。「おじさん、何見てるんですか？」

佐藤は老眼鏡をはずして、分厚い本をよこした。

モナリザの顔を拡大させた絵が表紙になっている。「おじさんの本だよね、これ？」

「パリのルーヴル美術館におさめられてる絵をまとめた本ですよ」佐藤がページを繰ると、若い男とも女ともつかない人間が、右手に木の枝をかかげている絵が現れた。背中にとがった羽根のようなものがある。

「張り込み初日に銀座で松永が入った画廊がありましたでしょう。長沼善之の個展をしていて、松永が長いこと見ていたっていう」

「ああ、あのときの絵がこれですか」

「たぶん、その絵だと思うんだよね。ハンス・メムリンクというドイツ人の画家が描いた絵で『オリーブの小枝を持つ天使』という絵なんですよ。のちにスタンダールがほめて一躍、名が知れわたったんですけどね。スタンダール、知ってるでしょ？」

「知ってますよ。『白と黒』書いた小説家じゃないですか」

「主任、『赤と黒』です」水沢が訂正する。

「長沼は風景画が専門で人物画は描かない。唯一の例外が画廊にあった絵ですよ。長沼が若い頃、ルーヴル美術館で実際の絵を見ながら模写したものです」

　五来はもう一度、その絵をながめた。言われてみれば、わずかに小首をかしげた表情は何とも言えない雰囲気がある。斜め前をじっと見つめている目は生きているようだ。

「模写でも百万はくだらないですよ」

「そんなにするんですか」

「今日、のぞいてみたんですよ、その画廊。でもなかったからさ、ね」佐藤は水沢に相づちを求めた。

「隅々まで見てみましたけど、はい、ありませんでした」

「だれかが買ったんだろうな」

「だれですかね？」

五来は瀬川の机にあるアルバムを手に取った。松永と本条が会った人物や場所を撮った写真がおさめられている。バイクに取り付けられた赤外線カメラで撮ったものも多い。どやどやと音がして、その瀬川と田村が帰ってきた。

「いやあ、今日は民民っすよ」瀬川がどっかりと椅子に腰を落ち着け、赤っ鼻をこすりながら言った。季節の変わり目になるとアレルギーが出るのだ。甲高い声で瀬川はつづける。

「予算消化ですかねえ。場所はご恒例、銀座のバー、オリオン。相手は大手ゼネコン、秋本工務店ご一行六名様。受けて立つ峯岡建設は本条大将とその腰巾着、上岡営業課長、係長の長浜、以上三名。いつもの布陣です」

「またどっかで共同企業体組ませてもらおうって魂胆かねえ。しかし、統括、松永は予定価格、どうやって本条に投げてるんでしょうかね」佐藤が言う。

「あれだけ頻繁に会ってますからね。いくらでも機会はありますよ」

太田の机にコピーした紙の束がどっかり載せられている。太田が制止するのをふりきって、五来は体を伸ばしそれをとった。

「なになに、峯岡建設六十年史……どこでめっけてきたの？」

「いいじゃないですか、どこでも」太田はこちらをむき、拳を膝において臨戦態勢に入っている。

「まさか、資料室行ったわけじゃないだろうな」

「行きません」

「しかし、業界紙もずいぶん、とってきたなあ」社史の下には、一センチ近く、建設中央新聞やら政経土木週報といった建設業界の専門誌のコピーが重なっていた。

「峯岡建設の歴史調べてどうするの？　局長」

待ってましたとばかりに太田の口が開いた。「それは四年前に峯岡建設が自社出版したんです。編集責任者は峯岡隆司(りゅうじ)、五十七歳。現社長です」

「知ってる。三代目だ」

峯岡隆司が先代の急逝にともなって社長に就任したのは一昨年の暮れ。編集責任者として社史の最後のページにでかでかと自らのカラー写真をのせている。でっぷりした顔で眉が太い。

太田の手が伸び、社史を繰った。新聞のコピーが出てくる。峯岡隆司のトップインタビュー記事だ。

『先代の死はあまりに突然だったので戸惑いました……長い間、営業畑で会社を支えてきましたが、昨今の公共投資の低迷……』

趣味はカジキマグロ釣り、か。五来がつぶやくと太田はまた次のページを繰る。

「局長、こんなに読めるかよ。要点だけ言え」

想定済みらしく、さっと太田はそのコピー紙を見せた。大見出しで、

〝羽田沖の波高し〟

となっている。

羽田空港N滑走路建設工事共同企業体から峯岡外れる、と小見出しがついている。

佐藤が首を突っこんできた。「羽田の沖合展開か。ずいぶん、昔の国家プロジェクトだよな、局長」

「大げさだな、佐藤さん」五来は言った。「海を埋め立てて、新しい滑走路を造っただけのことじゃないですか」

「いやいや、かなりの土木事業だったみたいですよ。今の羽田空港の南側を埋め立てて、新しい滑走路を造ったんですからね。な、局長」

こっくりとうなずいて太田が差しだしたのは、その羽田空港N滑走路建設工事の入札調書のコピーだった。

落札額は五千九百九十億円。入札とは名ばかりで、ひとつの企業体しか参加していない。参加している企業名は括弧書きになっているが、その中に峯岡建設の名前はなかった。

「しかし、そうそうたるメンバーだな」五来はため息まじりにつぶやいた。

企業体には大手のゼネコンから準大手の海洋土木まで、すべて入っている。いってみれば、日本の建設業のオールスターだ。これでは、ほかに企業体など組めないだろう。

「埋め立てじゃなくて、当時は浮体工法といって鉄の箱を浮かべる案もあったんですけどね」太田は別のページを開いて見せた。

羽田空港の真南に、航空母艦を大きくしたような長方形のものが横たわっている。西は多摩川の河口だ。

「でも、結局は埋め立てたんだろ？」

「そうですね。さんざん、議論があったようですが」

「いずれにしても、埋め立てなら峯岡建設のお家芸じゃないか。その企業体に峯岡が入っていない理由は何なんだ」

「談合に加わらなかったかもしれません。共同企業体に入れれば、まず百億単位の受注はかたいと思うんですけど」太田の顔がくもった。

「でも、一方じゃあ社長が変わってから、国運省の受注がうなぎ登りなんだろ。まあ、東日本大震災の復興事業もあっただろうし」

「そうですね。ことに、去年の談合をはずされたあたりから、めざましいんですよ」

「談合をはずされたら一匹狼だろ。いくら震災需要があったとしても、普通なら業績が上がるわけがない……はずされたんじゃなくて、自分からはずれたんじゃないのか？」

太田はにやりと笑みをこぼした。「どうも、談合やぶりは、いってみれば峯岡一族のDNAです」

「はあ？」

「創業当時の峯岡建設は海軍と結びつきが深かったんですよ。横須賀軍港の建設にあたっていましたからね」

「それは聞いたよ」

「昭和十四年、創業者の峯岡公一（こういち）は当時、会社をつくってまだ二年足らずのときでした。

あるとき、高速戦艦専用の修理ドックの建設話が持ちあがって海軍が業者に入札を呼びかけたんです。もちろん、峯岡建設も参加するつもりだった。その入札前夜、当時、横須賀を仕切っていた業者の親玉から呼ばれて談合をもちかけられたんです。公一は言いなりになって高い札を入れざるをえなかった。

　ところが、公一はその札を見た海軍少将にこっそり呼びだされて、『同業者がもしおまえを脅したら海軍兵を送るから正直な札を入れてくれ』とたのまれた。峯岡公一は意気に感じて、かなり安い札を入れて工事を受注したんですよ」

「反骨精神旺盛(おうせい)でけっこうだな。そのあとが大変だったろ？」

「さんざん、同業者の嫌がらせや脅迫にあったようですね。でも、それを機に峯岡建設は海軍とのつながりが深くなって、みるみる大きくなっていったんです」

「それがＤＮＡか。で、今度は海軍のかわりに国土運輸省になるわけだな」

　コピーの束を太田の机に押し返す。

　そのとき、ドアが開いて珍しく管理官の平山が顔を見せた。「あれ、係長は？」

　五来はだまって首を横にふった。

「……そうか、またか」平山はそれだけ言うと、他係のヤマがつんでいるのだろうか、早々にドアを閉めて消えた。

「それはいいんですけど、主任、今日見てきた本庁の様子、もう少し具体的に話してくれませんか？」

五来は順を追ってくわしく話した。

「やっぱりそうですか」

「どうかした？」

「峯岡建設の落札した工事を一から調べ直しているんですよ。発注元の欄に、松永が籍をおく整備室の名前がなかなか見つからなくて」

妙なことを言う。まるで、松永は予定価格を入手できる立場にはないとでも言いたいのか。

「同じ部屋に建設整備課も入ってるじゃないか。何言ってるんだよ、局長」

太田はもう答えず、背をむけて、捜査報告書の打ち込みをはじめている。

五来の脳裏に本省の中を歩いたときの光景がひとしきりよみがえってきた。

頭を切り換えて報告書にかかる。松永が自宅に帰った時間を記入してから、キャビネットをひらいて、本庁の資料室から借りてきた『国土運輸省名鑑』を取りだした。

人名索引をひき、松永幹夫が紹介されているページを開けた。経歴のいちばん下にしるされた前職を見る。

国土運輸省関東建設局　東京港湾航空事務所長　今日出むいた馬車道の合同庁舎だ。本省へ異動になる前、松永はあの庁舎にいた。

組織図をめくると、東京港湾航空事務所は関東建設局の下部組織になっている。いっしょに飲みに出た梅本敏行（うめもととしゆき）という人物は、後任か元の部下だろう。名簿に名前はない。

14

日曜日午後五時。糸のような小雨がぱらついていた。アパートの窓下にある路地を、松永の父親がとぼとぼと歩いていく。カーテンの影から五来はそのうしろ姿を見ていた。徘徊（はいかい）がはじまっているのは本当らしく、傘もささずに、今日はこれで三度目の散歩になる。

うねうねと曲がりくねった路地の奥に、松永の家が見える。民家の塀はどれも高く、日の陰りはじめた路地はまるで水路のようだ。昨日、松永は靴を買いに出ただけで、あとは家に引っこんでいた。今日も、これまでのところ先週の日曜と同じパターンをふんでいる。

スマホがふるえた。松永の車にぴったり張りついている伊加だ。「ただいま、六角橋商店街に入る手前です」

「はい、了解」五来は通話をいったん切り、車で先まわりしている尾上を呼びだした。

「おーさん、商店街に入るぞ」

「見えてます」

「了解」

先週の日曜日、松永は午後一時過ぎ、スープラに乗って家を出た。岸根公園近くにあるスポーツジムで三時間近くすごしてから酒屋に立ちより、ビールを買って家にもどってきた。

今日も同じ順路で家路についている。

五来は遊動配置についている田村を呼びだした。「ぼうや、今、どこだ？」

「六角橋商店街の真ん中、たった今、目の前をスープラが通過しました」

はじめて松永の行確についた田村の声は緊張している。

「よし、追い込みが終わったら、もどってこい」

「了解」

松永家の玄関で花柄の傘がぱっと開き、幹夫の細君が義父を家の中へ連れこんだ。まもなく、松永本人の運転するスープラがやってきた。狭いスペースに何度も切り返しをして車を停めた。スウェットスーツ姿で缶ビールのつまった箱を両手にさげて家の中に入っていく。

拠点として借り上げていたアパートにもどってきた田村を窓に張りつかせた。カーキ色のシャツにナイロンのベスト、デニムのパンツ。まずまず、街に溶けこめるだろう。

「あとは出待ちだ。今日はまかせるからな」声をかけると、田村は、五来をふりかえった。

いくつか尾行の手順を教えたあと、念のためスイカを持っているか確認する。田村は財布からＪＲの乗車カードを抜き取って見せた。

「人混みじゃなければ、足を見ろ。上を見たら見失うぞ」

「足……ですね、あっ」田村は小声で叫んだ。

五来は窓にとりついた。

玄関ドアが開き、淡い照明のもとに灰色の姿が浮かびあがる。松永だ。その姿がすっと暗闇にまぎれて消えた。黒っぽい影が塀に写りこみ、それがしだいに近づいてくる。街路灯の明かりに、松永の上半身が浮かんでくる。影は角を折れて左手にまがった。

「ぼうや、伊加の車で先に東神奈川駅へ行け」

田村は返事もせずアパートを出ていった。五来は落ち着いて靴をはき、部屋の鍵をしめてアパートをあとにした。

小雨模様の大通りに出ると、八十メートル先に松永の姿をとらえた。小さな紙袋を手にしている。傘はさしていない。尾上に連絡をとる。

「あんちゃん、うしろにいるよ」

「了解、そのまま流してくれ」

松永はゆったりしたイージーパンツをはき、コットンのウインドブレーカーをまとっている。黄土色のバンダナを頭に巻いている姿は、とても国運省の役人とは思えない。すぐ先に、国道1号線の横断歩道がある。スピードをあげて松永の背にぴったりついた。

第二京浜を真下に見ながら歩道橋をわたり、東神奈川駅の西口に入った。横浜線との乗換駅になっていて、利用客が多い。人をぬうように松永は改札にむかっている。

改札横の太い柱に、片足をまげて壁にあてがい、スポーツ紙をきっちり四角く折りたたんで読むふりをしている姿が目にとまった。

「刑事ですって面さげて、張り込んでるんじゃないよ」擦れちがいざま五来が声をかけると、田村はあわててついてきた。

「す、すみません」

松永は改札を通過する。その正面にショルダーバッグをさげ、ニット帽をかぶった伊加がいた。松永が左寄りに出たのを見て一足先に下りホームに降りていく。

やはり、松永は横浜駅にむかう気らしい。ゆっくりホームに降りた。松永のいる方向に目をやる。一両分先に伊加の姿が見えた。

電車が滑りこんできた。どっと人が降りる。松永と同じ車両に、となりの扉から入った。空席はなく、ほどよく混んでいる。

松永は扉近くのつり革に手をかけた。ウインドブレーカーが水滴のついた窓ガラスに映る。チェックのシャツが見え隠れしている。五来も同じ列でつり革につかまり、松永の左にいる学生風の男に視線をあてた。となりの松永が視界におさまる。

つづく車両に田村の顔が見える。電車が動きはじめた。

日曜のこの時刻に動く目的は何か。この先、本条が待ちうけていて、フランス料理にでも舌鼓を打ちながら予定価格を教えるのではないか。

二分足らずで横浜駅に着いた。扉が開き、松永が降りる。ひと呼吸遅らせて五来もつづいた。

ホームから階段を下る。松永はステップを踏むように、人の間をすりぬける。

悪い予感がかすめる。階段を下りきったところで、人の群れとぶつかった。反対側の階段から伊加が下りてくる。視線が合うと伊加は口元をゆがめ首を横にふった。

中央通路は黒々とした人の頭で埋め尽くされている。

伊加に東口に行けと合図をおくった。田村に通路の左側を行けと命じると、五来は人混みの中に身を投じた。

とたんにすれちがう人の肩がぶつかってきた。押し寄せてくる人の波にさからうように、西口にむかって歩く。日曜の人出が、これほどとは思わなかった。

怒濤（どとう）のように押しよせる人、人、人。伊加の姿さえ見えない。

似たような髪型を見つけた。人をかきわけて近づく。

横顔が見えた。ちがう。

ぐるっとまわりを見まわした。いない。売店の前に目をやり、みどりの窓口をつぶさに見た。どこにもいない。完全に見失っていた。

五来は西口へ足をむけた。前方に目をこらす。頭に焼きついている後ろ姿を思い描いた。

人の群れから浮くように、黄色いものがするすると上がってきた。

バンダナではないか。

正面エスカレーターを上りはじめた松永に視線を固定したまま、五来は急ぎ足であとについた。

エスカレーターを上りきると、松永はバスターミナル前の広場を左にむかった。相鉄ジョイナスに入ったところで伊加に連絡をとりながら、追う。

小さな紙袋を大事そうにさげて、松永は通路を進んでいく。高島屋に入り、化粧品売り場を通り抜けて外に出る。赤信号を無視して通りをわたり、ネオンのきらめく盛り場に入っていった。本条と落ち合うにしては、様子がおかしい。

信号が青になるまで、間をおいた。

伊加が横にならんだ。

「ぼうやは?」

「呼びましたよぉ、おっつけ来ます」伊加は答えると、ニット帽を深くかぶり、信号を無視して小走りに路地へ消えた。

濡れた舗道にネオンが虹のように映りこむ。尾行に気づいていない松永の足取りは軽そうに見える。

橋のたもとでロングブーツをはいた女がすっと身をよせた。橋をわたりきる頃、ふたりは腕をからめあい、ぴったりと身体を張りつけていた。ほどよく締まった体つきとさりげなく肩まで伸ばしたヘアスタイルは若い。歩きながら上目づかいでちらちらと松永と視線を合わせる様子は、どう見ても恋人のそれだった。

通りから引っこんだ寿司屋の暖簾をくぐって、ふたりは中に消えた。行灯のともった石畳の店先は一見の客を拒んでいる。

デリバリーヘルス嬢と束の間の遊びという線は消えた。冷たい宵の口、松永の遊ぶ時間はまだたっぷりとある。

斜めむかいにあるファストフード店に入り、窓際から寿司屋を見た。裏口についた伊加から連絡が入り、目の前を田村が通りすぎていった。

ふたりが店から出てきたときは、七時をまわっていた。暖簾の明かりで女の顔が見えた。額のまんなかで分けた髪がおでこを広く見せている。きりっとした眉毛の下にある目は大きく、小さな鼻と釣り合うようなつつましい口をしている。

Vネックのカットソーの下で揺れる女の乳房は張りがあり、カーキ色のラップスカートは女学生のような初々しさがある。

店に入る前はつけていなかったブルガリのネックレスが首元できらりと光った。

松永のさげていた紙袋の中身はあれだったのか。

急ぎ足でふたりがむかったのは東急ハンズだった。五階で七宝焼き(しっぽう)の小皿を買い求めたのを皮切りに、順に下へ降りていく。店を出たとき、松永は両手に荷物をさげ、女は大きなテディベアを抱えていた。どれも松永の現金払いだった。

盛り場を駅にむかって歩き、とあるバー・ビルの二階につづく階段を上っていった。踊り場は店の入り口になっている。黒いドアの脇に、明かりのついていないスタンドがでていた。『うらら』と読める。

女が鍵を開けて中に入り、内側からドアを開け放った。荷物を抱えた松永がゆっくり店の中に入っていく。淡い照明のついた店の内側から目に飛びこんできたのは、とがった羽根をつけた天使の絵だった。

長沼善之の絵ではないか。

　ほんの数分で店を出てきたふたりは、ふたたび駅へとむかった。荷物はなく、女はテディベアを胸の前で抱えて歩いている。駅前のバスターミナルを通りすぎると、モアーズ脇の路地から環状1号線をわたり、閑静な住宅街へ入った。

　ふたりがすっと左に動き、建物の入り口に消えた。五来は道の反対側にまわりこみ、建物を見あげた。古びた六階建てのマンションだ。

　三階の外通路を歩くふたりの姿が見えた。今度は松永が鍵を開けた。

　いつの間にか、伊加が横にいた。「とうとう、出てきゃあがったな」

「ああ、出てきた」

「いやぁ、いい女だったな。二十五、六ってとこかなあ。しかし、日曜のこんな時間、松永の野郎、女房に何て言って、出てきやがるんだろ。麻雀とか何とか、でまかせ並べやがるんだろうな」

「何も言わんかもしれんぞ」

「ああ……そりゃあるかも、っすね。それにしても、きゃつの服どうです？　遅れに遅れた青春、取りもどそうって格好だな、まったく」

15

火曜日午前六時。起き抜けに水沢が渋いお茶をいれてくれた。佐藤と水沢以外は自宅から直接、行確に出むく。係長の青地とも霞ヶ関での一件以来、顔を合わせていない。

「りえちゃん、そろそろ行確にもどるか？」

「今の仕事のけりがついたらお願いします」

「そうだな」

「主任、いけませんねー。こんなものばかりじゃ」掃除の手を休めて、ゴミかごからクリームパンのビニール袋を取って見せた。

苦笑いする五来に、今度は紙袋をよこした。中身を取りだして包装をあける。好物の大福と草餅がのっぺりとならんだ。

まず、大福を口に入れた。つぶあんだ。

「いやあ、旨い」

「おやつのつもりで持ってきたのに」

またたく間にふたつ平らげるのを水沢は唖然として見つめる。

「まあ、いいじゃない。どう、りえちゃんも」

「けっこうです。家に売るほどありますから。というか、売ってるんですけれど。それより主任、松永のスケのヤサ、割れてよかったですね」

「おお、りえちゃんも一人前のデカの口きくようになったね」

「捜査がはじまって、もう二週間たってるんです。当然です」

松永が日曜日に会った女の名前は片桐由香。ふたりが荷物を抱えて立ちよった『うらら』のママだ。昨日の行確でそこまではつきとめた。片桐のくわしい身上は佐藤と水沢の担当になる。

「心証はかぎりなくクロですよね。若い女を囲うのって、とびっきりお金がいりますから」

「体験から？」

「主任」

「まあ、コーヒーでも飲みなさいよ。セルフサービスで悪いけど」

「お金か……松永は本条から、どうやって金を受けとってるんでしょうね」

「それを確かめるのがこれからの仕事だろ。そこが立証できないと事件が成立しない。接待に使った店の支払いも、時期が来たら一斉に調べに入るからな。ただ、絵の支払いはすぐ知りたい。銀座の画廊にもまわって、だれが払ったのか、確かめてくれないか」

「わかりました」

「面白くなってきたな」

水沢はうなずいて、部屋の隅にある給湯室に足をむけた。

田村の出勤を待って、五来は分室を出た。今日も一日、本条の行確が待っている。アコードの後部座席に乗り込むと、開口一番、「日曜は主任のおかげで助かりました」田村は頭を下げた。

「運良く、松永が目立つ服着てたからな」

軽く受け流して車窓から外をあおいだ。雲ひとつない青く澄み渡った秋晴れの空が広がっている。

道を急ぐ田村はいつにもまして饒舌だった。松永に女がいることがわかり、一気に事件は進展を見せた。そのことがうれしくて仕方ないらしい。ひとしきり、仕事のことを話し終えると、出てくるのは互いの故郷の話だ。

この夏、田川から出てきたひとりの老人を田村に紹介し、食事をともにした。元田川署の下松豊治という刑事だ。

その下松の口から出た五来の行状に話が及ぶと、田村は、「しかし、中学生のとき生徒会長をやっていた人が番長を張るもんでしょうか？」とまた五来の高校時代に話をもどした。

「鎖がとけたからな。小学校のときは同じ学校で姉貴が先生をしていたし、中学は中学で、兄貴が先生してたんだよ」

「生徒会長と番長じゃあ、違いがありすぎませんか？」

「どっちが本当の力持ってる？」

「……やっぱり、番長ですね」

しげしげとうなずく田村を見て、五来の心に浮かんできたのは、歳の離れた兄や姉でもなく、背筋をきりっと伸ばした父親の後ろ姿だった。

小学校の教師をしていた父は厳格な人間だった。とはいえ、久方ぶりに産声を上げた次男坊は、それなりに可愛かったようで、ふつうなら長男につける太郎という名前も与えた。将来はむろん、兄姉と同じ、教師か医者にさせるつもりでいた。

しかし、そうはならなかったから今の五来がいる。

高校時代、丸々と太った長門祐二というポン友といつもつるんでいた。高校二年で太郎は番長にのし上がった。その翌日から、祐二と毎朝七時に田川の駅で待ちあわせて電車に乗り、五十分かけて小倉へ出るようになった。

太郎は小倉駅前で学生服を着た高校生を物色する。カモを見つけては、恰幅のいい祐二とふたりして「ちょっと、顔かしない」と呼びつける。

「よか時計ば、しちょるやんか」

ドスをきかせて時計をせしめては質屋に入れる。巻きあげた金を手下の同級生にばらまいて親分を気取った。番長のつとめだ。

二学期に入ったまだ暑いその日、いつものように太郎は小倉駅でカモをさがしていた。そこに一見してヤクザ風の男が近づいてきた。

「てめえが五来か？」

「そうだ」

答えた瞬間、腹に焼け火箸を刺しこまれたような感触が走った。日の光に反射して、刃のようなものがちらっと見えた。

男は風のようにその場からいなくなった。

「ばかやろー」大声をあげた。

激しく痛む腹をおさえて、田川へ帰る電車に飛び乗るしかなかった。駅と駅の間がいつもよりひどく長かった。

上り勾配がきつくなる。運動したわけでもないのに息が苦しくなった。熱いところから、どくどくと血が流れ出るのを感じた。

祐二は、為す術もなく真っ青な顔でただ見守るだけだ。駅舎のない呼野駅がどうにも嘘寒い。トンネルを抜け筑豊に入った。

採銅所駅をすぎて右手に香春岳が見えてきた。田川に帰ってきたという気にさせられる。石灰を採られて、七合目あたりから上がすっぱり切りとられている。

しかし、その山の形がどういうわけか、いびつに歪んでいた。暑い盛りなのに、ががた震えがきて寒くてしょうがない。

「祐二……ちょいと」

学生服をあけると、白いシャツが血で真っ赤に染まっていた。覚えているのはそこまでだ。気がついたら病院で仰むけになっていた。

カツアゲした学生の中に、暴力団の組員の兄を持つ男がいた。その男にお礼参りされたというのはすぐ伝わってきたが、刺した張本人はとうとう最後まで見つからなかった。

それでも、太郎は番長から降りなかった。傷がいえてから、前にも増して熱心に空手道場に通った。

番長になって以来、他校の生徒ともめ事があると、その高校の番長を英彦山川の河原に呼びだしていた。一対一の果たし合いをして決着をつける。

ひとりだけ、どうやってもかなわない松崎という男がいた。その男に勝ちたい一心で空手を習いはじめたのだ。どんな喧嘩でも空手はびっくりするほど使えた。

ある日、空手の道場主に呼びだされた。

「くだらん場所で空手ば、やっちょるそうだな」

「いや、ぜんぜんしちょりません」

「空手の道を知っちょるか」

「人の手足を劔と思え。男児、門を出づれば百万の敵あり、です」

「ばかたれ、空手とは礼にはじまり礼に終るもんじゃ。技術よりは心たい、己を知ってこそ他人ば知ることができるとたい」

その日に破門になった。清々した。痛くもかゆくもなかった。

学校をさぼって喧嘩をし、手下をひきつれては、夜の街に繰り出す。スナックで酒を飲み女を冷やかした。

当時、田川署の少年係に下松豊治という太郎の担当刑事がいた。太郎が学校から帰ってくるのを見はからって、「太郎ちゃん、いるかぁ」と下松は家にやってくる。よせばいいのに、父親が酒をふるまうのだ。その間、太郎はずっと家の中でかしこまっていた。刑事が帰るのを待って、やおら家を抜け出す。また、街でひと仕事だ。

それでも、何度となく喧嘩しているところを捕まった。

「太郎ちゃん、元気よかねえ」

「はあ、そうでもありましぇん」

「道場ば、行かんね」

「いやあ、それはちょっと」

断っても、いやいや道場につれていかれる。

「空手、使ってもよかよ。おもいっきり、かかってきんしゃい」

柔道着に着替えた下松は大きくかまえた。

下松は体格もよくない。しかし、落ち着き払っている。太郎は闘志をむき出しにして下松にむかっていく。

「とりゃあ」

気合い一閃、いとも簡単に太郎は投げ飛ばされた。

「まいりました」

下松は聞こえぬふりをする。短くて太い指がのどに食い込む。あっさり落とされた。

それでも、懲りなかった。高校生活で教科書をまともに開いたことは一度もなかった。

国立大学の医学部を受験した。当然のごとく落ちた。高校はどうにか卒業できた。

相変わらず父親は太郎が大学へ進むものと思っていた。自身もそのつもりで小倉の有名予備校に通った。といっても、授業は退屈で出席しなかった。市橋というダチ公とふたりして小倉城に上り、弁当を食べては映画館に足を運ぶ。仕上げにパチンコをしてから家に帰る。その繰り返しだ。いつものように繁華街を流していると、
警視庁警察官採用
と書かれたポスターを目にした。

試験日は五月七日。市橋と目を合わせた。

「警察の試験ち、どげなもんやろか」

どちらからともなく、その言葉が出た。

「冷やかしちゃるか」

父親にないしょで試験を受けた。だが、受けたことさえすぐ頭から消えた。

梅雨がきて七月になった。日差しが一段と強くなる。その日、家に帰ると父親に呼ばれた。おもむろに父親が懐から取りだしたそれを見て、胃が縮むような思いがした。警視庁の合格通知だった。

「おまえは、警官ばなりたかったんか？」

冷やかしで受けたなどとはとても言えない。厳格さゆえにとても許されないことだけはわかっていた。その気もなかったが、つい、その場しのぎの答えをした。

「はい、警官ば、なりたかったとです」

当時、田川署に警視庁から人物照会がきていた。下松が「素行に問題なし」との解答を送っていたのを知ったのは、警視庁に入ってからだ。

その場で父親から勘当（かんどう）を言いわたされた。

あとは上京するしかなかった。夏の盛り、七月二十六日のことだ。

16

田村の車で五来が本条の家に着いたのは、午前七時をまわっていた。いつもの位置につくと、窓を開けて空気を入れかえた。土の匂いがぷんと鼻をついた。

七時四十五分。玄関から長男坊の圭太と細君が出てきた。何かいいことでもあったのだろうか、駅にむかった圭太の足取りは軽そうだった。それにひきかえ、中学生の息子をじっと見送る本条康子の顔はいつになくやつれている。前下がりのショートボブは、いかにも洗いざらしで手入れがゆきとどいていない。

康子が引っこむとすぐレクサスが到着した。濃緑のスーツに身をつつんだ本条修一が玄関に立ち、さっと車に乗りこんだ。この日も康子の見送りはない。いつものように五日市街道を通って、青山の本社ビルに入った。

三十分もすると、地下駐車場からレクサスが現れた。後部座席にすわる本条を確認して尾行をはじめる。営業課長の上岡がとなりにいる。

「今日はどこへ行くんでしょうかね」

「まあ、アンコで行けや」

今日も一日、営業に明け暮れるのか。しかし、行確を怠ることはできない。

外苑から首都高速に乗ったレクサスは、都心環状から芝浦へ抜け、レインボーブリッジを渡った。海岸線に入ると、ぐんぐんスピードを増した。

田村は椅子に深くすわり直した。「また遠出になりそうですね」

瀬川がいないぶん、気を引き締めたようだった。

澄んだ青空に横浜ベイブリッジの主塔が見えてきた。一気に渡りきると、レクサスは本牧埠頭で高速を降りた。がらんとした倉庫街を走り抜けてB突堤をぐるっとまわり、埋立て工事現場で停まった。田村も道の端に車を停めた。レクサスとの距離は三百メートル近くある。

「ほら、あれ」

五来が指した先に、Mの字をあしらった旗が風になびいていた。田村は双眼鏡をとり、そこに目を凝らした。

「峯岡建設の現場事務所ですね。ごくごくシンプルです」

田村からわたされた双眼鏡で五来も旗の下を見た。プレハブづくりの小屋で、ドアもひとつしかない。事務所というより簡素な休憩所といった感じがする。

現場事務所に入っていった本条は、なかなか姿を現さなかった。

「ぼうや、この工事、何だろうな?」

田村は助手席のバッグから、ノートパソコンを取り出して立ち上げる。しばらくして、ひゅー、と口笛を鳴らした。

「えーと、どれだろうな……」

「たくさんあるのか?」五来はうしろからのぞきこんだ。

「二十近くありますね」

液晶画面には、本牧埠頭(ほんもくふとう)という名を冠した工事がずらりと表示されている。ここ二年あまりの間に契約された工事の一覧だ。埋め立てからはじまって、護岸工事や浚渫(しゅんせつ)、そして潜水調査までバラエティに富んでいる。

「これ、どうだ」

五来が指した護岸工事を田村がクリックすると、入札調書が表示された。思ったとおり、峯岡建設が五億六千万円で落札している。手当たり次第見ていくと、半分近くを峯岡建設が落としていた。

「発注元は、例の馬車道ですね」

「そうだな」

発注はどれも国運省の地方局で、松永が所属する整備室からの発注はない。

「去年だけでも、この地区で峯岡は二十億近い工事を落札してますよ」田村は顔を上げ、タグボートに曳航された浚渫船がゆっくりと沖にむかって進んでいくのを見やった。

「どれも国の工事には変わりないよな」

「そうですね」

「全国、津々浦々、港の工事は国の直轄だからだよ。一般の目に触れることもない。いまどき、これほどおいしい分野はないと思うがな」

五来は双眼鏡を受けとり、クレーンの立ちならぶ埋め立て工事現場を見た。広い。突堤の端からゆうに五百メートルはある。

「いわれてみればそうですね。道路なんか、さんざん叩かれてますからね。港の工事こそ、真空地帯だ。おや、あれは何だろう」

目を細めて田村が対岸を見た先に、五来は双眼鏡をもっていった。そこにもプレハブの事務所があり、五本の旗が立っていた。

五本の旗は、それぞれがちがった柄をしていた。

「あれは共同企業体の事務所だな」

「峯岡建設の旗ありますか？」

「いや、ない」

「ここでもはずされているんですね。峯岡は」

「いや、はずれてるんだろう。我が道を行くだ」

「おっと、動きましたよ」

前方のレクサスがするすると動きだした。C突堤をぐるっとまわり、D突堤へと進む。貨物船が一艘、停泊しているだけで、荷の積み降ろしをしているわけでもない。巨大な釣り堀のようだ。

まっすぐな道がつづいた。赤錆びたコンテナの積まれた岸壁を蛇行するように走る。青ペンキで塗られた巨大なガントリークレーンが行く手に見えてくる。ふたつめのクレーンの真下でレクサスは停まった。本条が降りて、頑丈そうなクレーンの台座をぽんぽんと足で蹴った。

上岡が車から顔を出して何事か話しかけている。本条はとりあう様子はない。物言わぬクレーンと話しこむように、本条はじっとうつむいたままでいる。長い間、勤めてきた自分の会社を成長させようと躍起になっている男とは別人のように見えた。その姿をどこか自分と重ね合わせているのに五来は気づいた。

「何してるんでしょうね？」

「次の獲物のこと、考えてるんじゃないか。とびきりの大物を」

「そうか……大物か。何を狙ってるんだろうなあ。でも、ああやって羽のばせるのも今のうちですよ」

「鬼の首取ったようなこと言うなよ」

「このヤマに入って、伊加さんも瀬川さんも、目の色変わりましたよね」

「それが普通だろ?」

「でも張り込みが多いし、贈収賄って、被害者のいない犯罪じゃないですか。よくその……モチベーションが下がらないなって思います」申し訳なさそうに田村は頭をかいた。

「被害者はいるだろ」

「えっ……あえて言うなら、今回のケース、国家ということになると思いますが」

「それだけじゃないかもしれんぞ」

これから先、本当の被害者たちが続々と現れるかもしれない。そうなれば、その対応に追われる日々が待ち受けている。しかし、今、五来はその言葉を口にすることはなく、「辛抱強くやるしかないな」といつもの調子で答えたにすぎなかった。

本条を乗せたレクサスは本牧橋を渡り、山下公園へ抜けた。関内にある峯岡建設横浜営業所で小一時間すごしたあと、ふたたび都内にもどった。いつものように得意先まわりに午後は終始し、夜八時、本条は単独で有楽町駅前に立った。

ほぼ同時に尾上から、松永が東京駅から渋谷方面行きの山手線に乗ったという連絡が入った。

それから、五分後、有楽町駅の改札口に姿を見せた松永に本条が歩みよっていくのを五来は車中からながめていた。

ふたりはタクシーに乗り、銀座四丁目の交差点で降りた。ぶらぶら歩きながら裏通りに入ると、松永が目線を投げかけた高級しゃぶしゃぶ店の暖簾をくぐった。上等な但馬牛を腹におさめたあとのパターンはいつもどおりだった。銀座五丁目にある本条なじみのバー『白樺』にふたりは入った。

五来は白樺の斜め前にあるカレーハウスで張り込みをはじめた。

たっぷり二時間がたった。ほかの客の出入りはなかった。おそらく、ママをはさみ、ふたりきりで飲み直しているのだろう。

十時過ぎ、ハイヤーが店の前に停まると、木製のドアが開いた。頬を赤く染めた松永が姿を見せた。上機嫌でうしろをふりかえりながら、軽く右手をあげて店を出る。百年の知己と飲みあったような満ち足りた表情をしている。

本条は姿を見せなかった。

松永は馴れた様子でひょいと頭をかがめてハイヤーに乗りこみ、走り去っていった。尾行の必要はない。

しばらくして店の明かりが消えると、本条は赤いワンピースに身をつつんだ女とともに出てきた。満足げな松永の顔と比べて、どことなく陰りがある。大通りにむかって歩くふたりのうしろにつき、田村に連絡を入れた。

女は白樺のママ、永井明美、三十五歳。すでに行確で住まいと名前はわかっていた。松永の女と比べて歳がいき、落ち着きもある。肩をならべて歩く後ろ姿は夫婦のそれに近い。

大通りでふたりはタクシーを拾った。その場所でしばらく待つと、田村のアコードがするすると脇にきて停まった。

　ふたりの落ち行く先は六本木にある永井のマンションだろう。泊まるときもあれば、そのまま小金井に帰るときもある。今日はどちらか。

　本牧埠頭でクレーンに足をあて、何事か考えこんでいる本条の姿が頭から離れなかった。ふいに五来の中に、その欲求がつきあげてきた。

　本条の肉声を聞いてみたい。

　本条が永井と乗ったタクシーは渋滞する六本木通りを渋谷にむかってゆっくりと進んでいた。

「しかし、あの松永、本物のハイエナですね」珍しく神経質そうに田村が言った。

「ハイエナより質（たち）が悪いぞ。もう完全な要求型になってるからな」

「要求型？」

「公務員というのは根がまじめだろ。はじめて接待を受けるときなんか、心臓がばくばくもんだ。いいのかな、いいのかなって、子供みたいに自問する」

　田村はうんうんと首をふり、自分の身におきかえて納得したようだ。

「はじめは旨くもなんともない。でも、二度、三度となると気がゆるむ。ふとした折に金をつかまされたら終わりだな。どんどん、感覚が麻痺してくる。次はあれもほしい、これもほしいとなる」

「それもこれも、相手次第ですよね」

そのとおりだ、ぼうや。『贈』は会社を代表して接待の席につく。にこやかな笑みをふりまきながら相手を落ち着かせ、酒をすすめる。『収』は相手の笑顔の下に狼(おおかみ)の顔が隠れていることを知っている。知っていても、どっしりと構えた相手に、つい、この男ならと心を許す。本条のような百戦錬磨の人間にあったら、ヤワな公務員などは早晩ひっくり返る。

信号待ちしていたタクシーからふたりが降りて、横手にあるビルに入った。五来も車を降り、ビルの入り口について中をうかがう。すっと伸びた背中がエレベーターの中に消え、扉が閉まった。降りた階を確認して、五来は階段をのぼった。三階は高名な中国料理店だった。

用心深くドアを開けると、ふたりが仕切りのある喫煙席についたのが見えた。ボーイがじろりと五来の着ているアルマーニを値踏みした。声をかけられる前に五来は動き、ふたりのすぐ横の喫煙席についた。

コック服に身を包んだ年配の男が目の前を通りすぎ、仕切りの前に立った。中国人風でひげが薄く、額が光っている。

「リィホオ」男が声をかけると、仕切りのむこうから男の声が返ってきた。五来は身をかたくして耳をそばだてた。本条だ。

「トーシェ……ゾアドェチン……」

聞いていて息がとまった。本条の口から繰り出される流暢(りゅうちょう)な外国語に、胃のあたりが重くなる。一筋縄ではいかない。それとは裏腹に本条という男への興味が、これまでになく膨れあがるのを感じた。

流暢な中国語の会話にまぎれて、甘く、からみつくような永井明美の声が聞こえる。知らぬ間に五来は、淡い朱色の仕切りに身を寄せて聞き耳を立てていた。

ボイスレコーダーのスイッチを入れ、声のする方角にむけてテーブルに置く。その上にそっとたばこを載せた。注文を取りにきたボーイにメニューをめくらせ、ビーフンを指で示して早々に退散させる。

コック服を着た男が店の奥に消えると、会話がとぎれた。すりガラスのむこうに、ふたりのシルエットがぼんやり映りこんでいる。水を口に含み、ゆっくりとたばこに火をつけて、様子をうかがう。ふたたび口を開けたのは明美だった。

「ノンコがね、このごろ、修ちゃん、飲みっぷりよくないけど、大丈夫かしらって」

さっきとはちがって、ねっとりした声だ。

「修ちゃん、ああ見えても健康には人一倍うるさいから自制してるのよ、って言うとね、仕事で飲むのって凄いストレスたまるそうですよ、だって。まったく、どこで聞いてきたのかしらね」

キン、ジュバッという音がして、仕切りの向こうがぼわっと明るくなった。本条がたばこに火をつけたらしく、そこから紫煙が上がる。

「……ノンコの奴」

本条の口から出たのは、それだけだった。やんちゃな子供の話をするような感じだ。

「あの人のことだけど、店に来てからもう一年……ううん、一年半かなぁ。はじめて来た日、雨でびしょ濡れになって入ってきたの覚えてるわ。先週なんかね、ひょっこりひとりで顔見せたのよ」

「ほう、いつ？」

「えーと水曜だったかしら。ビールみたいにドンペリ飲む人ってはじめて見たわ。それにしても、ずいぶんと強くなったわよね、松永さんも」

「おい」

名前が出て本条がたしなめた。明美はかまわずにつづける。

「帰り際に何て言ったと思う？　今度、うちの店にも遊びに来いよ、だって。公務員とは思えないわね、ほんと」

「森伊蔵(もりいぞう)、切らせるなよ。機嫌悪くなるから」

本条が高級焼酎の名前を口にすると、明美は、

「頼んでも、在庫がないって言われるのよ。今度、製造元にきいてみるわ。うちも商売だからね。がっぽり稼がないと」

「もといた会社の金は遠慮なしか」

「なんで、昔話持ち出すのよ」

「そんな大昔じゃあるまいに。まあ、店が繁盛して万々歳か」

「そりゃあ、助かるわよ。でね、あの人、歳はいってるけど、けっこう色白で男前だし、ぽっちゃりしてるじゃない。ヨウコなんか、松永さんのこと、幹ちゃん、幹ちゃんってはしゃぎまわるし。でも、はっきりいって私はタイプじゃない。かどやの上寿司とって早々にお帰りあそばせいただいたわ」

押し殺した笑いが本条から洩れた。

五来のテーブルにビーフンが運ばれてきた。仕切りのむこうにも、飲茶（ヤムチャ）セットが送り込まれ、コップのこすれ合う音がして、ビールが注がれる。

「大家がね、また来月、家賃値上げするって言ってきたのよ。またお願いね」甘い声で明美がねだる。本条は答えず、しばらく会話がとだえた。

五来はたばこをもみ消し、麺をすすった。永井明美とは社内不倫で結ばれた口か。不倫がばれて会社をやめたか。それとも、店を持たせる条件付きで本条がやめさせたのか。初期投資分くらいは本条が出したのだろう。そのあとは、会社の金を流用すればしのげる。

「月曜日、社長さんが見えたわよ」

「社長が？」

「忘れた頃、ひょっこり顔出すのよね」

「何時頃？」

「うーん、十一時過ぎだったかな。ひとりでね。何にも言わないで、カウンターの端にぽつりといるじゃない。私、誰かと思ったわよ、ほんとに。好物の日本酒切らせてたから、ノンコにあわてて買いに走らせたのよ。来るなら来るって前もって教えてね」

「スポンサーだろぅ。好きな酒ぐらい用意しておかなきゃだめじゃないか」本条の口ぶりは子供に言い聞かせる親そのものだ。

「ごめんごめん……でね、社長さん、かなりふさぎ込んでたけど、何かあったの？」

「ほう」本条はそれだけ言うと、また押し殺した笑いを洩らした。

「今日はどうするの。泊まってく？」ぞくりとするような甘えた声だ。

「いや、今日は帰る」

五来が二本目のたばこに火をつけると、仕切りのむこうでもライターの音がした。明美のしゃべり声を聞きながら、深く吸い込んだ煙を仕切りにむかって吐く。本条の席から上がった煙がそれと混ざり、ひとつになって天井を這っていった。

17

十一月に入った。最初の木曜日。秋のぬるい日差しが峯岡建設本社ビルに当たっている。黄色く色づきはじめたイチョウの木が、ざわざわと風にゆれていた。本条を乗せたレクサスが滑りこんでから二時間。相変わらず、世間から忘れ去られたように、人の出入りはない。

張り込みの拠点にしている部屋は、窓際に三脚で支えられた望遠レンズ付きのカメラが置かれているだけだ。監視をつづけている五来のうしろで、田村がノートパソコンを操っている。

「あっ、ありましたよ、主任。皇福楼のホームページ。福建料理の名門らしいですね」言いながら、田村はあんパンをぱくつく。バナナと並んで張り込みの常備食だ。

五来は窓から離れてノートパソコンを見た。簡素な作りのホームページだが、高級感を漂わせている。『総料理長の挨拶』をクリックすると、一昨日の晩、本条の席に来た男の顔が現れた。

五来に代わって田村は窓際で双眼鏡をかまえる。「僕も本条の生の声、聞きたかったなあ。もう一度、レコーダーの声、聞かせてくれませんか」

「何度聞いても同じだろ。それより、何語かわかったのか？」

「そっちはちょっと、おや、あれって確か……」

五来は窓際にもどり、本社ビルを見た。玄関前に背広姿の大柄な男がふたり立っている。カメラのファインダーに目をあて、男たちに焦点を合わせて望遠レンズを絞り込む。右手に立つ、でっぷりした男の顔がファインダーの視野角一杯に広がった。あれは……社長の峯岡隆司ではないか。

左手に立つ本条と同じ背丈だが、顔は大きい。上品そうに短く刈った白髪を丁寧に七三でわけ、枠なしのメガネをかけている。下鼻がふくらみ唇も大きい。写真で見たより、ずっと老けている。磨き抜かれた靴が光り、仕立てのいい服が威厳を感じさせるが表情は冴えなかった。眉間に皺をよせ、両手をズボンのポケットに突っこみ、猫背でうつむき加減にたたずんでいる。

静かにシャッターを切った。

本条にピントを移す。おやっと五来は思った。こちらも渋面を浮かべているではないか。大の大人が、本社ビルの真ん前で、しかもふたりして一体、どうしたことか。

はっとして、カメラから顔をあげた。

「ぼうや、瀬川に連絡しろ」それだけ言うと小走りに部屋から出て、五来はビルの表に立った。反対側の道路に、瀬川の運転するシルバーのマーチが走り込んできて急停車した。

五来は後部座席に乗りこみ、本社ビルの正面玄関が見える場所まで移動させた。するすると地下駐車場から上がってきたのは社長専用のプレジデントではなく、本条のレクサスだった。ふたりの前で停まると、運転手が飛び出してきて後部座席のドアを開けた。軽く右足をひきずって歩き出した峯岡隆司は、年齢以上の歳を感じさせる。ゆっくりした動作で車に乗り込むと、本条がつづいた。運転手が駆けるように運手席にもどり、レクサスは勢いよくビルを離れていった。

瀬川はそろそろとマーチを発進させる。薄手のセーターにジーパン姿は、忙しい女房に代わって買い物に出かける親父だ。オールバックの髪が、ふだんは営業の最前線をかけているといった風情を漂わせている。

信号機手前で一台、車を間に入れた。

カーテンも何もない後部座席に、ふたつの頭が見える。

「本条の前に乗ったの誰ですか?」瀬川は赤っ鼻をぐすりとさせて言った。

「峯岡の社長」五来は言った。

瀬川はじっと目を凝らした。「ほーほー、あれがね。じっちゃんだな。社長の黒塗り、使わないんですかね」

「わからん。はじめてのパターンだ」

「しかし、よっぽど、買われてるんですかね、本条は」

贈賄工作を一手に任されているのだ。社長の全幅の信頼がなければ、できることではない。

セダンを二台、アンコにして尾行をつづける。

陽光を浴びて鈍く光るマーチのボンネットは、あちこち塗装が剝げ落ち、かすり傷だらけだ。五来は足元にあるテニスラケットをぞんざいに足でむこうに押しやった。

水戸っぽの瀬川は、学生結婚した奥方がふだん使っている車をよく仕事に使う。傷だらけの車がだれにも怪しまれないのを見越しているのだが、車は所詮道具。走れなくなるまで使い切ってやるという妙な自負心をのぞかせている。

レクサスは外苑西通りから新宿通りに入った。

「田村さん、けっこう係長から言われてるみたいですけど、どうですか?」

伊加とちがい、歳はひとまわり上でも、階級は自分より高い田村のことを、瀬川はさん付けで呼ぶ。

「まだ筋が悪いどうのこうのと言ってるのか?」

「いや、今に一泡吹かせてやるから、見物だぞって。そのときはおまえ、どっちにつく、とか何とか」

五来は拳を握りしめた。むっとして頬が熱くなる。「昨日は一緒だったんだろ?」

「昨日は来ませんでしたよ」

「じゃあ、青大将、どこほっつき歩いてんだ」

瀬川は理解に苦しむという顔つきで、

「さあ……私にはわかりません。そうだ、これ、返しときますから」もじもじしながら、五来のボイスレコーダーをよこした。

「おう……で、どうだった」五来は気を取り直した。

瀬川は、ほっとした声で、

「福建語にまちがいないそうです。本条が喋るの聞いて、講師の人も本国人とまちがえたくらいですよ。北京語でも広東語でもないそうです」

警察上層部は職員に対して、中国語習得を熱心にすすめている。瀬川も中国人講師のレッスンを受けたことがある。

「しかし、どこで福建語なんか習ったんだ?」

「海外勤務が長かったんじゃないですかね。マリコンですから」

「営業だぞ、奴は」

技術屋で長い間、駐在していたのならわかる。営業職では、そんな機会はないはずだ。

レクサスは麹町三丁目まで行って、一方通行の路地に入った。小さなビルの手前で停まると、ふたりは車から降りた。相変わらずのしかめっ面で、峯岡隆司は肩を左右に揺らしながら、そろりそろりと油の張られた床を歩くように緩慢な足取りでビルの中に入っていく。一歩あとを行く本条も、これまで見たこともない、けわしい顔つきをしている。

ここは前に訪れている。五来は手帳を開けてみた。〝関東建設振興会〟となっている。

ふたりは何を思って訪れたのか。


日曜日の夕刻、本条の行確を切りあげて、五来は田村とともに駐車場に車を停めて分室に徒歩でむかっていた。輝きを増した吉原のネオン街が近づいてくる。その男は民家の塀に隠れるように、背をむけて分室の入っているビルをうかがっている。

「ぼうや、喫茶店でお茶でも飲んでこいや」

怪訝そうな田村の尻を叩いて、その場から遠ざける。そうしておいて男の背後から忍び寄り、そっと肩を叩いた。

「おっ」

男は驚いて五来に体をむけた。

「こんなところで何してるの。影山さん」

「いやあ、どうも」

影山は悪びれることもなく、黒縁メガネの下で輝く勘定高そうな目を分室にむけた。

「何かおいしいネタでもあるの？」

「またまたぁ、主任、お願いしますよ」

影山は細身の体を落ち着かなげに揺らし、げびた笑いを洩らす。まだ、四十手前のくせに、人を出し抜くことにかけて、毎朝新聞の影山の上を行く者はいない。

「お願いされないよ。俺は」

「いや、最近、ご無沙汰（ぶさた）してましたから、ご挨拶でもと」

同じ四知の一係が抱えるヤマが、かなりのところまでつんできているらしい。それを嗅ぎつけて来たのだろう。しかし、どこから洩れたのか。

「ああ、そう、じゃあ、寄ってく？」

「いいんですか？　やあ、うれしいなあ。天下の二課のご落胤（らくいん）にそう仰っていただくと」

げんきんなもので、猫背気味の背中がしゃんと伸びた。

「どうして俺が愛人から生まれたんだ？　嫡子（ちゃくし）だろう、二課の」

「はっ、仰せの通りです」

「ちなみに、どこで聞き込んだの？」五来はカマをかけてみる。

並んで歩きだした影山は、かなわないなぁと頭をかき、「いや、実はですね、おととい、八方面本部に行ったんですよ。そこで、分室のほうがきな臭いぞ、なんて言われたもんですからね」

五来は苦笑した。八方面本部といえば、立川周辺を管轄する部署で、分室から見れば西の果てともいえる場所にある。しかし、噂はまったくかけ離れた場所から小火のように立つ。いちがいに切って捨てることもできない。

「待てよ、あれぇ、妙な時間だなあ。日曜の夜、主任が分室に入ることなんて最近ありましたっけ？」

「俺の住処だぞ。ここは」

「それは百も承知してますよ。どうも、怪しいなあ。これは何か……ああ、ちょっと主任、中に入れてくれないんですか」

入り口の張り番に影山を任せて、五来は分室に足を踏みいれた。

階段を上って、二階の踊り場から奥手につづく部屋をのぞいた。一係の部屋から煌々と明かりが漏れていた。人の動きまわる気配が伝わってくる。Xデーは近いらしい。

18

三階まで上ると、暗がりから、のっぺりした青地の瓜実顔が近づいてきた。五来に気づくとばつの悪そうな顔をして、青地は横手にあるトイレに入り込んだ。

五来もそれにつづいた。

青地は端っこの便器で、窓の外に目をむけながら、もぞもぞしている。五来は大股で歩き、その隣りの便器で壁をにらみながらズボンのチャックをおろした。

「お久しぶりですね」ドスのきいた低い声が響く。

青地は顔を窓側にむけたまま、五来と顔を合わせようとしない。

「分室の場所、忘れたかと思いましたよ」五来は皮肉たっぷりに言った。

「こんな小汚い場所、そんなに好きか……」青地は壁をにらんだまま、ぶすりとつぶやいた。

返事をする代わりに、五来の膀胱にたまっていたものが盛大に放出される。

「いろいろと田村に指導してくれているようですね。微に入り細に入り」

「田村が何ぃ……知ったことか」

無視を決め込む青地にむかって、五来はたっぷりと怒気をはらんだ言葉を投げかけた。

「行確をさぼっても、するような仕事、あるんですか?」

青地は唇を噛みしめて、便器から身を離した。口をへの字に曲げて五来の後ろを通りすぎていく。

「出すもの出していきなさいよ」

青地は五来の言葉を聞き流し、「……早く来い、会議室」とつぶやき、トイレのドアを蹴破るように出ていく。

五来は早々に用を済ませて、青地を追いかけた。階段を上る青地は、いつになく、威勢がよかった。四階まで駆け上がり、意気揚々と会議室に入っていく。

田村をのぞいた全員がそろっていた。にもかかわらず、しんと静まり返っていた。デニムのボタンダウンシャツを着込んだ太田がじろりと五来に目をくれる。

浮かぬ顔で飛び込んだ五来の様子を機敏に察知した尾上が、「あんちゃん、お疲れ」と声をかける。

「松永は追い込めたかい？」挨拶がわりに言いながら、五来は太田の横にすわった。

「飲み疲れですかね。今日は家に入ったきり出ませんよ。夜更けになって、こそこそ抜け出るかもしれませんがね。ところで本条は？」

「同じく家で骨休みだよ」

五来は気を静めて係員を見まわした。佐藤の横で水沢が書き物をしている。瀬川はしきりとペットボトルの水で喉をうるおし、伊加は椅子にそっくり返って横をむいていた。しかし、全員がただならぬ青地と五来の気配を肌でとらえていた。

重い雰囲気を払うように、青地は係員を見渡すと、ひとつ咳払いして言った。

「さてと、揃ったな。会議はじめるか」

いつもは定まらない青地の目が、今日に限ってぎらぎらと輝き、手元の捜査報告書を見つめたまま動かない。その横顔を五来はにらみつけた。このところ、行確先から直帰してみたり、分室にもどらなかったりと、およそ係長らしくない行動をとっている。いきなり会議と言われても、はい、そうですかという気にはなれない。

だれも一言も発しない。

遅れてやってきた田村が席に着いたのをきっかけに、青地がふたたび会議の音頭をとった。

「じゃあ、尾上主任、今週の松永の動きからいこうか。主だったところだけ報告してくれ」

尾上はちらりと五来を見てから、口を開く。あんちゃん、馬鹿でも一応上司なんだからここは抑えて抑えてとその目が語っている。

「えー、朝八時半に自宅を出て九時半に職場に到着。帰宅は午後七時というパターンは変わりありません」

青地は顎を突き出し、見下すような面構えで、「ランデブーは?」ときいた。

思わず五来の口から、おまえも行確についていたんだろうと出そうになった。察した伊加が五来をふりかえり、体を正面にむけた。

「一昨日っすよ。野郎ら、六本木で待ち合わせてお触りバーを二軒はしごしやがった。まったく、どスケベなじじいだな。それから、まだ酒足んねえらしく、銀座のオリオンで総仕上げ。ハイヤーで家に着いたのは真夜中っすね」

青地はもったいぶって報告書をめくる。「それからと……馬車道の合同庁舎にまた出むいたそうだな?」

ふたたび、尾上が答える。「ええ、木曜日の午後ですね。毎週、この時間に港湾関係の担当者が集まって定例会が開かれるようです」

青地はとってつけたように、「……その定例会というの、よくわかったな」

苦笑いを浮かべ、尾上は切り返す。「庁舎の中を少し歩いてみましたからね。その程度のことはわかりますよ」

青地は小煩そうに眉をひそめた。「定例会か……妙だな。国運省の地方局はぜんぶ、さいたまの新都心に集まっているんじゃないのか？　そこで定例会をやるならわかるが。どうだ、局長？」

太田は背広の襟をただした。「さいたまの新都心に港湾航空関係はいっさい、入っていません」

「入札調書、取りにいっただろ？」

「情報公開窓口だけはひとつにまとまっているんですよ。港湾航空の地方機関は、それぞれの施設ごと、たとえば航空関係は羽田、港関係では東京港や横浜港に現場事務所があります。全部で七つある事務所を統括するのが馬車道にある関東建設局港湾航空部となっています」太田は苦虫を嚙みつぶしたような顔でまくし立てる。

「それならそうと早く言えよ、まったく」青地は軽く机を突いた。

「それだけ金が落ちるからでしょ」低い声で五来はつぶやいた。

「じゃあ次」

意に介する様子もなく、一蹴した青地に全員の視線が集まる。

か？」

「まだ、済んでないでしょ。定例会が終わってからのことが。報告書、見てないんですか？」

ふたたび五来に言われて、青地はしぶしぶ目の前に置かれた紙に視線を落とした。

「おーさん、定例会が終わって、松永はどう動いた？　係長に教えて差し上げなさいよ」

面倒くさげにつぶやいた五来の言い回しが伝染したみたいに、「例のごとく、梅本敏行と霧笛に飲みに」と尾上が付け足す。

「おい、ちょっと。その梅本ってだれだ？」

伊加の目尻がつり上がり、怒りを帯びた目で青地を見すえた。

「……馬車道の合同庁舎にいる野郎っすよ。先週も松永と仲良く飲みに行ったじゃないっすか。あんただって見たでしょ」

青地はむっとしたものの、気を取り直して太田の顔を見やった。「ああ、そうだったな……で、局長、そいつの所属は……」

五来がぴしゃりとボールペンを置く神経質な音が響いた。「国運省…関東建設局…港湾航空部長っ」一語一語、ゆっくりそらんじると、座が静まりかえった。青地は苦り切った顔で軽く腕を組んだ。

五来はつづける。「合同庁舎のナンバーワン。ちなみに、松永幹夫の後任。報告書に書いてあるじゃないですか」

「わかってる。じゃあ、次」

軽くいなした青地に、太田が泡を食って遮った。「港湾航空部長はさっき言った七つの現場事務所を統括する立場にありますよ」

「そりゃそうだろ。ナンバーワンなんだからな。その上に松永がいるとでも言いたいのか？」

「いえ、そうではありませんが」

「しょせん、地方局は地方局だろうが。本省勤めの松永とはまったく無縁の部署だろ。違うか？　いいか、定例会なんていっても、内輪の連絡会議みたいなもんだ。妙なこじつけはやめろよ。よし、ほかはないな」

係員は五来の顔色と見比べながら沈黙した。

「ないようなら私の方からいくぞ」

おまえたちの言い分だけは聞いた。だが、本番はこれからだとばかり、自信ありげな青地の口ぶりに五来だけでなく、係員全員が違和感を覚えた。青地は口を引き結び、真新しい証拠物件でも見つけたかのように新品のアタッシェケースを目の前において、中から書類を出そうとした。

「係長、まだ肝心な報告が済んでないでしょ」

青地は疎（うと）ましそうに五来を見やり、「ああ、何？」とつぶやき、取りだした書類をぺらぺらめくりだした。

五来はむっときたが、それを抑えて水沢に目くばせする。「りえちゃん、天使の絵、どうだった？」

「あっ、はい……松永が買い上げてます。先々週の水曜日、店の方に直接出むいて現金で支払ってます。値段は消費税込みで九十八万円です」

「九十八万ぽんと懐から出して？　てえした金持ちだな」伊加があきれたように言う。

「聞いてますか？　係長」五来が声を荒らげた。

青地は我関せずを決め込み、手持ちの資料から目を離さない。佐藤が茶封筒から、ひとつかみ書類を取り出して皆に回した。片桐由香と永井明美の戸籍謄本だ。

おもむろに佐藤が口を開いた。「見てもらったとおり、松永の女、片桐由香は今年二十八歳、茅ヶ崎（ちがさき）出身。両親とも健在で弟がひとり。一方、本条の女ですが、永井明美は岡山県倉敷（くらしき）市出身の三十五歳。こちらは両親と死別。身寄りはなし」

伊加が赤外線カメラで撮った片桐の白黒写真を見ながら、ぼりぼりとパンチパーマをかく。

「やりやがるなあ、松永ぁ」

「舐（な）めるなよ、伊加」尾上が、伊加の手から写真を取りあげた。「こりゃいい女だな。俺もあやかってみたいねえ。でも、かあちゃん恐いしな。どうですか、青地係長」

青地は渡された写真をちらりと見ただけで太田にまわし、自分のノートパソコンを起動させた。

「ところで、佐藤さん、ふたりの店ともスポンサーは松永と本条ですか？」五来はきいた。

佐藤はこっくりとうなずく。「不動産屋で聞き込みしただけですから、まだそこまで裏は取れてません。横浜駅の『うらら』は今年の八月、開店したばかりのようです。本条の『白樺』は古くて四年前の開店ですね。居抜きで前の店を買い取ったらしいです。双方とも、出店費用の出所は今のところつかみきれませんが、他から出資を受けたかもしれません。それから、片桐由香のほうはごく普通の家庭育ちですね。永井明美は……」

「長いお付き合いなんだろうなぁ。ちょいと訳ありってとこっすかね」伊加が引き取ると、佐藤はまあ、そうかなと付け足した。

五来はボイスレコーダーを目の前において、皇福楼で盗聴した箇所を再生させた。係員がじっと聞き入る中、ひとり青地は部外者を決め込み、うっすらと髭の浮き出た頬に手をあてて、パソコンに見入っている。

再生が終わると、伊加が口を開いた。「なるほど、敵はそういうご関係だったわけっすか」

「それはいいんですけどね。峯岡の社長がこそこそ、ひとりでやってきて、飲んだりするのかなあ」

素直な疑問を口にした瀬川は無理もなかった。峯岡隆司の不審な動きを目の当たりにしたから、なおさらだろう。

「本条を一の子分に思っているからこそ、白樺に行くんじゃねえか」

「しかし、かりそめにもゼネコンと名がつく会社の親玉ですよ。うだつの上がらないサラリーマンのような真似しますかねぇ」

瀬川の言葉を潮に、いかにも飽き飽きしたという面持ちで、青地は太田にむきなおった。

「ああ、そうだ、局長、峯岡が手がけてる国以外の工事、あるんだろ?」

太田は、あわてて書類の山をひっくり返す。「東京都や横浜市の工事にも食い込んでいるようですが……」

「どうした、局長、ネットで調べればすぐ出るんじゃないのか?」

「できますが、量が多すぎて、これ以上の調べはしていません」そこまで言って、太田は五来に助けを求めるような視線を送った。

「していない? どういうことだ、ええ?」青地はまくしたてる。

「私がやめさせたんですよ」

軽口を叩くようにつぶやいた五来に青地は眼を飛ばした。

「これだけ証拠が集まれば小ネタは必要はない。太田には、ほかに仕事が山ほどあるでしょ」

青地は不敵なうすら笑いを浮かべ資料を手にした。係員が見守る中、身を乗り出すようにして資料を座の中心に滑らせる。

(内規)港湾等周辺整備対策室

そうタイトルされている。珍しげに見入る係員たちを、青地はしたり顔で見物した。

ワープロで打たれた文書で整備室の所掌が法令よりさらに詳しく記されてある。昭和五十五年調製とされた手書きの資料まである。

「どこで手に入れたんです？」五来は低い声で言い放った。

青地はぷいと横をむく。

五来は紙を取りあげて、青地の前に放り投げた。「こんなもの、どこで見つけてきたんです?」

五来の鋭い視線をはねのけるように青地は、「いいだろうが、どこでも」とつぶやく。

ふたたび、胸元で腕を組んだ青地を五来はにらみつけた。

青地はひるまず、五来をにらみ返した。「この内規はな、嘘も隠しもないんだぞ。整備室で代々受け継がれてきた本物の文書だ。この中にどこに港の埋め立てがある？　どこを探せば護岸工事の文字が出てくる、え？　あるのは港や空港の周辺整備だけだろうが。整備室は地元の自治体から上がってくる話をとりまとめるだけが仕事だ。工事の発注さえ地方局任せなんだ。ちゃんと見てから物言え。何様だと思ってるんだ」

青地は資料の中から、このときを待っていたとばかりに一枚の紙を引き抜いて座の中心においた。『港湾等周辺整備対策事業』という太文字が見え、その下に今年度予算が示されている。

移転補償　十億円、緩衝緑地帯整備　五億円、防音工事　五億円
「松永の仕事はこれだっ」そう言い放って青地は係員の顔をひとりひとりうかがう。返事をする者はいない。

「いいかあ、みんな、よく見ろよ、ここ、ここ。全部合わせても二十億しかないだろ？この中のどこに埋め立て工事がある？　ええ、局長、どうなんだ」

血の気が引いていく太田の顔を見て、五来は怒りの行き場を失った。それにしてもこいつ……こんなものを探して、行確を怠っていたとは。

五来は紙を取りあげ、青地の席にむけて放った。ひらひらと宙を舞い、やがて目の前に落ちてきた紙を青地は唖然とした顔で眺めた。

「と、統括……わからんのか、このことが」

「それはただの紙切れでしょ。今どき、便所紙にもならない」

青地はじっと五来の顔に見入ったが、根負けしたように目をそらした。しかし、それは反撃に出る準備にすぎなかった。青地はノートパソコンを全員が見える位置にすえ、インターネットで国運省のホームページを開けた。そして、松永が籍をおく港湾等周辺整備室のページへ飛ばした。

〝今週の整備室便り　今回はウォーターフロントについてお話ししましょう……全国の港には、公園や緑地があります。休日には家族連れでにぎわうレジャースポットとして……〟

青地の指した箇所には、（文責）松永幹夫とある。

「ここだっ、よく見ろ。松永の仕事はこれなんだ」青地は息を荒らげて、五来を見返した。

「毎週毎週、こつこつとネットの更新をかけるくらいがせいぜいだ。工事の発注なんて、ひとつもしてない。いいか、松永に権限なんかないんだぞ。よく見ろよ、これを。ちがうか？　こんな筋の悪いヤマには見切りをつけなきゃいかん。そう思わんか、みんな」

　太田はじっとうつむいたまま顔を上げず、田村と水沢は画面に見入ったままだった。所在なげに戸籍謄本をもてあそぶ佐藤の一方で、瀬川は顔をそむけ、伊加もまた、素知らぬ顔で天井を見上げていた。

「よく調べましたね」五来は静かだが、鋭く深みのある声で言った。

　青地は、怪訝そうな顔で五来をふりかえった。

「当たり前だろ」

　五来は資料の一枚をつまみ上げ、「どこで、これを手に入れたんですか？」

「……それは……どうでもいいだろ」

「まさか、この一週間、資料室に日参していたわけじゃないでしょうね」

　図星だったらしく、青地はぷいと顔をそらした。

「うちのしきたり、まだわかってないようですね。係長といえども、やっていいことと悪いことがある」

　青地の頬がぽっと赤らみ、

「と、統括っ……何だ、その態度は。みくびったら、ただではすまさんぞ」

「なめられるような真似をするからでしょ」

　部下の目前で辱め（はずかし）を受けた屈辱感からか、係長としての意地を見せつけたいのか。青地は、目を充血させて五来をにらみつけた。「おまえって奴は……命令だ。このヤマは、本日限りで幕引きにする。やめだ。いいか、わかったな」

ぐらぐらと五来の腹の底で怒りがたぎった。行確を放り出してあちこち走りまわった結果がこんなとは。しかも、資料室にまで出むいて潰すことばかりに精を出す。わなわなと手が震えだす。気づいたときには、資料をかざし、ぐいと引き裂いていた。

「とっ、統括ぅ」

一オクターブ高い声を出されて、脳天まで熱いものが駆け上がる。五来は目をむいてぐいと青地をにらみつけた。勝手に指が動き、自分の椅子をつかんでいた。ほとんど重さを感じなかった。上段にふりかぶった椅子が頭の上にきた。

水沢は今にも泣き出しそうな顔でテーブルから身を引き、田村は口をあんぐりと開けて見ている。反対に、瀬川と伊加は身を乗り出し、今にも青地に摑みかかろうとしていた。

「あんちゃん、やめろ」尾上が、五来のもとに駆け寄ろうとした。

火のような怒りに全身を支配されていた。前後も何もかもわからなかった。気がついたとき、椅子は手から離れていた。同時にドアが開いて平山が顔を出し、「あっ」と叫んだ。

一直線に椅子は宙を飛ぶ。

青地は身をねじってよけた。そのはずみで椅子ごとひっくり返る。音をたてて椅子は壁に当たり、真下に落ちた。青地はテーブルの影に隠れたまま、しなびたナスのような顔で五来をうかがっている。「馬鹿野郎っ」平山の声が一閃し、五来は部屋から引きずり出された。

「何やってんだ、かりにも上司だろっ」廊下に平山の声が響く。強い力で腕を握られ、五来は引っ立てられるようにして歩いた。平山が左手に提げたポリ袋が目に入る。

「上司にたてついて、どうするっていうんだ。警官だろうが。まったく、おまえって奴はこれだからほっておけん」一方的にまくしたてられながら、当直室に連れこまれた。

階級社会に生きる警官が上司に暴力をふるえば、即、懲戒の対象になる。へたをすれば、刑事生命は終わりだ。しかし、たとえ上司でも、理に合わなければ、階級もへったくれもない。何もかも消し飛び、ただただ相手に挑みかかる。それが五来太郎という男の、どうしようもない性なのだ。

ドアを閉めると平山は別人のように穏やかになり、声色が変わった。

「おまえの気持ちもわかる。だがな、青地のことは、ほどほどにしとけ」

五来は何も言わず、顔をそむけた。部屋の真ん中にどさりとすわりこみ、あぐらをかく。

平山は立ったまま、五来を見下ろした。「仕事オンリーもいいが、来年は警部昇任試験だろ。上申書、書くのは青地だからな。頭の隅っこに置いておけよ」

五来は黙りこくったまま、正面の壁を見据えた。

「青地は青地なりにやってる。たしかに資料室に入りびたってあさるのはいただけないが、いちおう上司なんだ。面倒みてやれよ、なあ」

平山は五来の肩を叩き、となりにすわると、手にしていたポリ袋を差しだした。キャベツの千切りとキュウリやトマトがこんもりと盛られた紙皿が入っている。平山はラップをとり、茶色いドレッシングをなみなみとふりかけると、フォークと一緒に五来の前に滑らせた。

「最近、また家に帰りたくない症候群だろ。野菜不足だから頭に血が上るんだ。食え」

五来は言われたとおり、手をつけた。プチトマトが口の中ではじけ、甘酸っぱい汁が舌に広がる。頭に上っていた血が下がっていくのを感じた。

「大きな座布団にすわればすわるほど、その座布団が似合ってくる奴がいる。そうなるように、おまえも一皮剝けないとな」

平山としても、ここで一旗揚げたいということは、五来も十分承知している。しかし、そんなことを微塵も見せない。将来の二課は、おまえが背負って立つのだ、とその顔は言いたげだった。五来はキャベツを飲み込みながら、熱いものが胸の内に広がるのを感じた。怒りは静まっていた。

「落ち着いたか？」サラダを平らげていくのを見計らって、平山がつぶやくようにきいた。

五来はこっくりとうなずいた。

「せっかく、ここまできたからな……どうだ、もう少し、このヤマ、かじってみるか」

「ぼちぼち、コム読みにかかろうと思っていたところです」五来はそう言って、残っていたキャベツを口に放りこんだ。

「銀行捜査か……どれくらい見てる？」

五来は紙皿をおき、カレンダーを見た。

「けっこう、かかるかもしれません。コム読みもその場でやらせるつもりですから」

銀行では取引を記録したマイクロフィルムを見せてもらったり、場合によってはコンピュータ上で特別なプログラムを走らせて、一連の関係者の取引状況を調べさせる。

何の前触れもなく訪れた刑事たちに銀行側は右往左往する。それをなだめすかし、場合によっては松永の名前を伏せて、自分たちの目だけで取引状況を追うのだ。

「二、三週間か？」

「もう少しかかると思います」

「峯岡建設本体の取引銀行はわかってるのか？」

「わかっています」

賄賂工作にあてている資金の原資を洗い出すためには、贈賄側の会社が取引している銀行の捜査も必要になってくる。

「こちらはよっぽど締めてかからないと峯岡にチクられる恐れがあります。接待に使われてる料亭の帳簿めくりも、場合によっては、容疑が固まってからということになるかもしれません」

五来が言うと、平山は生あくびをもらした。「となると、そっちは年明けになりそうだな。ところで、予定価格の漏洩だが、実際のところ、どう見てる？　松永が流していると思うか」

「どうですかね。峯岡クラスになれば自力で引っ張ってこられるでしょうし」

「そうだな。まだとりたてて大きな工事も引いていないようだしな。国運省から峯岡に天下った役人の目星はついたか?」

「名簿を対照してふたり見つけました」

「ほう」

「ひとりは三年前、港湾航空局から。もうひとりは河川局からです。ですが、ふたりとも去年、退職してます」

「そうか」平山は腕を組み、息を長く吐いた。

「いずれにしろ、どかんと大きな幹が要ります」

今回の立件については、巨大工事の落札にからんだ贈収賄の立証がどうしても必要になると五来は踏んでいた。小さな工事は余罪にしかならない。

「狙ってる工事、わかったのか?」

「見当がつきません」

「だろうな……ところで、松永は現ナマを握らされてるとみて間違いないな?」

「疑う余地はありません」

「会うたびに渡されていると思うか?」平山はなおも食い下がる。

「もちろん、それもありますが、隠し口座も作っているとにらんでいます」

「行確では銀行はおろか、ATMにはいっさい近づかないらしいじゃないか」

「これまでのところは」

本省内のＡＴＭで引き出しているとしても、四六時中、その場所に張りつき、松永の動きを逐一、観察することは不可能だった。

「その現場さえ押さえれば、一気に片づくがな……まあいい。とにかく、予定価格の出所はもう一度洗う必要がありそうだな。何か腹づもりはあるか？」

「ありませんが……ただ、今度のヤマ、動き出せばでかいですよ」

「やけに自信があるじゃないか」

五来は含み笑いをもらした。

「かりに係長が言うように、整備室では工事を手がけていないとすると、松永はどこで予定価格を手に入れてるんだろうな……馬車道の合同庁舎だが、どう見てる？」

「ぷんぷん臭いますね。例の梅本敏行という部長も。定例会のたびに松永と一緒に飲んでるでしょ。何もないっていう方がおかしい」

「松永は予定価格を梅本経由で手に入れてるということか。そうなると、合同庁舎にもエスが要りそうだな」

「梅本を寝返らせて、こっちのエスにできれば一番いいんですが」

平山は梅本を協力者に仕立てるアイデアに身を乗り出した。「できそうか？」

「行確次第では」

平山は表情を引き締めた。「きくが今回のタレコミは峯岡内部のエスなのか？」

「協力者が峯岡にいれば簡単ですけどね」

やんわり否定すると、平山は口をへの字に曲げて五来を見た。

19

二日後。本条の行確を済ませて分室にもどった。夜の十時をすぎていた。田村が居残り、警務要覧(けいむようらん)と首っ引きになりながらノートパソコンと格闘していた。足元に落ちている紙はどれも捜査関係事項照会書で、宛名には銀行や信用金庫の名前が入っている。照会内容を見て、ようやく事の次第がのみこめた。

「伊加に何か言われたか?」

「こんなんじゃだめと言われて。今日中に直せと……でも、どこが悪いのかわかりません」

夕べの打ち合わせの席上、伊加の一言で田村が銀行捜査の班長を任されることになった。まずは『収』の松永の自宅から半径五キロメートル以内の金融機関をすべて洗い出し、松永本人を含めた家族全員の銀行取引状況を調べるのだ。『贈』から金を振り込まれている可能性は大いにある。

田村はさっそく、地図を調べ、該当する金融機関を拾い出した。そこまでは良かった。しかし、肝心の照会文には、松永本人とその家族の名前しか書かれていない。

「ぼうや、狙い撃ちはだめだろ。これ見た銀行の担当者、どう思う？」

田村は怪訝そうな顔で、

「松永家の三人が自分の銀行に口座を持っているかどうか調べると思いますが」

「それで口座が見つかったらどうなる？　銀行にとって、松永はお得意様だろ」

田村はぴんときたようだった。「松永に通報されてしまう……ということですか」

「全部が全部ということじゃない。でもな、チクられたらパーだろ。散弾銃にしてみたらどうだ？」

田村の顔がぱっと輝いた。「松永家とは無関係な、赤の他人を放りこめばいいのか……」

「近所の人間でもいいし、同じ職種の人間でもいい。要は松永をカムフラージュすることだ」

「わかりました、今日中に作って郵送します」

「ばか、郵送なんてするな。直接出むくんだよ。アポなんか絶対にとるなよ。また伊加にしめあげられるぞ」

田村は、困惑げにうなずき、住宅地図を開いた。その様子を見ながら五来は少しばかり嘆息した。『収』の銀行捜査の目鼻がつけば、次は同様に『贈』の銀行捜査に移る。どっちにしても、こつこつと積み上げる息の長い捜査だ。

そのとき、五来のスマホが鳴った。懐かしい声が流れてきて、五来は思わず頬をゆるめた。

「お久しぶりです」

「ああ、どうも、半年ぶりかな」

電話のむこうにいる並川勝一の顔が五来の脳裏にありありと浮かんできた。髪を短く刈り上げ、人なつこい顔をしているが、目つきは鋭い。作務衣を着せれば寺の和尚のようにも見えるし、白のスーツ姿なら、筋者の世界に棲む人間として通る。金融業から身を起こし、三十八歳の今、ゴルフ場を五つ持つ青年実業家として斯界で知らない者はいない。

「そんなになりますかねぇ」

「なるよ、前は桜の咲く頃だったじゃないですか」

「そうですか」

「あれ、元気ないね……ひょっとして、まだ仕事中かな」

「今、片づいたところですよ」

「そりゃいい。今、ちょうど、そっちの下、走ってるところですよ。降りてきませんか？」

五来は通話を切り、急ぎ足で分室を出た。

吉原大門の交差点で、黒塗りのベンツがウインカーを点滅させて待っていた。道路を渡り、五来が助手席に乗り込むと、ベンツは荒川方面にむかって静かに発進した。

「お疲れです」

並川の声を聞いて、五来はその日の疲れがとれたような気がした。

徳島出身の並川は、五来とはタメだった。

歳も同じなら、田舎から単身、上京したのも同じ。会ったそのときから、並川の中に、考え方も性格もまったく自分と同じものを感じ取った。生きている世界こそちがっても、いや、ちがうからこそ、隠し立てせず何でも言い合える。それが弱みであろうと何であろうと、自分をさらけ出すことができるほんの一握りの人間なのだ。

「ゴルフ場、最近はどうですか？」

「まあ、ぼちぼちですよ。近いうちワンラウンドまわりませんか」

青い芝がいっとき、五来の頭に浮かんだ。

「どうしたんです、五来さん。元気ないじゃないですか？」

「うーん……あまりぱっとしないですね」

「夕飯まだでしょ？　焼き肉でも食いましょうか」

「いや……今日のところは」

「また、ヤマに入ったんだなあ。わかりますよ。それも、かなりでかいヤマみたいですね。もしかして、壁にぶち当たっているんじゃありませんか？」

図星だった。並川には、五来の声だけでその心根が手にとるようにわかる。

八年前、二課に異動してきた当時、五来は小西（こにし）というベテラン捜査員とペアになり、二課のイロハを教わった。その小西が退職する年、引きあわされたのが並川だった。もともとは、並川の部下が会社の金を横領したとき、相談を持ちかけてきたのが小西なのだ。

明治通りは驚くほど車が少なかった。信号が立てつづけに青になる。ベンツはスピードを上げて疾走する。

「いやぁ……うちのような社会には、困った人間がたくさんいましてねえ」心地よい加速感に五来は革張りのシートに身を預ける。

「どこの世界でもいますよ。また、どうしたんです？　五来さんらしくもない」

「あはっ、そうですか……」

「五来さん、無理してませんか？」

五来はどきりとした。

「人間、どう頑張ってもだめなときはあるし、そんなときは、身の丈に合わないこともしてしまう。でも、生身の人間なんですから、それでいいんですよ。何でも話してくれませんか」

並川の言葉が五来の胸に響いた。確かに無理はしているかもしれない。事件にかかっているのだ。しかし、押してばかりいても、だめなときはだめだ。それが些細なことから、道が開けることもある。並川は大の警察嫌いだが、五来という人間そのものに、惚れ込んでいる。だから、事件がらみで洩れることなどありえない。洩らしたところで、何の益もないのだ。五来は事件のことや青地のことを包み隠さず口にしていた。

じっと聞き役にまわっていた並川は、

「その手合いはきっと五来さん、あなたに対する妬みで一杯じゃないですか？」

その一言で、五来は胸のつかえがすっと溶けた。

「どうもそれだけじゃないなぁ、五来さん。悩んでることがあったら何でも言ってくれませんか。私でできることがあったら、どんなことでも、お手伝いしますから」

ありがたかった。五来の声も心も軽く明るくなっていた。「……そうですねえ、さっき言った峯岡建設なんですけどね。少し気になるところがあるんですよ」

五来が本条の名前を告げると、並川はしばらく考えこんだ。「うーん、その人は知りませんが、そうだなあ、うちのゴルフ場を造った建設会社の連中に少し当たってみましょうか？」

さらりと請け合うが、並川がいったん引き受けるからには、それなりに掘り下げてくれることは間違いなかった。

20

日が陰ってめっきり冷え込んできた。五来はプリウスの後部座席から、大通りをへだて反対側にある瀟洒（しょうしゃ）なイタリアンレストランを見ていた。一キロほどいったところに川崎駅があり、車の往来は激しい。オレンジ色の壁に組み込まれた窓を通して、家族とともに食事をとる梅本敏行の後ろ姿が確認できる。日曜日の梅本は、いつにもましてリラックスしていた。

内偵がはじまって、ひと月半が過ぎていた。梅本は、関東建設局港湾航空部長の地位を利用して、松永幹夫に予定価格を漏洩している可能性が高かった。その梅本の行確を開始して早、二週間あまりが経った。先週も木曜日の定例会のあと、松永とともに『霧笛』の暖簾をくぐり、一緒に飲んだものの、それ以外、ふたりが面とむかって会うことはなかった。

「昨日もこうか?」五来は運転席にいる伊加にきいた。伊加はシャツの上からショートジャケットを羽織り、珍しく、くたびれたコットンパンツをはいている。

「まあ、そうっすね。野郎、女房連れで三浦半島をぐるっとまわって、この時間帯は久里浜の寿司屋の行列に並んでやがった」

「しかし、カメラが趣味とはなぁ」

川崎の幸区に住む梅本の休日は、午前中、自宅の庭の植木の手入れや雑草とりで終わり、午後になるとニコンを首に下げ、女房や今年、小学校五年生になる娘を車に乗せて近場の観光地めぐりを兼ねた写真撮影を楽しむという、典型的なマイホームパパぶりを発揮していた。

「やっぱり、霧笛かな」五来がつぶやく。

予定価格を漏洩しているとするなら、場所は、霧笛以外に考えにくかった。

「それしかないいっしょ。ウィークデイは午後六時前に、もう合同庁舎出ますからねぇ。まっすぐ車で家路につきやがる。この二週間、寄り道はいっさいありゃしません。業者と会うなんて、滅相もないっすよ」

「外で会わなけりゃ、合同庁舎か……」

庁舎の中に入り込んで、張り込みをかけるわけにもいかない。

伊加は答えにくそうに、「えへっ」とだけつぶやく。

五来の狙いは梅本本人をエスとして抱き込むことにあった。予定価格を漏洩しているとすれば、梅本がほかの業者にも会って、甘い汁を吸っている可能性も高い。その現場をおさえてこちらに連れ込み、ひっぱたいてやれば、あっさりエスに成り下がる公算が大きかっただけに、これまでの梅本の行確は失望が大きかった。

「ところで、松永の野郎、どうです?」ぶすっと伊加がきいてくる。

「金曜日の夜は、家にも寄らず、一直線に『うらら』だ。カウンターの中でバーテン気取ってるのがちらっと見えたぞ」

拠点として借り上げた空き店舗からは、『うらら』の様子が手に取るようにわかった。間口は鰻(うなぎ)の寝床のように狭いが、奥にむかって長い。

「その晩は?」

「片桐由香のマンションにお泊まりあそばされた」

「あん畜生めぇ」

「そう、のぼせるなよ、それより、ちゃんと梅本の行確、できてるのかぁ?」五来はちらりと伊加の腰元を見た。穿(は)き古しているらしく、コットンパンツの腰元に小さなほころびがある。

　五来は伊加の腰元に手をあてた。

「なあ、伊加、ほころびくらいは繕っておけよ」

　伊加は目をむいて、五来の着ているベルサーチの上下をまぶしそうに眺めた。フランクミューラーの腕時計で視線を止める。

「今日はまたすごいっすね」

「俺はいいだろ。それより、おまえの身なりだよ。安くてもいいから、きちんとした服を着ろ」

「はぁ、すんませんです」伊加は素直に謝った。

　もともと、暴力団捜査専門の捜査四課にいた伊加を一本釣りして、二課にもってきたのは五来だった。こんな男がひとりぐらい二課にいてもいいだろうと。だから、気を抜くと容赦なかった。

「ところで、主任、田村はどうです？」一言謝れば、すぐけろっとしている。

「銀行捜査か。ぱっとせんなあ」

「ったく、田村のガキ、何調べてやがるんだ」

　銀行捜査は佐藤と瀬川、そして水沢も手伝っている。それでも、人手は足りない。

「ところで、主任、松永と本条、携帯で連絡取り合ってるっしょ。通話記録の照会、かけてみたらどうっすか？」

梅本が席を立つのが見えた。

「局長が準備してるよ」

「なんだ、やってんのか」

イタリアンレストランの赤いネオンが輝きを増している。梅本が席を立つのが見えた。

「そろそろ出てくるぞ」

「はい、了解っ」伊加はバックミラーに目をやり、ハンドルを握りしめた。

梅本が家族連れで店から出てきて、白のファミリアバンに乗り込むと自宅にむかった。素早く切り返し、伊加がプリウスをそのあとにつける。

「どう思う、伊加、この梅本という男」

「松永の前職ですからね。何かと面倒みてるんじゃないですかぁ」

「本省に引きあげてやる代わりに、予定価格を教えろか？」

「あるとしたら、それじゃないっすか」

「だとしたら、そんな男にエスがつとまるかな？」

「もって行き方次第だとは思いますけど、どうっすかねえ、あの野郎は」

無理だと五来は思う。警察手帳を見せ、松永にふれたとたん、しどろもどろになり、尻尾を巻いて逃げ出す姿がありありと目に浮かぶ。それだけならまだしも、当の松永にチクられる可能性が高い。

「よし、今日はもういい。駅にやってくれ」

五来は単独で川崎駅から京浜東北線に乗り、浜松町で降りた。長い通廊を歩いて日の出桟橋に出る。夕闇の中、純白のレストランシップから、出航を告げる銅鑼の音が響いていた。急いで乗り込み、二階のレストランに入った。

　円テーブルにヨットパーカーを着込んだ並川が腰を落ち着け、その右手にブレザーを着た男がいた。純白のワイシャツとは対照的に、首まわりは日に焼け、額にくっきりと三本、深い皺（しわ）が刻まれている。男の正面にすわった五来は、小声で問いかけてみた。「あの……もしかして戸波建設の方ではないですか？」

　男も五来を値踏みするような眼差しをよこす。「そうですが、ひょっとして、五来……さんですよね」

「そうです。五来です」

　桟橋を離れた船は、ゆっくりと右へ回頭しはじめた。

　思わず五来は身を乗り出していた。「失礼ですけど、お名前は……」

「早見（はやみ）です」

「あっ、そうだね、早見、そうだ早見さんだ」

　ふたりの様子を見ていた並川がにこやかな笑みを浮かべる。「おふたりとも、知り合いだったんですか、ははは」

　笑う並川の脇で、ぺこりとお辞儀をした男を五来は感慨深く眺めた。機動捜査隊の池袋分室にいた頃、池袋駅西口にある戸波建設が、手抜き工事をネタに現場作業員から恐喝を受けていた。社長と面識があった五来が相談に応じ、作業員と会い、手抜き工事をねつ造したことを認めさせて、事なきを得た。そのとき会社側で対応にあたったのが早見利昭だった。

ウエイターがやってきて、オマール海老と野菜のオードブルを置いていく。

あらためて五来が頭を下げると、早見は深く頭を垂れた。「いやぁ、五来さんが並川さんとお知り合いとは存じ上げませんでした。まったく、広いようで世間は狭いですねぇ。あのときは大変お世話になりました」

「さあさあ、何はともかく、いただきましょうか」並川がフォークをとり、海老を小口にする。

しばらく、恐喝事件のことで座が盛り上がった。

船はお台場を過ぎて、凪いだ東京湾の中ほどまで来ていた。並川は、ワインでほんのり赤らんだ顔を早見にむけた。「ところで、お願いしてあった件はどうです?」

「いやあ、きついなぁ……峯岡建設のことですよねぇ」しきりと早見は恐縮する。

「ここまで来たんですから、いいじゃないですか、早見さん」いかにもくつろいだ雰囲気で並川が早見のグラスに赤ワインを注ぐと、「まあ、ごく一般的なお話でしたらねぇ」と早見は五来の顔色をうかがいながら答えた。

「それでけっこうですよ。どんどん、おっしゃい。この不況の折、あの会社、どういうわけか業績がいいんでしょ」並川は運ばれてきた骨付仔羊のポワレを無造作に口の中に放りこみながら、いきなり核心を切り出した。いかにも一時の余暇を心ゆくまで楽しんでいる風情で。それが並川だ。

「今どき、工事費を浮かせるためには一般管理費を削るしかないんですけどね」

その声を聞いて五来は、はっと思った。忘れかけていたあのときの声が、くっきりと耳元によみがえってきた。あのときの声とそっくりだ。

「お聞きしたいのはその先。ねえ、五来さん」

「うーん、困ったなぁ、へたにお答えすると、この業界で生きていけなくなりますからねえ」

冗談とも何ともつかない顔で言う早見の顔を、五来はまじまじと眺めた。この声だ。まちがいない。この男こそ、先月、電話でタレこんできた男だ。

熱を帯びた五来の目を感じたらしく、早見はワインを口に含むと、目で五来に合図を送り、席を立ってオープンデッキに誘った。

外に出ると、五来は冬の香の混じった冷たい潮風を頬に受けた。きらびやかなディズニーランドとは対照的に夜の海は暗かった。

「しかし、五来さんが並川さんとお付き合いしていらっしゃるとは、夢にも思いませんでした」

しみじみとつぶやく早見にならって、五来も手すりに身をあずけた。「そうですねえ」

風に混じって泥臭い異臭に鼻をつかれた。

目の前にぽっかりと羽田空港が浮かび、赤い誘導灯が点滅している。白い腹を見せたジャンボ機が下降態勢に入っていた。そういえば、かつて羽田空港の拡張工事から峯岡はどうして外れたのだろう。そして、あの男……本条は何を狙っているのか。

五来の顔に潮（しお）の飛沫がかかった。「しかし、何か臭いなあ、このあたり」

「海の底にたまってるヘドロですよ。羽田空港の沖合移転で埋め立てやってる頃は、底なし沼と言われていましたからね。何しろ六百ヘクタール埋め立てるのに十五年かかりましたから」

「ずいぶん昔の工事ですね」

調子を合わせる。

「そのあと、四本目の滑走路を造るための再拡張工事がはじまったんですが、三百五十ヘクタールの埋め立てを三年くらいでやりましたよ」

五来の脳裏に、太田から見せられた写真がよみがえった。空港の近くに航空母艦のようなものが浮かんでいた写真だ。

「浮体工法とかいう難しい工法もあったんでしょ？」

「よくご存じですね。造船所で鉄の箱を造って、それを浮かばせる方法が検討されたんです。造船業界が結集して、横須賀港に千メートルの滑走路を浮かばせて、テストを繰り返しました」

「実際の工事は埋め立てすることに決まってるんでしょ？」

「ええ、造船業界と建設業界ががっぷり四つに組んでコンペが行われました。新滑走路はちょうど、多摩川の河口をせきとめるような場所に作るため、浮体工法だと生態系に影響が出てしまうんですね。結局、建設業界がとって、桟橋と埋め立ての混合型でいきました」

「例の峯岡建設、コンペには加わらなかったんですか？」さりげなく言って、五来は早見をうかがった。いやなことをきかれたという様子もない。

「いや、入ってましたよ。造船業界の方にね」

それで峯岡は拡張工事から外されたのか……。

五来は早見の横顔をうかがった。「ところで、景気はどうです？」

「うちの会社なんて青息吐息（あおいきといき）ですよ。民間の工事をいくらとっても利幅は薄いですし」

「やはり公共工事が頼りですか？」

早見は軽くうなずき、唇をかみしめた。「その公共工事も、最近じゃあ先細るばかりですからね。うちの会社だって台所は火の車なんですが、役員連中はほおっかぶりして、水増し決算をつづけてますよ」

「そのあたり……峯岡はどうですか？」

「三代目の社長はコストカッターで通ってますからねえ。銀行勤めの経験もあるようですよ。人件費の圧縮にも成功したみたいですから。まあ、やめさせられた人間、恨みつらみで一杯のようですが。でも、もともと、峯岡は海洋土木で抜きんでた技術を持ってましたからね。あれだけの大所帯になると、土木と建築部門が喧嘩して、せっかくの仕事を落とせない、なんてこともままあるんですが、そんな噂もないですし」

「それでもこのご時世、現状維持がやっとじゃないですか？」

早見は、お見通しですねと言いたげな目で五来を見た。「一時期、四国でこんな話、はやりましてね。予定価格百億円である体育館の入札があったんですが、赤字必至だということで地元の業者から総スカンをくった。五十億で落札した大阪の業者を高みの見物ですよ。ところが、工事がはじまると技能士をつめこんだバス軍団が次々とフェリーで到着した。連中、バスに寝泊まりして、ぱたんぱたんと三分の一の工期で体育館を造っちゃった。潮が引くように引きあげていった軍団を、あれなら利益が出るなあと、地元の連中はあんぐり口を開けて見ていたというんですね」

「峯岡もそれを実践しているわけですか？」

「それに近いことはしてるでしょうね」

滑らかに動きはじめた早見の顎を見ながら、五来は気にかかっていたことを口にしてみた。

「麹町に関東建設振興会ってありますよね。あれって、何するところですか？」

「保証業ですよ。れっきとした株式会社ですけどね。公共工事を落札した業者は、工事代金の四割を国や自治体から、前払い金として受け取るんです。そのためには、業者は一定の保証料を関東建設振興会に納めなきゃいけない。まあ、前借りする分の利子みたいなもんですけどね」

「公共団体側にメリットはあるんですか？」

「契約した業者が万一、工事の途中でつぶれるとするでしょ。そうしたら、振興会が業者に代わって前払い金を返してくれるんですよ」

「信用保証業みたいなものか」

「表向きはそうですが、実質は高利貸しに近いですね。保証料は、銀行借り入れの利率の倍近いですから」

「ほう、そんなに」

早見は呆れたようにつづける。「最近じゃ、保証契約をするときの審査が、えらいきつくなってきましてね。つぶれるような業者は契約自体、振興会と取り交わせませんよ。まあ、保証料は言ってみれば利子ですから、そのまま振興会の懐にはいります。濡れ手に粟ですよね。二千億円近い黒字を計上してるようですよ。それを国運省傘下の法人や団体に寄付金といってばらまくんだなあ。連中の天下り先へ……で、振興会が何か？」

早見はそれまでにない、親しみのこもった目で五来を見た。

「いや、別に。ところで、早見さん、今はどちらに？」

「系列のエンジニアリング会社に出向してます」

「そうですかぁ。大変だなあ」五来は刑事の立場を忘れて、しみじみとつぶやいた。

「うちの会社は相変わらず公共事業一辺倒ですよ」

「どこもそうじゃないですか」

「しかし、そういうことだったんですねぇ、並川さんと、うんうん……」

しきりにこぼす早見の横顔をうかがった。機動捜査隊にいた日々のことが、浮かんでは消えていった。早見から持ち込まれた事件に義憤を覚え、私利私欲抜きで非番の日に恐喝者を追いかけた。作業員は自分が関わった工事で怪我を負い、それを恨みに会社を脅したのだ。説得すると作業員は折れた。

五来は海を見ながらつぶやくように言った。「そういえば、峯岡に本条という男がいましてねえ。営業本部長をしているようですが……」

早見は手すりから身を離して、西の空に浮かんでいる三日月を眺めた。「……ああ、あの男ですか……ここ何年か、なかなかのやり手で通ってますよ」

五来は早見の様子をうかがった。「ほう、そうですか」

「元々は技術屋みたいですね」

「技術屋というと？」

「ご存じのとおり、峯岡は海外のＯＤＡ（政府開発援助）が稼ぎの大半を占めていた時代があったでしょ。あの本条も長いことシンガポールにいたというようなことを聞いたことがありますよ。工事責任者か何かしてたんでしょ。まあ、技術屋は現地の人間と話を詰めないといけないですからね。大変ですよ。うちの会社も、東南アジアに駐在していた連中は、シンガポール大学に通ったりして、必死で外国語勉強してましたからね」

五来は中華レストランで聞いた滑らかな本条の福建語を思い出した。

「なるほど、本条は現地の工事を仕切っていたんでしょうね」

「おそらく、そうでしょうね。まあ、ご多分にもれず、峯岡もバブルでさんざん不動産投資をやって経営再建は棘の道だった。ですが本条という奴は、バブルのとき海外勤務でしたから、ほとんど無傷だったんじゃないですか。帰国後は土木部門の責任者として東京湾横断道路を任されていたようですが、営業の仕事もこなしていたということです。いずれにしても、一昨年、二代目が亡くなってから、今の社長に見こまれて役員になったようですよ。手代や番頭をさしおいて、丁稚がいきなり店の主人になったようなものですね」

「丁稚が主人にですか……」

「いやぁ、五来さん、それにしても、あのときは本当にお世話になりました。今だから言いますが、あいつのせいで、私は会社を馘になる寸前だったんですよ。五来さん、何でもおっしゃってください。ご協力します。いや、協力させてくれませんか」

熱心に言う早見の目を五来はじっと見つめた。奇妙な事の成り行きだったが、それはそれで自然なことのように思える。いつの間にか、外に出てきた並川が、こちらを見てにやりと笑みをこぼした。

21

今月のはじめ、椅子をぶつけられてから、青地は、素直に指示に従っている。それがかえって薄気味悪い。

「じゃあ、あんちゃん、まず今週の松永の動きからいきますよ」十一月最後の日曜日、尾上がはじめた報告は、変わりばえがない。

火曜日に本条の接待を受け、木曜日には、例のごとく霧笛で梅本と飲んだという。

「田村ぁ。松永の口座、めっかったそうだなぁ？」

伊加が言うと、田村は目の前にどっさり積んだコンピュータのアウトプット用紙に手を置き、「はい、ここにあります」と答えた。

松永幹夫と取引のある銀行で打ち出させたもので、あちこちに付箋が貼ってある。すべて松永の口座の出入金の記録だ。ダミーの人間も入っているから打ち出す量が多くなる。

「ここ三カ月分の記録によりますと、松永は給料日に、本省のＡＴＭから妻、節子の口座へ三十万ずつ、きちきちっと振り込んでいます」

「なんだいそりゃあ？」

「国運省のお役人、半分くらいは現金で給料もらってるらしいぞ」佐藤が口をはさんだ。

「いまどき、現金ねえ」

「残りは松永が自分の口座に入れてます。怪しい金の入金はいっさいありません」

「ほんとかあ？　となると、銀行の範囲、広げなきゃなんねえか」

佐藤が伊加をにらみつける。「おととい、横浜中央銀行に行ったんだよ。そしたら、本店監査とかち合っちゃって、支店長、そりゃ泡食ってたぜ。まあ、範囲広げるのもいいが、どうだろうなあ、統括？」

「もう少し、やってみるか？　ぼうや」

「ええ、梅本敏行の口座も調べないといけないし」

「梅本か……それは、ちょっとおいておけ」

五来の言葉が最後になり、会議はお開きになった。青地がいそいそと帰り支度をしたかと思うと、まっ先に部屋を出ていった。

「あれぇ、もう、お帰りですかぁ」伊加が声をかけたが、青地の耳には届かなかった。

五来は係員を会議室に誘った。

会議室では瀬川がテーブルの上にカセットコンロを持ち出し、フライパンをかけて、油を塗りはじめていた。一升瓶が二本とビールや酎ハイが並んでいる。

「おうおう、やってるじゃねえか」

伊加が声をかけると瀬川は、ほらほら手伝ってくださいよと紙コップを水沢に渡した。

最後に入ってきた田村が部屋の戸を閉めると、「あれ、係長は？」と瀬川がきいた。

「日曜日の奥様サービスでお忙しいんだ。ほれ、さっさとしろよ」と伊加は言い、瀬川の持ちこんだ買い物袋から、どっさりと、ガツがつまったポリ袋を取りだした。

「りえちゃーん、窓、開けて」

水沢はコップを配り終えて、窓を半分ほど開けた。温まったフライパンに、瀬川は盛大にガツを放りこんだ。鶏肉に似た白っぽい肉片が音をたてて油とからまる。豚の胃袋だ。慰労会とくれば、ガツがなくては話にならない。

席についた係員は、思い思いの酒をとり、五来肝煎りの慰労会がはじまった。

水沢が目一杯、氷のつまった大ジョッキにウーロン茶をいれて、五来の目の前においた。五来がアルコールをやらないのは誰でも知っている。

五来が酒を覚えたのは中学生だった。高校生になると、一升瓶を机の下に置いて飲んでいた。酒をやめたのは、二十のときだ。肝硬変になりかけていた。医者から酒をとるか、命をとるか、どちらかにしろと言われた。それ以来、一滴も酒を口にしていない。

焼き上がった第一号が、紙皿にとられて五来の前にやってくる。ちょうど一口サイズで嚙み切りやすいように切れ目が入っている。箸でつまんで口に入れると、塩味が舌に広がった。こりっ、とした歯ごたえがたまらない。

コップ酒をちびちびやりながら、めいめいに分けられた肉がまたたく間に胃におさまるのを、瀬川が満足げに見ている。二皿目を要求した伊加に快く応じて、焼鳥屋の主人よろしくガツを焼く。

尾上は焼酎党だ。係の中では瀬川に次いで酒が強い。ふと、思い出したように仕事の話を持ち出した。「ところで、局長、例の関東建設振興会の中身、わかったか？」

太田は紙皿の横にハンカチをおき、脂が飛んでくるたびふいている。機械仕掛けの人形のように、首を横にふった。代わって、五来が仕入れたネタを披露する。

「なるほど、保証料か。まるで、みかじめ料だな。そうまでして、公共工事を引っ張りたいか……」尾上が首をかしげる。

「保証料とられたってさ、建設会社のメリットはでけえぜ。民間同士じゃ、イチ・イチ・パーの世界じゃないっすか」伊加が口をはさむ。

五来の横にすわっている田村が、

「何ですか、そのイ……」

「ちぇっ、いちいち説明かよ。建設会社がマンションを一棟建てるとするだろ。手付け金はせいぜい出て一、二割だ。残りは完成後の支払いだ。へたすると二年近く、てめえの会社の金で工費をやりくりしなきゃならねぇ。それにひきかえ、公共工事は様々よ。なんてたって、未払いなんてこたぁ間違っても起きねえ。今のこのご時世、公共工事を増やした方が勝ちなんだよ、な。民間工事にシフトしますなんて、すましたこと言ってるような会社は火の車だぜ」

「だから、峯岡は業績がいいんですね」

ウーロン茶を片手に、五来が間に入る。「その景気のいい峯岡建設の社長が、どうして暗い顔ひっさげてバーにひとりで飲みに行ったり、振興会に乗り込んだりする？　振興会は、たしか先週もその前の週も本条が行ってるだろ。ええ？　伊加」

伊加はコップ酒を飲み干すと、太田に話題をふった。太田は缶ビールを一口あおる。

「入札制度のこと調べてみたんですよ。地方自治体の中には、予定価格の公表に踏み切ったところもあります」

「んなこたぁ、知ってるよ。透明性の確保だなんて調子のいいこと言ってやがるが、てめえらも官製談合の疑いがかかって批判浴びたから、ケツまくったまでのことよ」

太田は伊加を無視するようにつづける。「地方の公共工事の入札は、問答無用の安値合戦ですよ。談合も何もありゃしません。測量なんか、予定価格の二割で落とすこともあります」

「それだけ、日本の公共工事は突出していたってことじゃないですか。金額ベースでアメリカの四倍ありますからね」と田村。

「そりゃ、為替レートで換算するからだろ？　それに、日本は地震国だから、よけい金がかかるって聞いたな」尾上はリラックスして、酎ハイを傾ける。

「いや、面積あたりにすると、五十倍以上の額を公共投資につぎ込んでますよ」

「だからよ、田村、公共事業は日本の一大産業なんだよ。単純に比較なんてするな、ぼけ」

「そりゃそうと、局長、国運省はまだ予定価格の公表には踏み切ってないんだろ？」ぽつりと五来がもらした。

「ええ。国運省は予定価格の公表には後ろ向きです。でも、いずれはするんじゃないですか。このところ入札調書見てると、地方の安値合戦が飛び火して、最低落札価格ぎりぎりで落としてるのも増えてますからね」

ガツを食べ尽くし、係員はコンビニのおにぎりに手をつけはじめている。

「そういやぁ、局長、松永と本条の携帯、通話記録とったんだよね？」尾上がふたたび口を開く。

「しましたよ。当日はむろんですけど、会う日の前には必ず連絡とりあってますね」

「どっちから？」

伊加が口をはさむ。「本条からに決まってるだろうがよ。接待を受ける方からせっつくこたぁねえだろ、な、局長っ」

「仰せのとおり」

「それより、佐藤さん、予定価格の出所はどうです？　やっぱり、梅本からですか」五来はきいた。

「やっぱり、馬車道の合同庁舎だろうな。ちょいちょい、合同庁舎の連中が集まる飲み屋に行って様子さぐってるんだが、本省の幹部連中の天下り先がどうのこうのっていう話ばかりですよ。いっそのこと、梅本に直当たりしてみますか？」

五来は腕を組み、梅本の顔を思い浮かべた。疑惑のかかっている当人に警察の身分を明かして問いただすのは手っ取り早いが、松永に抜かれてしまう可能性も捨てきれない。要は相手次第だ。

「うーん、どうかなあ。借金もなし、女もいない」

「あんちゃん、松永が梅本と飲んでる『霧笛』で様子を見てみるのはどうかな」尾上が言った。

「中に入ったんですか？」瀬川がきいた。

「先週、あんちゃんとふたりでぶらっとね」

「盗聴マイク、仕掛けますか？」

「どこにすわるか、わからないからな」と五来。

「天井に盗撮カメラ、ぶら下げてみますか？」

「リモコンで動かせば目立つし、手元まではわからないからなあ。ところで瀬川、おまえ、ションベンタンク大きいのか？」五来は瀬川の顔色をうかがった。

瀬川は怪訝そうな顔で、「まあ……そっちの方は人並み以上だと思いますけど」

「よし、わかった。じゃあ、おまえにまかせる」

「何するんですか？　主任の言うことなら何だってやりますよ。言ってください」

薄笑いを浮かべていた尾上が口を開いた。「霧笛には土間に客用のテーブルが六卓あってな。六畳の座敷もあって、その上がりがまちにエアコンの吹き出し口があるんだ。その中に人ひとり、ちょうど入れる空間がある。そこからだと、ちょうど店を見渡せるわけだ」

「吹き出し口から、野郎たちの様子を見るのか……お安いご用ですよ。まかせてくださいよ」

瀬川は赤らんだ顔で、何度もうなずいた。

22

十一月末の木曜日、午後四時、五来は準備中の札のかかった霧笛の戸を開けて店の中に入った。木目を生かした純和風の造りで、掃除が行き届いている。きんきの煮付けや焼穴子、車海老の塩焼といったメニューが白い壁に張りだされている。右手にあるカウンターの中で、割烹着(かっぽうぎ)を着た主人とでっぷりとした細君が、開店前の下準備に余念がなかった。三十に手が届くほどの息子の姿は見えなかった。

厨房から出てきた女将に、警察手帳を見せて身分を告げると、主人が応対にきた。角刈りにした髪にねじりはちまきを巻いている。前掛けで手をふきながら、こちらも不安げな顔で、

「えーと、何か……?」

「あっ、ご主人さん、お忙しいところ、申し訳ありません」五来は同じように警察手帳を見せる。

「お忙しいと思いますので、用件だけ言わせていただきますが、かまいませんか?」

「ああ……はい」

五来は手短に要点だけ話した。人物を特定するようなことは避けた。申し出を聞いた主人は、さすがに驚きを隠せなかった。「あの中に？」

「そうですよ」

「しかし、どうかなあ」主人はそう言って、上がりがまちにある戸を外した。

いい感触だと五来は思った。

「こんなところに入れますかねぇ」

一メートル幅の戸の奥にエアコンがあり、手前に三十センチほどの空間がある。

「暖房は入れないですよね？」

以前訪れたときに、それは確認していた。

「今年は暖かいので、まだ入れていないですがね。しかし、どうかなあ」

「ご主人、どうか、お願いできませんか。決して、ご迷惑はおかけしませんから」

五来は説得した。相手も心得たものだった。ここは警察に恩を売っておいて、あわよくば、何かの折に助けてもらおうという下心がその表情から見え隠れしている。

「わかりました。でも、私が警察に協力していると言わないでくださいよ」

「もちろんですよ。あなたが言わないかぎり、こっちの方から、決して外には出るようなことはありません」

「で……いつでしょうか？」

「今日、お願いします」

午後五時四十五分。馬車道の舗道に並んだガス灯にぽつぽつと明かりがともり、道行く人の数が少しずつ増えてきた。五来は霧笛のむかいに確保した拠点から、瀟洒な造りの店構えを見ていた。十五分前に開店したばかりで、まだ客は入っていない。

ガッガッとハンディ無線が鳴り、無線機から瀬川の声が流れ出した。「感度、いかがですか？」

五来は無線のプレストークボタンを押す。「おお、ばっちり、入ってるよぉ。居心地はどうだあ？」

「最高でーす」

瀬川はすでに、エアコンの吹き出し口に潜りこんでいる。思ったよりスペースは狭く、尻をついて膝を曲げ、頭を低くしていなければならない。そこに集音マイクや録音機を持ちこんでいるのだ。今回は無線機も必要だった。一刻を争うとき、携帯はつながらないときがある。

松永と梅本が合同庁舎を出たという連絡が来たのは、五時十分。いつもなら、まっすぐ霧笛に来るのに今日に限って、別の店で道草を食っていた。

「ちょっと、遅れてるが、おっつけ、そっちに入るからな」

「はい、了解」

「どうだ、タンクは満タンになってないか？」

「まだ、十分、余裕があります」

「ようし」

五来は無線を切った。窓から店の様子をうかがう。ＯＬたちが、ガス灯の下、群れをなして歩いている。勤め帰りのサラリーマンが三人、店に入っていった。

七時を過ぎた。まだ、松永と梅本は現れない。ひょっとして、今日は霧笛に来ないのではないか。

瀬川が潜りこんですでに二時間。あの狭い中、体を折り曲げてじっとしている姿を想像するだけで、自分まで息苦しくなる。

五来は無線機のプレストークボタンを押す。「瀬川、大丈夫か？」

「大丈夫です。何時間でもどうぞっ」

狭苦しい空間でさぞ、つらい思いをしているだろう、その声を聞いて、青地のことや事件のことも束の間、頭からはなれ清々しい気分になった。しみじみ、いい部下を持ったものだと胸のあたりがじんとしびれた。

七時半過ぎ、ようやく松永らが店を出たという知らせが入った。窓から通りをうかがうと、ちょうど、角からそれらしい男がふたり現れた。

まちがいない。松永と梅本だ。

ふたりは、霧笛に近づいてくる。

五来は瀬川に連絡を入れてから、無線機の電源を切った。これ以降、無線機の放つ雑音に気づかれては、張り込みがばれてしまう。

梅本を押すようにして、松永らは霧笛に入った。そのとき、五来のスマホがふるえた。店の中にいる瀬川からだった。声が小さい。

「来た、来ましたよ……あのふたり、運良く、目の前にすわってくれましたよ……主任が近くにすわれって言ってくれたんじゃないですか？」

「ははは、当然だよ、瀬川の近くにすわれと言っておいたからな。ぬかるなよ」

「はい……了解ぃ。あんがとさんです」

「瀬川さん、もつでしょうかね」田村が心配げにつぶやく。

「緊急用のトイレセット持って入ってる」

「えー、そうですか」さすがに、田村もそこまでやるとは思わなかったらしい。

五来は気がせいていた。あと、ほんの少しで松永と梅本の関係がわかる。かりに、梅本が予定価格を教えているようなら、それをネタにエスとして取り込めるかもしれない。すべては、これからの数十分でわかる。

一時間後、松永と梅本は意外に早く出てきた。

ふたりして、来た道をもどっていく。その姿を目で追いながら、尾上に尾行を開始するよう命令する。

拠点にもどってきた瀬川の顔はどことなくすぐれなかった。

「いやぁ、瀬川、お疲れだったな」

「お疲れです」田村もねぎらう。

あれだけの仕事をしてきたのに、瀬川の顔色は冴えない。五来はピンときた。

「おふたりさん、間近で見た印象はどうだ？」

「真ん前でしたからね。いつ目が合うかと思って、はらはらし通しでした」瀬川は鼻をぐすりとさせながら言った。

「目立ったやりとりはあったか？」

「手帳ひとつ出すわけじゃなし……」瀬川はマイクロカセットレコーダーを取り出して、巻き戻しボタンを押そうとした。

「再生はあとでいい。それより、タンクは空にしてきたか？」

「済ませてきましたけど」

「よし、瀬川、今日は俺のおごりだ。外にくりだして飲もう」

「これ、聞かなくていいんですか？」

「今日のところは、いいから。それより、酒、恋しくないか？」

生気のもどった顔で、瀬川はうなずく。「それはもう……じゃあ、お言葉に甘えてごちそうになりますか」

五来はレコーダーをあずかり、瀬川の背中を押した。八潮の団地に住んでいる瀬川の帰路に合わせて大井町で飲んだ。分室のねぐらにもどると、管理官の平山からスマホに電話が入った。

けていたはずだ。

「すみません。ご報告が遅れまして」五来は謝った。平山も今日の張り込みには期待をか

「……あまり、かんばしくないようだな」平山は五来の声を聞いただけで、大筋をつかんだようだった。盗聴した内容をかいつまんで話した。

「そうか。まあ、せっかく瀬川が苦労して取った録音だ。明日はたっぷり聞かせてもらうぞ。それより、統括、そろそろ下着の替え、なくなる頃だろ？　今日ぐらいゆっくり帰って休んだらどうだ？　かあちゃん、恋しがってないか？」

「あはは、そうですね」

バッグを引き寄せてみると、言われたとおりだった。

電話を切ると、五来は身支度をして分室を出た。木曜の吉原は、まだ夜の盛りだった。駐車場にとめてあるアスリートに乗り込み、家路についた。高速1号線の入谷インターから新宿にむかって飛ばした。頭の中で、松永と梅本の会話が何度となくよみがえってくる。五来はもどかしさを感じていた。目の前で、はっきりと激しい接待が行われ、贈収賄事件が進行している。『収』と『贈』の行確は、順調にすすみ、金の流れをつかむところまできている。

それが予定価格の入手先という思いもかけない浅瀬に乗り上げ、座礁しかけている。目の前にホシがいるにもかかわらず、こちらをせせら笑っている。しかし、ここで捜査を沈滞させてはならなかった。ホシはいるのだ。手の届くところに。

夜の高速は車が少なくなった。前後を走る一台の車もなかった。調布インターで降りる。小金井街道を北にむかった。

ちょうど、本条修一の自宅付近を通りすぎる。今頃、奴は何をしているだろう。営業で疲れた体を風呂にでも浸けている頃合いか。

十五分ほどで東村山に入った。暗がりに五階建ての建物が見えてくる。入居者全員が警察関係者だ。ぎっしり車のつまった駐車場の片隅にアスリートをおき、五来は階段を上った。

三階の角部屋に着いて、呼び鈴を鳴らす。ことりとも音がしない。

まだ十一時をまわったところだ。

内側からがちゃりと音がしてロックが解除された。戸を押し開くと、パジャマ姿の澄子が背をむけて歩きだしていた。

おかえりのひと言もなかった。

靴を脱ぐのも、もどかしく、五来は着ていた服を脱ぎ捨てながら歩く。蛇の抜け殻のように、背広、ズボンが点々と廊下に落ちた。

居間では、澄子がテーブルについて電卓片手に書き物をしていた。三年前、吉祥寺駅近くにある自分の土地に建てたマンションの家賃のチェックでもしているのだろう。五来の顔を見るわけでもなかった。食事をするかどうかも、一切その口から出ない。

挨拶がわりに汚れた下着のつまったバッグをどさりと置いた。喉が渇いて仕方なかった。

冷蔵庫を開けて、ボトルの水をコップに注いで二杯立てつづけに飲んだ。

ふりむくと、澄子はいなかった。

五来は下着を脱ぎながら、風呂場にむかった。点々と下着が廊下に残る。ユニット式の風呂はせまくるしい。体も洗わず、半分ほど残っている湯の中にはまりこんだ。底の方はほとんど水だが、湯を注ぎ出すのも面倒でしばらく、そのまま浸かった。分室の広い風呂のようには手足をのばせない。

硬いホーロー容器を枕にして、目を閉じた。

五来は風呂のむかいにある子供部屋の戸が半分ほど開いていたのを思い出した。小学校二年に入ったばかりの長女の尋(ひろ)と次女の京(けい)の部屋だ。

たしか、家に帰ってきたときは開いていなかったはずだ。そうか……澄子の奴……子供の寝顔を見てくださいとばかり、開けたのだとようやく気づいた。

23

そういえば、起きている娘たちを見たのはいつだったろう。幼稚園の年長組に入ると言って跳ねまわっていた京を見たのは、今年の春だったような気がするが。うとうとしていると、寒気がしてバスタブから飛び出た。熱いシャワーを浴びて、風呂から上がった。パジャマに着替えて横になると、あっけなく眠りに落ちた。

翌朝、五時半に起きた。まだ、澄子は起きていなかった。台所の蛍光灯をつけて、どんぶり飯に生卵をかけ、夕べの残りらしいナメコ汁を吸い、流すようにして腹におさめた。仕立物のワイシャツに袖をとおし、背広を着た。背広にもワイシャツの肩下にも、「Ｈｉｒｏ」の刺繍が施されている。玄関には十日分の着替えがつまったバッグが無言で待っていた。コートを取り、戸を開けた。

誰も起き出していない建物から出てアスリートに乗り込むと、家の空気も何もかもすっきりと消えていた。

金曜日の朝会は、平山をはじめとして全員が顔をそろえた。昨日、『霧笛』で瀬川が録った松永と梅本の会話を披露するのだ。期待半分の空気の中、ゆっくりと瀬川がテレコのボタンを押した。

いきなり、料理を注文する男の声が聞こえた。これは、松永ですと瀬川が注釈を入れる。

「……こっちは冷酒、俺の方はいつもの酎ハイね」

「梅干し入りで？」主人の声だ。ふだんと変わりない。

「うん、それから、梅ちゃん、何にする？」

「ぶり大根、ですかね」梅本の声だ。

「また、貧乏くさいこと言うなよ。えーと、鯛の昆布じめと、鯖寿司、それからぁ、松葉ガニの刺身を二人前ずつ、急いで頼むよ」

主人が復唱する。

「そんなにいいんですか」小声で梅本の声。

「いいのいいの、おごりだからさ、ね、梅ちゃん」

「ああ、どうも、すんません」

しきりと恐縮する梅本の声が、家族サービスをしているときの姿とオーバーラップする。

酒が運ばれてきたところで、松永が音頭をとって乾杯する。しばらくして、料理も運ばれてきたらしい。

松永の弾んだ声は、いかにも接待なれしている。いや、接待する側を気取っているとでも言うべきか。箸がかちゃかちゃ鳴り、飲み食いする音がつづいた。

「でさあ、梅ちゃん、港湾事務所の建て直し、随契でやるって聞いたけどほんと？」

随契の二文字が松永の口から出て、五来はふたたび身を硬くした。適当な理由づけさえできれば、入札をしないで特定の業者に工事をまかせてしまうこともできる。役所の担当者の腹ひとつだ。裁量の余地が大きい分、贈収賄事件の温床になりやすい。

「ああ……そうみたいですねえ」梅本はのらりくらりとかわしている。

松永はしきりと酒をすすめる。かちゃかちゃと料理をつついたり、盃のふれあう音がしている。

「しかし、よく随契で通ったね。オンブズマンの連中、うるさいだろうに」松永は疑い深そうに言う。それはそうだと五来は思った。最近では公共事業を監視する市民団体の動きが活発になっている。

「オンブズマンですかぁ、あまり聞かないですよ。国の工事までは口出ししてきませんから。港や空港なんて一般にはわからないし、事務所といっても、規模が小さいですから。それより、どうしたんですか？　先輩、何かオンブズマンで気になることでもあるんですか？」

「ばか言え、あるわけないだろ」言下に松永は否定した。まるで、自分がオンブズマンの監視をうけているかのように。

「ですよね、あったら大変ですよ。ところで、松永さん、前から一度聞いてみたかったんですけど、いいですか？」

「何ぃー、うん、何でも言ってよぉ」酔いがまわっているらしく、松永の調子は良い。

「本省の居心地、どうですか？」

「うーん、どうだろうなあ、ちょっと梅ちゃんじゃあ、きついかもなあ」

「それはまた、どうしてです？」

「俺たちがさんざん世話してきた若いのが、課長かなんかにおさまって、でんと構えてるからなあ。昔のことなんか鼻にかけてももらえないよ」

「なるほどね」

「そんなこと聞いて、いよいよ、梅ちゃんも本省狙う気になってきたんだな、まあ、飲めよ、さああ、飲め……」

　ひとしきり会話が弾む。

「ところでさあ、梅ちゃん、年明けから何本ぐらい工事ある?」

「部全体で十二、三というところですね」

「けっこうあるなぁ、でさあ、例の国際コンテナ級決まった?」

「えへっ……先輩、それはまだだと思いますよ」

「あれ、おかしいな、もう、部内でとっくに結論が出たって聞いたけどなあ」

「そんな……決まってるわけないじゃないですか」

ふいに、松永の声が低くなった。「来年じゃなくて、今年の年度末に発注するって聞いたけど、本当?」

「先輩ぃ……勘弁してくださいよ」

「教えてくれよ、せめて予定価格ぐらい、いいだろ? 減るもんじゃないし」

ぱしっと箸を置くような音がした。

「松永さん、いい加減にしてくれませんか。何度言われようが予定価格は金輪際、洩らしませんからね」

言い負かされた感じで、松永の口がぴたりと止まった。沈黙がつづき、ほかの席の話し声が耳につく。

瀬川がテープを止めた。「ここまでです」

五来はぎょろりとした目で係員を見渡した。

伊加はさっきからずっと目を閉じたままでいる。水沢は首をかしげ、田村は肩を落としていた。尾上は腕を組んでテレコをじっと見つめている。佐藤と平山は無表情だった。太田は鉛筆を握ったまま塑像（そぞう）のように固まっている。ふだんと変わらないのは青地だけだ。重苦しい雰囲気の中で口を開けたのは伊加だった。

「瀬川、おめえ、現物のふたり、目の前で見てたんだろう？　どうだった？」

「今のとおりですよ」

「じゃなくてよぅ、こう何かに書きつけるとかしなかったかってきいてんだ」

「ふたりとも、うまそうにカニ食ってましたがね」

「わかんねえか、何かやりとりがあったんじゃねーか？　話とは別によ」

「残念ながら、手帳ひとつ開かなかったですね」

「ちぇっ」伊加は顔をそむける。

今度は尾上が言った。「松永は必死だな」

「そうみたいですね。予定価格知りたくてうずうずしてるなぁ。国際コンテナ何とかっていうの、何だ？　局長」佐藤がきいた。

「見当つきません」

「調べとけよ」

「そのつもりでいます」太田はメモに書きつける。

「このルートで松永が予定価格を仕入れていた可能性はあるかな？」尾上が座を眺めて言った。

「確率は低いんじゃないですか。それに、松永はこれまで予定価格を知らなかった可能性もあると思いますけどね」瀬川が答える。

「何言ってんだ。じゃあ、これまでの接待は何だったんよぅ？」伊加が目をつり上げて瀬川をにらみつける。

「ふたりを見た感じですよ。そう思えたから言ったまでじゃないですか」珍しく瀬川が気色ばんだ。

「接待づけされてるから、予定価格を洩らしたってことにはならんぞ、伊加」佐藤が言った。「将来を見据えて、おもてなしをするっていうのが企業の習わしだろ」

「また、佐藤さんまで、そんなことを……」伊加は納得がいかない。

平山が口をはさんだ。「しかし、梅本っていう野郎もかなりの堅物かもしれんなあ」

「昨今の役人は、これで普通じゃないですか？」尾上が答える。「もう、このふたり、一緒に飲むこともないんじゃないかなぁ」

「りえちゃんはどう思う？」五来は水沢にふった。

「何とも言えませんけど……ただ、梅本の行確はつづけた方がいいと思います」

「無駄だな」黙りこんでいた青地がふいに口を開いた。

五来は青地の顔をふりかえった。腹にまだ何かあるらしく、目に落ち着きがない。上目遣いで、おっかなびっくり、青地はもらした。「どうだろうなぁ、見当違いなことといつまでやっても、埒（らち）あかんじゃないんだろうかなあ」

「誰も聞いてませんよ、あなたには」

五来は制するように言ったが、青地はおかまいなしにつづける。

「この松永っていうのが本条に予定価格を洩らしてるってこと自体、怪しいんじゃないか……私の見立てじゃ、このヤマ、どこまでいっても先は見えてこないような気がするがなあ」そこまで言うと、餌を飲みこんだヒキガエルのように、唇をねじまげてまた元にもどした。

そのとき、どんと机が叩かれた。驚いて、全員が瀬川をふりむいた。

「係長、何言ってるんですか？　見えないから調べてるんでしょうが」

青地はもぞりと顔を瀬川にむけた。

腹にすえかねるように瀬川がつづける。「二課の事件は地下深くもぐってるんだ。それを掘り起こすのが俺たちの仕事じゃないですか。それくらい、わかるでしょう、係長なんだから」

珍しく瀬川が顔を真っ赤にして歯向かった。

「瀬川やめろよ、それくらいわかってるだろうから、係長さんはな」五来は話にならないという風に言った。

「それとこれとは別でしょ。ヤマに入ってるんだ、今は」

ひとり、考えに沈んでいた平山がぽつりともらした。「この梅本、エスは無理だな。少し目先を変えて、『贈』の方、攻めてみちゃどうだ？」

「本条ですか……こっちはエスも作りづらいですが」五来は答える。

「案外、脇が甘いかもしれんぞ」

「だなぁ、とりあえず社会保険庁でも行ってみっか、なあ瀬川」伊加がとりなすように言った。

青地は腑に落ちない顔で小首をかしげた。

社会保険庁へ行く意味がわからないのだ。しかし、ここで恥をかかせるわけにもいかない。仕方なく五来は田村に水をむけた。

「社会保険庁ですか……すみません、何するんですか」

「本条……いや、峯岡建設の内情を知るためには、どこのどなた様にお尋ねするのがいいんだ？」

「峯岡建設の取引先……でしょうか」

「んな、まだるっこしいことやってられるかよ。やっぱり、社員しかねーだろうが。それも、ごく普通に定年で退職した連中には用はねぇ。わけありで会社を中途退職した連中よ。奴ら、峯岡が聞いたら耳の痛くなるような話、わんさと抱え込んでやめたんだろうからな。会社にチクられる心配もねえし。そんな連中、リストアップするにゃあ、社保の事務所がうってつけだろうが」

伊加と田村のやりとりを五来はだまって聞いていた。退職者を見つけても、どれだけの情報を得られるかはわからない。運良く、本条に近かった人物と出会えたとしても、よほど締めてこなければ、本条に抜けてしまう恐れもある。しかし、伊加はすっかりその気になっていた。

「そんな連中に直当たりして本条のこと、ぶつけてみりゃ、案外、おもしれえ話、聞けるかもしれねーぜ」

「ごたくはいいから、誰が行く？」尾上が皆の顔を見ると、青地がさっと手をあげた。

「俺が行ってみよう。局長、おまえも来い」

太田は目を白黒させたが、命令とあって、わかりました、としぶしぶ答えた。平山が身を乗り出した。「今日のところはこれまでだな。それから、行確は欠かすなよ、どこでぼろが出るとも限らんからな」

全員がうなずいた。

24

午前中晴れていた空は曇りがちになり、今では厚い雲がどんよりと張りだしている。五来は、背広姿のまま、うねうねとつづく路地の先にある松永の家を見ていた。十二月に入って、はじめての土曜日。秋物の服では冷たい。

二日前、松永はいつものとおり合同庁舎に出むいたが、庁舎から出てきたときはひとりきりだった。梅本は庁舎に居残っていたらしく見えなかった。やはり梅本は共犯でもなければ、ましてやエスにはできそうになかった。

　ドアが開き、食事を買いに出ていた水沢がもどってきた。アンゴラのショートコートが暖かそうだった。さっそく、レトルトのみそ汁を魔法瓶の湯でといて、五来に渡してくれた。

「サンキュー、サンキュー」

　見張りを代わってもらい、五来は電子レンジで温めた天丼と一緒にぱくついた。温かいみそ汁が腹にしみる。

　五来は窓際に立って、外を見ている水沢を見やった。マックスマーラのワンピースを着ている。いかにも、休日に遊びに出たＯＬだ。ヤサを見張る格好も板についてきた。

「りえちゃん、昨日は大変だったらしいな？」

「こてこてでした」水沢は憤慨していた。

「渋谷の円山町、はじめてだったんだろ？」

「行ったこともありませんでした。料亭を出たと思ったらその場で本条と別れて、それで、すぐ見えなくなってしまって……」

「ひとりで路地をさまよい歩いたわけだな」

　五来は円山町のホテル街の、入り組んだ路地で、松永のあとをつける水沢の姿を思い浮かべた。

「そんな、さまよったりなんかしてませんよ」

水沢は失尾寸前だったと言う。五来は残ったみそ汁をすすった。

今週の頭から、ずっと、水沢は松永の行確についていた。何度か、これまでになかった行動パターンに出たらしいが、その都度、水沢は徒歩での尾行に成功していた。女の尾行は男よりも気づかれにくい。

「見失ったときにはどうしようかとあせってしまって。でも、何となく勘が働いて、あの場所で待っていると……」

料亭だったホテルに、松永は本条からあてがわれた女とふたりして入っていくところを水沢は目撃し、カメラで撮影している。

「その娘はきれいだった？」

「主任、いい加減にしてください。代わってくれませんか」

五来は水沢の剣幕におされて、元のように張り込みについた。

接待を当たり前のように受け、あてがわれた女と連れ込み宿に入ることになれきった松永という男は、どっぷり贈収賄という甘く危険な罠にはまりこんでいる。それほど、峯岡建設にとって松永という男は大切なのだ。しかし、峯岡は何を狙っているのか。小さな工事情報だけではない。虎視眈々と大物を射程におさめているはずなのだ。

水沢は箸でスパゲティをつまむようにして食べている。「今日、おじいちゃん、外に出てきませんよね」

「ああ」松永の父親は日に何度も徘徊するのに、今日はまだ一度も出てこない。

「ところで、峯岡建設の退職者には、いつから当たるんですか？」

青地と太田だけでは心もとないので、尾上が渋谷の社会保険庁を訪ねた。すでに、ここ五年間分の峯岡建設の退職者を洗い出し、いつでも当たれるようにリストアップしてある。しかし、まだ、手をつけてはいない。

「いや、当たらない」

五来がそう答えると、水沢はぽかんとした顔で五来を見た。「どうして……ですか？」

「悪い予感がする」

「本条に抜かれるってことですか？」

五来はだまってうなずき、松永の家を見やった。

水沢は箸で麺をつつきだす。

スパゲティを腹におさめると、水沢はバッグから何やら取りだして見ている。

「何、見てるの？　りえちゃん」

「何でもないんです」困惑げに言うので、五来は気になった。

「言いなさいよ、困ったことがあれば」

諭すように言うと、水沢はしぶしぶ手にした写真を五来によこした。

夜間、ストロボなしで撮った写真で、粒子が粗い。電信柱の暗がりに、ぼんやりと男が立っているのがわかる。

「気味悪いんです……先週、ずっと、この男にあとをつけられて」

「ストーカーか?」五来は写真に写っている男の顔をまじまじと見た。

「今週はないんです。松永の行確で夜、遅かったし、直帰しましたから。でも、先週はずっと分室につめてましたから」

銀行捜査の対象を広げたので、水沢はその整理のためにずっと分室にいた。

「気のせい……」そこから先の言葉を五来は飲みこんだ。こいつ……毎朝新聞の影山ではないか。

「これ、家から撮ったんだろ?」

「そうですけど、何か」

五来は影山のことを教えた。

「りえちゃん、安心しろよ。ブンヤにヤサ割りかけられるようになったんだからな。まあ、一人前だよ」

二課担の新聞記者は春と秋の異動のたび、新人の捜査員を尾行して家を確認する。ネタ取りの基礎だ。しかし、これと見込んだ人物しか対象にしないことを教えてやると、水沢はほっとした表情を見せた。これまでパトカーに乗っていた水沢にしてみれば、まだまだ、二課は理解できない世界なのだ。

「もしかすると、これからは、記者が私の家にも聞き込みに来るんでしょうか?」

「来るねえ」

平の捜査員にネタ取りすることは稀だ。ほとんどは顔つなぎ程度で接触してくる。

それでも、水沢は不安げな表情を見せている。「主任、松永は本条にいつ予定価格を教えているんでしょうねえ？」

「会っているときだな」

「携帯でさっと済ませちゃってるんじゃないでしょうか？」

「贈収賄というのは、買い物だからな、りえちゃん。ごちそうされた見返りに予定価格という商品をわたす。それを軽々しく電話なんかで教えるか？」

午後四時過ぎ、松永の家の前に大きめのワゴン車が停まった。背に何か書かれているが、ここからだと読み取れない。薄緑色の制服を着た男がふたり降りてきて松永の家の玄関に立った。すぐに戸が開き、松永の細君が姿を見せた。ふたりは家の中に入っていった。

望遠鏡でナンバーを確認して、遠張りをしている尾上に知らせた。

三分ほどすると、車椅子に乗せられた松永の父親が玄関に姿を見せた。制服を着た男が前輪を支えて玄関の階段から道路に下ろした。松永本人は手伝いもせずドアの前に立って見ているだけだ。もうひとりの男がワゴン車をまわりこみ、ハッチを開けた。機械仕掛けになっている床がするすると地面まで下りてくる。定男の乗った車椅子はそこに乗せられて、ワゴン車のうしろにおさまった。ハッチが閉められ、男たちが車に乗り込んだ。

松永節子だけが道路に出て、走り去っていく車に深々とお辞儀をしている。もう、松永幹夫は家の中に入ってしまっていた。

五来は尾上に連絡を入れた。「ただいま、松永の家をワゴン車が出た。父親の定男を乗せている。そちらにむかっているぞ」

「はい、あんちゃん、了解。たった今、目の前を通過。あとにつきまーす」

「くれぐれもよろしくでーす」

同じように見ていた水沢が言った。「どこへ連れてったんでしょう?」

「これまで、デイサービスを使ったことあったか?」

「いえ、聞いていません」

ふた月近い張り込みの間に、松永定男が老人保健施設を使ったという報告はない。

一時間後、尾上から連絡が来た。

「横須賀の山ん中にいまーす。市街地から山道を五分ほど登りました。ワゴン車が入っていったのは、〝湘南丘の園〟でーす。局長に調べさせましたが、病院付の特別養護老人ホームです。登記簿上の持ち主は峯岡建設となってます」

「峯岡建設お抱えか……」

「そうです。松永の親父を死ぬまで面倒みてやるんでしょうねえ。このあたりの土地、ほとんど峯岡建設の地所だそうですよ。まあ、地場ということなんでしょうね。しかし、きれいな夕日だなあ。ちょうどね、水平線に沈んでくところですよ。海がきらきら光ってます」

五来はため息をもらした。長いこと、贈収賄事件に当たってきたが、このような便宜を与えるのは、見たことも聞いたこともなかった。同じ公務員として税金を生活の糧としているにもかかわらず、ここまで一業者にたかり、老親の面倒までみさせるとは。汚職は国の根幹をくさらせる。業者の生殺与奪の権を握り、その権力をかさにきた公務員ほど醜い生き物はこの世にはない。

酒、女、金、育ててくれた父親の世話。松永が本条へねだるときの顔つきを思い浮かべ、そのときの声音を想像した。身震いがくるほどおぞましかった。やり場のない怒りがこみあげてくる。

それを飲みこみ、事実だけを水沢に伝えると、その凛とした顔が桜餅のようにぱっと赤らんだ。窓にとりつき、松永の家をにらみつける形相がいつもの水沢ではなかった。

「……最低です」

怒りがおさまらず、窓枠を握っている細い指が心なしか震えている。

「そうだよな、丸抱えだ。峯岡の」

「許せない」

気が強い水沢も、もともとおじいちゃん子だ。警察を志望した理由も、犯罪に巻き込まれる老人たちを減らそうと思ったからだと話していたことがある。それからすれば、松永は下の下の人間に映るだろう。五来にしても同感だった。

まったく、やりきれない。

夕飯代わりの握り飯をぱくつき、ウーロン茶を飲んだ。まずかった。

松永幹夫が動いたのは、すっかり夜の帳が下りてからだった。

物も言わず、水沢はコートを羽織って先にアパートを出ていった。少し遅れて部屋の鍵をかけ、五来もコートを着てあとにつづいた。

二百メートル先を歩く松永の背にぴったりと水沢は張りついていた。今にも摑みかからんばかりの位置に。

五来は、はらはらしながら、その後ろ姿を追った。松永は明るい照明のもれるコンビニの前で立ち止まった。ガラスに映る自分の姿をしばし眺めてから、やおら駅にむかって歩きだす。

いつもの週末の若作りとちがって、今日の松永は、仕立ての良さそうな背広を着こんでいる。胸元に赤っぽいハンカチーフを差し込んでいる。フォーマルなパーティにでも出るような格好だ。髪を染めたのか、白髪は見えない。しかし、ポケットに手を突っこんで歩く姿は、どう見ても不慣れで芝居じみている。

松永はいつものように東神奈川駅から電車に乗り、横浜駅で降りた。人でごった返す中央通路を西口にむかう。もう、見失うことはなかった。高島屋を抜けて、ネオンのきらめく飲み屋街に足を踏みいれた。

松永はそのビルの階段を上った。『うらら』のドアが開き、中からドレス姿の片桐由香が出迎えるのが遠目に見えた。水沢の姿はもう見えなかった。

五来は拠点にしている筋向かいのビルの三階に上った。空き店舗になっている店の戸を開けると、暗がりの窓際に水沢が立っていた。その横から下をのぞきこんだ。ちょうど

『うらら』のスタンドの明かりがぽっと灯った。

午後七時半。いつもの開店時間より、三十分遅い。

「りえちゃん、気がついた？」

「はい。似合わない背広、着てましたよね」

「ああ。店がはねたら、お泊まりで温泉にでもしけこむぞ」

そのとき、スマホがふるえた。伊加からだ。

手短に話して、電話を切る。

「本条は今、東海道線に乗ってる」

五来が言うと、明かりを消した部屋の中で、水沢の目が光った。

「今は川崎駅だ」

珍しいこともある。土曜日のこの時間に、本条が電車に乗り、こちらへむかっている。

五来は松永の服の意味がわかりかけてきた。

五分とおかず、ふた組のアベックがあちこち見回し、『うらら』を見定めて、入っていく。どちらも初見の客らしい。落ち着いたスタンドのデザインがいいのか、それとも評判を呼んでいるのか店は結構繁盛している。二十五分後、ふたたび、伊加から電話が入った。

本条が横浜駅に着いたという。

しばらくして、通りのむこうから、それらしい男が歩いてきた。赤いネオンに照らし出されて、頭髪に一筋の白髪が光った。本条修一だ。

今日は松永が本条を接待するのではないか。松永が身なりをただしていた理由はそれだろう。すっかり、ホスト気分でいるはずだ。

すっと背を伸ばし、三ツ揃えのスーツに固めた本条が目の前の階段を上っていく。松永を除けば、今日、五人目の客だ。ドアを細めに開けると、その場で軽く本条は頭を下げた。中からさっと女の手が伸びて、本条は店の中に姿を消した。

その様子を水沢は固唾(かたず)を飲んで見守っていた。

「来るとこまで来たなぁ」

五来がもらすと、水沢もうなずいた。

「……『収』が『贈』の接待するなんて」

五来は、ほんのりと明るい『うらら』の踊り場を見た。ここは決断のときかもしれなかった。これを逃せば、ヤマはするりと手から滑り落ちるかもしれない。タイミングが問題だった。やるとするなら、今しかない。

「じゃあ、りえちゃん、うちもぼちぼち行こうか」

五来はそう言って窓から離れた。

「行くって……どこへですか？」

「いいから、ついてきなさい」

「でも、張り込みが……」

「さあ」

五来は部屋を出た。階段を駆けおりる。

半信半疑で水沢があとを追いかけてくる。

道路に出ると、まっすぐ横切った。

『うらら』につづく階段に足をかける。

「しゅ……主任」水沢が小声で言った。

「りえちゃん、アベック気取ろうか」

五来は左腕をエスコートするように差しだす。「まさか、店の中に……」水沢は腰が引けていた。

「命令だ。早くしろ」

語気鋭い五来の言葉に水沢は反射的に真横に立ち、腕を組んだ。

「恋人同士だぞ。いいな」

「は……はい」

水沢は五来に全体重をあずけるように身をよせてきた。ひきずるようにして、階段を上る。

「勝負かけるぞ、度胸決めろよ」

水沢はこくんとうなずいた。

『うらら』のスタンドが見えてきた。踊り場に着く。五来はドアノブに手をかけた。ゆっくり押し開く。生暖かい空気に頬をなでられた。

メムリンクの天使の絵が目に飛び込んできた。一瞬、足が止まった。しかし、後もどりできない。水沢の腕をひいて一歩、中に踏み込んだ。

うす暗い中、右手に延びたカウンター席に若い男女がすわり、通路をはさんで、中頃のテーブル席にもアベックがいた。カウンター席の奥手に一瞥を投げた。はっとして足下がこわばる。コの字型にまがった手前に本条がすわり、松永はこちらが見える位置にいる。顔をそらした。

片桐由香がカウンターを出てくる。左足に大きくスリットの入ったエメラルドグリーンのクラブドレスに身を包み、ドレスの裾を床に擦るようにして歩みよってくる。

気がつくと、水沢は五来と離れて立ち、メムリンクの絵とむきあい、じっと絵をのぞき込んでいる。この期に及んで何をしているのか。

促すと、いったん離れた五来の腕をとり、水沢はさっさと奥へ進んでいった。

そのあとについていくしかなかった。

狭い通路で交錯した片桐は、身を斜めにして腕を伸ばし、つんと突きでた乳房をひけらかすようにふたりを奥へ通した。

角にあるテーブルで水沢はコートを脱ぎ、空いた席に置いてゆっくり腰を落ち着けた。五来がコートを脱ぐと、さっと水沢の手が伸びてきて自分が脱いだ上に五来のコートを重ねて置いた。

「コート、お預かりしましょうか?」

片桐がきいてきたが、水沢は笑みを浮かべ、「あっ、大丈夫です」と答えた。

席につくと、片桐が熱いおしぼりをよこした。

「ようこそ、いらっしゃいませ」

来店した理由をきかれるかと思ったが、その様子もない。どことなく素人っぽい片桐のドレス越しに、五来は恐る恐る前を見やった。本条と松永の横顔が見える。ふたりは背を丸めて話しこみ、こちらを気にかける様子はない。

「お飲み物は何にいたしましょうか?」

「えーと、そうだな……」水割りと言い出す寸前、水沢は五来の袖口を引っ張った。

「わたし、ブランデー飲みたいのぉ」びっくりするような甘い声で水沢はせがんだ。

きりっとした表情は失せ、上司に媚びを売るOLのような顔つきの水沢をしばし見つめた。片桐の目には、五来の不倫相手と映っているかもしれない。

「あ……いいよ、じゃあ、何置いてる?」五来はとっさに応じた。

「えーと、ヘネシーとレミーマルタンをご用意できますけど」

「わたし、レミーマルタンがいいっ」水沢がだだをこねるように言う。

五来は腕を背もたれに伸ばして大様にかまえ、

「じゃあ、それもらおうか。それとウーロン茶を……」

「ロックで？」

「おお、気が利くね」

間近で見る片桐由香は愛嬌があり、潤んだ大きな瞳はぞくっとするほど色気がある。片桐は、にっこりと笑みを浮かべて、背をむけた。胸元に比べて、背中が大きく露出している。首筋と右肩の付け根に小さなホクロがあった。

手にかいた汗をおしぼりでふく。ようやく人心地ついた。水沢は興味津々という顔つきで、遠慮のない視線をあちこちに送っている。仕事を忘れて、本当に飲みにきたような感じだ。大胆さに恐れ入った。

カウンターの背面は二段になっていて、酒の並んだ上段に下から淡いライトが当たっている。ネーム入りのボトルは、まだ数えるほどしかない。

バイオリンの静かな音色に混じって、ふたりの話し声が聞こえてくる。五来と水沢のいるあたりは照明がなく、店の中でもいちばん暗い。絶好のポジションだ。

片桐由香が膝を折り曲げて、酒と突き出しをテーブルにおく。薄い小鉢に蛸の桜煮が入っている。水沢は目を輝かせながら、片桐の顔をのぞきこみ、店の入り口あたりを指さした。「あの絵、趣味がいいですよねえ。ママのお好みですかあ、とっても素敵ですぅ」

五来は脇の下に冷や汗がつたった。

「そんな大げさなものじゃないんですよう。パリが好きでよく遊びに行くんですけど、ルーブルであの絵を見つけて、気に入ってしまって」

「ルーブルで……もしかして、本物ですかぁ？」

「模写に決まってるじゃないですかぁ。洋画家の長沼善之先生の絵ですわ。ご存じですか？」

水沢は気恥ずかしそうに、「ああ、すいませーん。存じ上げなくて」

片桐に氷を入れてもらい、五来は水沢とグラスを軽く合わせた。松永と本条を見やった。長沼という言葉がふたりにも届いたはずだが、まったく意に介した様子はない。ほっと胸をなで下ろした。

口元に浮かべた笑みを絶やすことなく、水沢はグラスを口にもっていく。五来もひと口、ウーロン茶をすすった。

片桐はにっこり笑いながら、「それでは、どうぞごゆっくり」と軽く頭を下げて離れていった。

「さっきの話ですけどぅ……」水沢が五来を見すえて口を開いた。「先週、太田さんにこっそり、今度、暇なときに飲みに行かないかって誘われたんですよぉ」

五来はウーロン茶で舌を湿らし、

「ええ、本当かよ。あいつ、蚊も殺さないような顔して、しゃあしゃあとまあ……」

それ以上、答えようがなかった。額のあたりがぽっと熱くなる。

本条は水割りをちびちびと飲み、松永の聞き役にまわっている。話している中身は聞き取れない。ふたりとも、相変わらずカウンターテーブルに両手を置き、背中を丸めている。

ここまできたら、根比べと腹をくくるしかない。

「ところで、りえちゃんのタイプは年上かなあ、それも一つや二つじゃなくて、ひとまわりくらい上？」

水沢はまんざらでもないような顔で、

「うーん、どうでしょう？　どう思います？　主任」

「馬鹿、こんなところで主任なんて言うなよ」

水沢は赤い舌をぺろりと出した。「あっ、ごめんなさい、私としたことが」

「何が私としたことだよ。わかってるのかあ。おじさんを甘くみるとあとが恐いぞぅ」

「ええ、そうですか？　ちっとも、恐くありませんよー」水沢はブランデーをうまそうにあおった。

「しかし、いけるねえ。もっともらおうか」

「そうですね……なんちゃって。何かあとが恐そうぅ」

水沢は上目づかいで五来を見た。演技なのか本気なのかわからない。演技ならこれは〝名〟のつく刑事の一員になるかもしれない。

「今度、私もパリに連れてってくれますぅ？」

「ちょっと遠いなあ、草津あたりでどう?」

「やだっ、ロマン不足。いけませんよう」

ふと、松永の言葉が聞いて取れた。「……じだよ」

五来はそしらぬ顔で、声のする方に耳を傾ける。

「……えっ、もう一度」本条が顔を松永に近づけて言った。

「だからさ、二十七時とちょうど半分くらいだよ」

「ああ」本条はそう言っただけで、軽くうなずいた。

五来は冷たいものが、足元から這い上がってくるのを感じた。……連中、この自分の目の前で、数字のやりとりをしている。

「ねえ、主任、聞いてますかぁ……」

水沢がからんできたので、それから先は聞こえなくなった。

二杯目のウーロン茶を飲んでいると、常連客らしいふたりの中年男が入ってきて、カウンターにすわった。近所の商店主っぽい身なりで、かなり酒が入っているらしい。だらしなく斜めすわりをして、ひとしきり、片桐由香が相手をした。カーディガンを着た片割れの男がマイクを握りしめ、やおら〝世界に一つだけの花〟を歌いはじめる。

松永と本条の声はそれに打ち消されて、すっかり聞こえなくなった。水沢が四杯目のブランデーに口をつけた。頬がピンク色に染まっている。五来は見覚えのある七宝焼きの小皿にのせられたチーズをかじった。

歌が一番のクライマックスにきたとき、松永が右手を肩近くまであげて、小さく何度か振った。

松永の仕草を見ている本条が、わずかに口を開けた。「うちで……こず……で……ごうは……」

五来には本条の唇がそこまでしか読めなかった。

松永はコースターを手元に引きよせて、ボールペンで何かを書きつけた。それを右手に滑らせると、本条は首を伸ばして、解けない数式の答えを教えてもらう生徒のような顔で、じっとそこに見入った。

何が書きつけられたのか。ふたりにしかわからぬ符丁であるように思われた。見たい。あのコースターをこの目で見てみたい。あれさえ、見ることができれば……。しかし、動けない。胸中に痛いほどの悔しさがみなぎった。

ふいに面前の水沢が立ち上がった。声をかける余裕すらなかった。トイレにでも行くのかと思った。そうではなかった。水沢はおぼつかない足取りで、目の前にいるふたりの後ろに立とうとしている。何をするのだ。すべてをぶちこわすつもりか。耳栓をはめられたみたいに、カラオケの歌が耳に入ってこなくなった。五来は思わず目をつむった。

水沢は小幅な足取りで、テーブルの角に達した。左手に松永、水沢のむこうに本条がいる。水沢は右足を一歩前に出し、両手を膝にそえるようにして上体を折り曲げ、ふたりの間に入った。五来の全身が石のように硬くなる。

「すいませーん、お待ち合わせですかぁ？」

心臓がどくんと跳ねた。場馴れしたホステスのような口ぶりだ。五来はこめかみを強く押さえ、なるべく見ないように耳を傾けた。

「ちょっと賑やかですよねえ」水沢がカラオケのマイクを握る男を見やりながら言った。

「あっと、やかましかった？」松永が反応した。腰に手をやり、丸まっていた背筋を伸ばした。「おーい、そちらさーん……」まるで店長気取りだ。本条は少し白けたように正面をむき、水割りを口元にもっていく。

ふたりの前にあったコースターは消えていた。

「いいんです、いいんです、この歌好きですから」あわてて水沢が言うと、松永は、「ああ、そう」と言葉を引っ込めた。

「奥さんとお待ち合わせですかあ？」カラオケが一段と高くなる。

「女房？」松永は大げさに手を振る。「いないいない、独身独身、ねえ、本条さん」

「あはっ、もちろんですよ、誰がこんなところ女房づれできますか、ねえ」

いかにもといった案配で本条は調子を合わせ、たばこに火をつける。

「ああ、ごめんなさーい、女性の方と待ち合わせなんですねー。きっと、いいところ行くんですね」

「行く行く、行きますよ」

「いいなあ、うちのところは、しぶちんなんですよぅ。ちょっと言ってもらえますぅ？」

水沢が五来をふりかえると、松永が体をねじってこちらを見た。「ああ、どうですぅ、うまくやってますかあ」それだけ言うと、前をむいた。

「また、あなた」五来は恥ずかしげに額に手をやる。

本条は、酔っぱらい女は引っこめろと言わんばかりに、席で反りかえった。「だめですよねえ、出すもの出してあげないと」

本条に言われて、水沢はこっくりとうなずき、くすっと笑って五来を見やった。

五来はちらっと水沢を見て、馬鹿、早くもどってこいという目つきを返す。

「人生、一度きりですもんねえ、楽しまなきゃ」そのセリフを残して、水沢はトイレに消えていった。

「不倫かあ、うまくやってるんだなあ」本条がひとしきり、たばこの煙を吹き出しながら言うと、元のように背を丸めて松永と話しはじめた。

五来はだまってウーロン茶を口に運んだ。

もどってきた水沢が席についた。化粧をし直したらしく、頬の赤みがすっかり消えている。手首にはめたエルメスの腕時計を人差し指でさし、眼で訴えかけてくる。

「あれ、もうこんな時間？　そろそろ、行こうか」

五来が声をかけると、水沢は片桐をふりかえり、お勘定というジェスチャーを送った。

しばらくして、勘定を書きつけた紙を片桐がもってきた。その場で一万五千円を払い、水沢を追い立てるようにして席を立った。

本条の背中、ぎりぎりのところを通り過ぎる。

「また、お待ちしてまーす」

片桐由香の声に後押しされるように店のドアを開けた。身を横にして、さっさと水沢は出ていった。五来は、後ろ手にそっとドアを閉めて店を出る。ふたり分のコートを抱えていた。

反対側のビルを見上げる。拠点になっている部屋に、ぼーっと人影が見えた。水沢はふりかえることもなく、階段を下りると、道路を横切り、一目散にビルの中へ駆け込んでいく。五来はゆっくりと階段を下りて、水沢のあとにつづいた。

拠点の部屋の戸を開けると、暗がりに五人のシルエットが浮かんでいた。尾上をはじめとして、行確に出ていた四人と水沢だ。

「やぁ、主任、やりましたねえ」瀬川に声をかけられた。

五来は低く答えて、水沢のいる窓際についた。

『うらら』の様子に変わりはない。

息を大きく吸ってゆっくりと吐いた。つい今し方まで、店の中にいたのが嘘のように思える。本条と松永がこちらの正体に気づいた恐れは微塵もなかった。再三にわたって水沢のとった行動が今、思い返してもにわかに信じられなかった。

ひっそりと傍らに立つ水沢は、街路灯のわずかな光を頼りに、熱心に手帳に何かを書きつけている。その手が小刻みに震えているのに五来は気づいた。息まで荒い。五来は手帳をのぞきこんだ。

暗がりにぼんやり、たくさん書きつけたあとが見える。水沢は一言も口をきかず、ペンを走らせている。

水沢は店の中とは人が違ったように、動揺しきっている。口をきける様子ではなかった。その華奢な肩に手をおいた。「りえちゃん、しっかりしなさい」

水沢は洟をすするように五来を見やり、またすぐ視線をはずして、虚ろな目で手帳に書きつける。「よかったかしら……間違いないかな……」念仏のように唱えるばかりだ。

素にもどった水沢は気の毒なほどだった。自分のしたことが、自分でも信じられないらしかった。

「づかれてないから大丈夫だ。心配するな。連中、こっちのことは一見の客と信じ込んでる。よくやったな、よくやった」

「見たんです、私、見たんです」それでも、水沢は歯の根が合わない。

「なあ、りえちゃん、もう少し恋人気分でいたかったくらいだぞ」

ようやく五来の冗談が通じたとみえ、水沢の顔色が少しだけ元にもどった。

「す……すみません。あんなことしちゃって……でも、私、どうしても、あのとき」

「わかってる、何も言うな」

水沢は涙声でうなずいた。

「ところで、それは松永がコースターに書いたやつだろ？」

「はい……たぶん、間違ってないと思うんです。でも、すぐコースターがなくなっちゃって。それで、もう、あせってしまって……私、あまり自信がない」

五来はもう一度、手帳をのぞきこんだ。

びっしりと文字が書き込まれている。消し込みを入れたあとが増えていた。そのいちばん下に、

〝C40N217〟

とある。これが例の文字だろうか。工事の予定価格とも思えない。CとNは何を表しているのか。

「これで間違いないと思うんです」水沢はすっかり酔いが冷め、青ざめた顔で繰り返す。

「だから、もういい、りえちゃん、それしまえ」

「……たぶん、大丈夫と思うんです」

どう慰めても、苦いものがこみ上げてくるらしく、水沢は眉をぎゅっとひそめる。

「今日はもう上がりだ。あとの張り込みはみんなに任せる。さあ、ここを出るぞ」

五来は柔らかい手触りのショートコートを水沢の肩にかけた。

「……あの、どこへ」

「祝杯を挙げに行くに決まってるだろ」

26

一週間がたった。金曜日。峯岡建設本社ビルの前をイチョウの枯れ葉が黄色く染めている。夕方近くなってぐっと冷えこんできた。五来は拠点から瀬川のマーチに移り、ビルの監視をつづけていた。師走の挨拶まわりで忙しいはずなのに、本条は今週に入ってぴたりと動かなくなった。午前九時に出勤して以来、本条は外へ出てこない。

六時前、本条の乗るレクサスがようやく現れた。二台アンコにして尾行をはじめる。レクサスは大通りに出る手前で小路に入った。

「野郎、どうしたんだぁ」瀬川が言った。

「まあ、ゆっくり行けや」

瀬川は五来の指示通り、レクサスの入った小路をまがって徐行する。

二百メートル先の角を右折するレクサスを見つけた。スピードを上げて追う。小刻みに角をまがりレクサスは西へ西へとむかった。師走の渋滞を避けているというより、尾行そのものを警戒しているようにも見える。

瀬川がせわしなくハンドルを切りながら言う。「野郎、今日も家に直帰かなあ。しかし、会社から一歩も外に出ないで、何してるんですかね？」

「わからんな」

五来は、松永の行確についている尾上をスマホで呼びだして、様子をきいた。

「いつものカフェにいますけどね。まだ、降りてきませんよ。おそらくいつものとおり、七時半の帰宅でしょうね。本条はどうです？」

「こっちも自宅の方角へむかってるよ」

「ええっ、そっちもですか」

松永は昨日、『うらら』でひとりさみしく酒を飲み、九時半には家に帰っている。

尾上はつづける。「しっかし、妙だなあ。週、三度は本条とランデブーしていたのに、今週に入ってぱたっと会わなくなったからなあ」

会わないどころか、本条は会社から出ない。

五来は胸騒ぎを感じた。まさか……とは思いたくないが、つい、そのことを考えてしまう。

もしかして、づかれたか？

水沢とふたりして『うらら』に入ったときに、気づかれたということは考えにくい。松永も本条も、こちらのことを気にしている様子はなかった。

「おーさん、何か心当たりあるか？」

「ないですね。ただ、本条が避けているような気がしますよ。昨日も松永の野郎、役所出てから何度もスマホで電話してましたらかね。ありゃ、『うらら』のママじゃないな。本条しかない」

「ところで、先週、青大将はどうだった？」

「ずっと、松永の行確についてましたけど……いや、二日ほど分室に用があると言って帰ったな。たしか木曜と金曜に。書類仕事がたまっていると言ってましたけど」

「わかった」五来は通話を切った。

書類仕事？　あるはずがない。太田がすべて片づけているではないか。

本条を武蔵小金井の自宅に送り込んでから、分室に帰った。夜の八時前だった。

「あんちゃん、お疲れ」尾上が声をかけてくる。

「おーさん、ずいぶん早いなあ。松永は？」

「役所を六時半に出て、家に直帰ですよ。『うらら』にもよらずに」どことなく張りがない。

「しかし、はじめてじゃねーか。金曜の接待、お休みあそばされたのはよぉ」伊加が口をはさむ。

四知三係全員が顔をそろえていた。おとといと同じだ。『収』も『贈』も夜の八時近くには、もう自宅に帰っている。あれほど頻繁に行われていた接待がぴたりとなくなっていた。どうしたことか。

めぼしい報告事項もなく、八時半には会議はお開きになった。

どうも、青地の様子がおかしい。五来はおろか、係員と視線を合わせようとしない。報告が終わると、今日もまっ先に部屋を出た。

「何あわててんだぁ」伊加が不思議そうに言った。

「家族サービスっすよ」と瀬川。

五来は最後まで居残っていた太田に、

「局長、松永と本条の携帯の通話記録をもう一度とってくれないか」

「またですか?」

「今週の分をたのむ。それから、社会保険庁で調べた峯岡建設の退職者のリスト見せてくれ」

太田から渡されたリストには、五人の氏名と住所、電話番号が書き込まれ、退職したときの職場と役職名が入っている。

「やっぱり、当たるんですか?」

「いや、当たらない」

五来はじっくりとリストにむきあった。翌朝、八時、五来は単独で分室を出て、アスリートを走らせた。昭和通りから外堀へ抜ける。土曜日のせいか、車は少ない。六本木から広尾へ抜け、駒沢通りに入った。リストにのっていた五人は、どれも峯岡建設を中途退職した従業員だった。土木部からふたり、そして建築部と技術本部からひとりずつ。残りのひとりが、首都圏営業本部の部長職だった。名前は木島清吾(きじませいご)、四十五歳。目黒区役所近くに車を停めて、歩きで中目黒駅にむかった。

山手通りを過ぎ、目黒川の堤防に出た。川の水位は低く、申し訳程度の水が流れている。

橋を渡り、下流にむかって遊歩道を歩いた。黒々とした桜並木が寒々しい。低層ビルや民家が建ちならんでいる。会計事務所のとなりに、三階建ての細長い民家がある。

表札を確認すると、五来は今きた道をとってかえし、川をはさんで対岸にあるパン屋に入った。

コーヒーを買って、入り口近い席にすわる。桜並木の間から、木島清吾の家が見える。

九時半過ぎ、木島家の玄関ドアが開いた。黒いダックスフントをつれた男が出てきた。五来は店を出ると、目黒川をはさんで男と並行して歩いた。川が左に蛇行する手前で、男は路地に入った。五来は急ぎ足で路地にむかった。

犬を連れた男の先に、紅葉の盛りを迎えた木々の繁る丘がこんもりと広がっている。男は犬を抱え、一気に階段を駆け上がって犬を放した。

大きなイチョウの木の根元で、小用を済ませた犬が歩きだすのを待って、五来は男に声をかけた。「あの……すみませんが木島さんでいらっしゃいますか」

男は胡散臭げな眼差しで五来を見やった。

「そうですが、何か」

「お休みのところ、申し訳ありませんが、少しお話させていただけませんでしょうか？」

「何ですかぁ？　あなた、どちら」しぶしぶふりむいた木島の顔には、人を寄せつけようとしない厳しさが宿っている。五来が警察手帳を見せると、疑惑の表情がさらに深まった。

「またですかあ」木島はじろりと五来をにらみつける。

五来は悟った。「……またと言いますと、以前にも？」

「先週来たばかりでしょ。とっかえひっかえ、何なんですか？　また本条のことですか」

五来は息をのんで男を見つめた。

「いや、木島さん、大変失礼しました。そういうことでしたら、これで帰らせていただきます」

五来が踵を返そうとしたとき、木島はポケットから財布を取り出して、中から白いものを引き抜いた。目の前に差しだされた名刺を五来は穴の開くほど見つめた。

青地晃三。警視庁刑事部捜査第二課第四知能犯捜査第三係。浅草分室の住所と電話番号まで印刷されている。

「この方に伝えていただけませんかねえ。やせてもかれても、二十年、峯岡にお世話になった私ですよ。それを、どこから聞いてきたのか知らないが、いきなり家を訪ねてきて、峯岡の内部事情について話せとすごんだんですからね。女房のいる前でだよ。まったく、どういう神経してるんだか、わかりませんね、警察の方々は」

「それは大変失礼いたしました」五来は頭を下げて木島に背をむけた。

「私、言っておきましたよ、本条さんに」

五来はふりかえらず、歩みを早めた。ひとしきり、犬が鳴き声をあげた。たった今、聞かされた言葉が、耳の中に張りついて消えない。

……言っておいた……本条に……

暖かみを帯びていた体の汗が一斉に引いていくのを五来は感じた。歩けば歩くほど、体が冷える。アスリートにもどり、エンジンをかけた。アクセルを深く踏み込むと、車は猛烈な勢いで駐車場から飛び出した。体中の血が熱を帯びていた。生気のない青地の顔が目の前でちらついた。よりによって名刺まで置いてくるとは。

青地自身は、気づいていたのだ。本条に〝抜かれた〟ことに。そのことを思うと、いてもたってもいられなかった。こうなる前に釘を刺しておくべきだった。それを怠った自分が情けなかった。

今現在、青地は何を思って松永に張りついているのか。どのような神経を持ち合わせているのか。五来は同じく松永の行確についている尾上に事の次第を話し、青地を連れて分室にもどってくるように連絡を入れた。分室に着くまでの三十分のあいだに五来の腹は定まっていた。

五来は分室を三階まで駆け上がった。

部屋から伊加のだみ声が廊下まで響きわたっていた。

「……だから、言わんこっちゃねえんだよぅ……ったく、どうして……」

ドアを開けると、係長席の前で伊加が顔を真っ赤にして仁王立ちしていた。

安手のフリースを着こんだ青地がじっと腕を組み、唇をかみしめて伊加の言葉に耐えていた。瀬川がそのうしろで、何か言いたくてうずうずしている。尾上からは、ひとつも声がかからなかった。

五来は青地のうしろから近づくと、小声でつぶやいた。「係長、ちょっと出ようか」

青地は、はっとして五来の顔をうかがった。敵意をむき出しにしている伊加とはちがうことに気づいたらしく、救われたような顔で五来を見上げると、すくっと席を立った。

青地を先にして五来は部屋から出た。

呼びとめる瀬川を無視する。

分室を出たところで五来をふりむいた青地の顔色は、一転していた。あらためて、分室から連れだされたことへ思いがいったようだった。人知れない場所で、叩きのめされるのではないか、と。

こともなげに五来から、「昼飯でも食いにいきませんか」と言われても、怯えたように眼を伏せるだけだった。

近所にある洋食屋に誘い入れた。

「カツレツでいいですね？」五来がきくと、青地は素直にうなずいた。

それでも、正面から五来の顔を見ることができない。フリースを顎の下まできつく引きあげ、ぎゅっと組んだ足の上に両手をのせていた。踵の高い革靴が妙に光っている。

五来は運ばれてきた水を半分ほど飲んでから、おもむろに低い声で切り出した。「何も係長、あせらなくていいんですよ」

事態は押しても引いてももどらないところまできていた。ここで青地を責めても、何ら益はない。青地に妙な入れ知恵をさせるような結果を招いたのには、自分にも落ち度があったように思える。

「係長、あなたが事件にむきあうようになってくれたことはうれしい。でも、うちの仕事はそれなりの手順があります。困ったら、いくらでも手を貸しますから、むこうみずなことは慎んでもらえませんか」

意外な五来の言葉に青地は顎（あご）の力をゆるめた。「……いや、本当はこんなつもりじゃなかったんだ、統括……俺は俺で……」

「わかっています。でも、係長は係長としての仕事もあります。それをよくわきまえて、仕事をするようにしてください」

青地の体から硬さがとれて、弱々しい無防備なものに変化していく。喉元から絞りだすように、「統括ぅ、本当に申し訳なかった」とがっくり首を折った。

「まだ、何も終わったわけじゃありませんよ、係長」五来は自分を勇気づけるように言った。

「でもな、本当になんとかしたいと思ってな、俺は」

「わかってますよ」

分室にもどると五来は係員全員に取り囲まれた。一同を押しのけるように伊加が一歩前に出る。「係長はどうしたんすか？」

五来はそれを無視するように席に着いた。

「青大将、認めましたか？」

食ってかかる瀬川の肩を佐藤がうしろからつかんだ。「それくらいにしとけよ」

五来は水沢にお茶をいれてくれるように促す。

「統括、どうなんだろう？　やっぱり、係長から抜けたんだろうか？」佐藤が係員をなだめるように言う。

「わかりませんね」五来はさりげなく答えた。

「くそっ」

瀬川は舌打ちし、伊加は廊下に出ようとした。「係長の野郎、どこ、いきゃがったぁ」

「伊加」五来は呼び止めた。「今日のところは帰ってもらった」

「帰ったってぇ？　どういうことっすか？」

「係長が峯岡のOBに当たったときの状況は詳しく聞いた。本条にづかれたかどうかはまだわからん。捜査はこれまでどおりで行く」

不服そうに顔をそむけた伊加にむかって五来はたたみかける。「伊加、おまえだって手柄立てたいばかりに後先考えないで突っ込んだことあるだろ。瀬川、おまえも一度や二度じゃないな」

悔しそうに顔をそむける瀬川の顔を、田村がじっと見つめた。かしこまっていた太田が椅子を回転させて仕事にもどった。

「捜査経験の少ない人間をフォローしきれなかった俺に責任がある。文句をつけたいなら俺に言え」

それだけ言うと、五来は水沢がおどおどしながら、横から差し出したお茶に口をつけた。

「よしっ、勝負はこれからだ。みんな、行くぞ、花の土曜日だろ」尾上が景気づけに手を叩きながら言うと、係員たちはひとり、またひとりと部屋から出ていった。最後まで居残っていた佐藤がコート片手に部屋をあとにするのを見送ると入れ替わりに平山が現れた。

平山は五来の正面にすわると腕を机の上においた。「連中、だいぶ、かっかきてるな」

平山はすでに係員から話を聞いているらしく、詳しいことはきいてこなかった。

「相当のタマだな、青地も。あそこまで行くとは思わなかった」

五来は苦笑いで答えた。

「で、本条に抜けたのか？」

「半々です」

思慮深い平山の目にかすかな失望の色が浮かび、すぐ消えた。

「申し訳ありません」

「そう、しゃちほこばるなよ。いずれ、時が来れば青地にもわかる。瀬川や伊加が気落ちしないように締めてかからんとな」

「むろんです」

「ここ二、三日がとりあえずのヤマか。抜けたかどうか、本条の背中にきいてみるしかなさそうだな」

「そう思ってます」

「せっかくのネタだ。慎重の上にも慎重にな。何かわかったら知らせてくれ」

クルミを鳴らして部屋を出ていく平山の後ろ姿を五来はじっと見送った。

27

「地下駐車場からレクサス。後部座席に本条を確認」瀬川の声がスマホから流れる。

「了解」五来は電話を切ると、デミオのアクセルを踏み込んだ。拠点から出てきた青地を拾い、ふたたび走りだす。

「あっ」

青地が後部座席から身を乗り出し、対向車線を走ってくるレクサスを指さした。五来はその手を払い落とし、間髪をいれずその場で切り返してUターンした。あぶないところだった。自宅に帰るとばかり思っていたので、まさか、この時間、都心にむかって走るとは思いもよらなかった。五来は夕日を浴びて鈍く光るレクサスのリアウインドウをながめた。青山一丁目交差点を通過して赤坂にむかっている。

「どうしたんだ、こんな時間に」

「わかりません」

年の暮れも押し詰まり、青山通りはぎっしりと車でつまっていた。それを縫うように、着ぶくれた人がせわしなく横切っていく。会社に籠もっていた先週とは裏腹に、今週に入って本条は、毎日、外に出ずっぱりだった。しかし、松永と顔を合わせることはなかった。づかれたか、否か。どっちつかずの状況はそのままで、早くも週末を迎えようとしている。

「ひょっとすると、今日あたりランデブーかなあ」期待をこめてつぶやいた青地の顔を、五来はバックミラー越しに見やった。五来といるときだけは素の自分でいられるらしい。幼稚っぽいその顔を見るたび、この先、どこまで面倒を見なくてはならないのかとげんなりする。

「瀬川、何か言ってましたか？」

「あ、いや、別に」

そう言った青地の顔からひと頃の緊張はとれていた。部下たちと折り合うところは折り合い、それなりの感触はあるのだろう。

「統括、これ、誰の車？」青地は珍しげに車内を見まわす。

「女房のですよ」

日曜日から行確にもどった青地は、日ごとにペアを変えていた。謝罪とも懐柔ともとれる青地のやり方に五来は口を出すつもりはなかった。自分の蒔いた種はしょせん自分でしか刈り取れない。簡単に抱き込まれるような捜査員たちではなかったが、士気が落ちてしまうことだけは避けなければならず、その点、青地は青地なりに必死だった。

レクサスは内堀通りを銀座方面にむかっている。日は暮れかかり、お堀端に並ぶ街路灯が輝きを増しはじめている。ロレックスに目を落とした。午後六時十分。淡い期待が五来の胸にしみ出してきた。また、以前のように有楽町で松永と落ち合うにはぴったりの時間だ。もしそうなれば、づかれたことは杞憂に終わる。

甘い予感がどうやら外れそうだと気づいたのは、レクサスが丸の内方面へむかったときだった。二重橋を過ぎて信号を右手に曲がった。煉瓦造りの東京駅が正面に見えてくる。新丸ビル手前でレクサスのドアがあき、本条が車から降りた。

五来は路肩に車を寄せて、「あとは頼みます」と言い残し、尾行をはじめた。

本条の図抜けた長身が信号待ちをしている人垣の間に見える。灰色のトレンチコートの腰ひもを強く締め直している。青信号に変わり、一斉に歩き出した。本条は東京駅の駅舎に入り、新幹線の自動切符売り場でカードを使って切符を買った。カバンの類は持っていない。五来はとりあえず新横浜まで切符を買い求め、本条の背後についた。

これまで、本条は何度か仕事で新幹線や飛行機を使っていた。しかし、金曜日の六時過ぎ、新幹線に乗るというようなことはなかった。新幹線に乗るホシを尾行することは捜査費の節約からいって通常ありえない。が、場合が場合だけにそれも辞さなかった。ぴたりと本条の後ろにつく。新幹線の改札を通った本条は、売店で弁当とビールを買い、いちばん奥手にある階段を使ってホームに上った。十八番線と十九番線、両方にのぞみが停まっていた。本条は絶え間なくあたりに目を配りながらガラスで仕切られた待合室に入った。コートを着たまま椅子に腰を落ち着けて、ビールを半分ほどひと息に流しこむ。

本条は弁当を開いてつつきだした。その様子を売店の陰から見守る。どこか、ぎこちない。

広島行きのぞみの発車アナウンスが流れている。耳障りな発車ベルが鳴りだした。突然、本条は弁当箱を脇に置くと待合室を飛び出た。

五来は一瞬、息をのんだ。とっさに身を翻して売店をまわりこむ。脱兎のごとく駆けた。ひとつ前の扉に、本条が駆け込むのが見えた。タッチの差で目の前の扉が閉まった。五来は急ブレーキをかけて立ち止まり、踵を返した。元の場所にもどり、陰からのぞくと、扉の向こうに突っ立ったまま、本条は猫背になってホームをのぞきこんでいる。

くそっ……五来は歯を食いしばり、その場に立ちつくした。こめかみのあたりが、ずきんずきんと脈を打っている。売店の鉄柱を思い切り蹴った。買い物客が不審そうに五来を見た。自分としたことが。ここまで来て、逃げられるとは。

滑るように列車が動きだした。奴は旅行鞄ひとつ持たず、着の身着のまま新幹線に乗った。そして、扉越しにホームを見ているあの疑い深い目。明らかに尾行を警戒している。奴は……気づいているのだ。ぱちぱちとパンタグラフから火花を散らしながら、のぞみの最後尾が闇の中に吸い込まれていく。呆然とそれを見送る。一歩も動けなかった。胃の中に重い鉛が溶かし込まれたように苦いものが満ちてきた。

クリスマスソングの流れるフロアを親子づれがひっきりなしに通りかかる。その脇で、五来はハンガーに吊るされたズボンを手に取りながら、通路の先に目をあてていた。本条康子が五十がらみの女性客相手に、靴の品定めの手伝いをしている。康子の化粧は濃かった。赤い口紅が色白の顔を引き立たせている。短い髪を額の真ん中できちっと分け、襟足の毛がぴんと跳ねていた。そつなく靴をすすめる応対ぶりは年季が入っている。

それだけ確認すると五来はフロアを横切り、駐車場にむかった。赤いフィットは入り口から離れたカーブの際に停まっていた。康子の車だ。さりげなく、中をのぞいてから佐藤の待つブルーバードの後部座席に乗り込んだ。

「どうでした？　案外捨てたもんじゃないでしょ。女は化粧ひとつで化けるからなあ」渋い声で佐藤は言った。たしかにそうだ。朝、すっぴんで長男を見送りに出るときの顔と店にいるときとでは顔つきまで違う。

「あちこちで小耳にはさみましたが、やり手なようですよ、あの康子という女」佐藤がつぶやくように言った。

佐藤はつづける。「あの靴屋、このあたりじゃ結構、名が通ったチェーン店らしくてね。このショッピングセンターがオープンしたときから入ってるらしい。康子は一年前から店長代理を務めてるそうですよ。以前はパートだったみたいだけど、契約社員に格上げされたとか。まあ、コム読みの通りかな」

本条康子名義の口座の調べは済んでいた。毎月、十八万円の給料振り込みがあり、六月にはかなりのボーナスも支給されていた。トータルすれば年収三百万近くあり正社員なみだ。康子の日常は至極、単調だった。朝、一人息子の圭太を学校に送り出したあと、家事を済ませてから車で家を出る。開店前の九時半にはここローズシティに入っている。

新幹線に乗り込んだ本条は、明くる土曜日も自宅に帰ってこなかった。週が明けて月曜日早朝、迎えにくるはずのレクサスも現れず、一日二日とすぎて、ふたたび金曜日が訪れた。丸一週間、本条は行方がしれない。

本条修一の愛人、永井明美の住んでいるマンションにも、青地と伊加が張りついている。連絡がないことからすれば本条修一は姿を見せていない。もっとも、永井は今頃、銀座の店にいるのだろう。

佐藤はぽつりともらした。「そういや、田村が妙なこと言ってたな。毎月の授業料や水道代、みんな康子の口座から出てますけど、親父は払わないんですかね、なんてね。生活費は奥方の口座から出ていてもおかしくないだろうと言ったんですけど、田村、納得しなかったなあ」

「別に不思議なことじゃないですがね」

五来は言いながら、引っかかりを覚えた。康子の口座には、ぎりぎりの残高しか残っていない月もある。年収にして千五百万ある修一の口座から現金が補填された形跡はなかった。夫婦それぞれが使っている銀行も違う。

本条修一名義の口座には、捜査をはじめて四つ目の銀行で行き当たった。国内最大手の都市銀行で、峯岡建設本社ビルに近い青山支店だ。会社から振り込まれる役員報酬以外に贈賄工作に使っていると思われる出所不明の入金はなかった。それは予想の範囲内だった。贈賄工作に使う金を自分の口座にプールするような間抜けはいない。飲食、女遊び、おそらく、すべては現金払いだ。

康子の口座が見つかったのは、地元、武蔵小金井にある小さな信用金庫だ。いずれにしても、捜査に当たった佐藤と瀬川が銀行側に対して、くれぐれも当人らに知らせぬよう、きっちりと締めをしている。だから、銀行から本条本人に洩れる可能性はない。

「しかし、もう、一週間か」五来はぽつりともらした。

「やけに沈んでますね、統括。奥方を張るのが気に入りませんか?」

「まあ」

つい本音が出てしまった。

サンズイの行確で、『贈』の奥方を張るという経験はこれまでなかった。しかし、今とれる手だてはほかになかった。一分一秒でも早く、本条修一の顔をおがみたい。今の望みはそれだけだ。

「おじさん、『贈』の女房を張ったこと、ありますか?」

「そりゃないね、さすがに」

ふっと五来はため息をついた。

「また、係長と何かあったんですか?」

「ないですよ、そうたびたび」

「ならいいですけどね。伊加の奴、昨日も行確の途中で係長はクビだ、どうのこうのと言ってたんで、言ってやりましたよ」

佐藤がどんなくんろくを垂れたのか。五来はじっと聞き入った。

「二課に配属された年の夏です。カンカン照りの日でねえ。朝から詐欺容疑のホシを尾行してたんですよ。そいつが中野にある小さな喫茶店に入ったんです。まあ、冷たいもんでも飲んですぐ出てくるだろうと思って向かいの建物の陰で張り込んだ。でも、野郎、一時間たっても出てこない。思い切って踏み込んでみたんですよ」

佐藤はハンドルに腕をかけたまま、半身になって五来をふりむいた。

「野郎、影も形もないんだなあ。あわてましたよ。泡食って店の便所調べたら、案の定、窓が開いてやがる。そこから逃げたんだ。嫌なタイミングでポケベルが鳴りましてね。署に電話するとわたしが張ってた当の本人から電話が入ったと言うんですよ。『いつまで張っていても暑いですから、もう帰してやってください』と。いや、もうびっくりしましたよ。とっくにホシから見破られてたのも気づかないで、呑気に張り込んでたんです。署に帰って係長の雷が落ちましたよ。ど派手に」

「初耳ですよ、それ」

「新米の頃は、そんなヘマをしでかしたもんです。そのあたり、含めてやると伊加もおとなしくなりましたよ。まあ、八方ふさがりのときは、動いて動いて動きまわるってのもひとつの手じゃないですか」

五来を力づけるような節回しに、最後になるかもしれないヤマをそう簡単にあきらめる訳にはいかないという佐藤の心持ちがこもっている。

閉店を待たず、八時前に康子がやってきた。赤のフィットは軽快な動きで駐車場を出た。五日市街道とぶつかる交差点で、左の方向指示器が点滅して、五来はおやっと思った。自宅に帰るなら、ここは右にとるところだ。

フィットは五日市街道から井の頭通りに入った。

「今日は訳ありかなあ」ハンドルを握る佐藤の声に期待感がこもっている。

「ならばいいんですが」

「こんな時間に家と逆方向にむかってるんですよ。瓢箪から駒、出るんじゃないですかね」

五来は苦笑した。まんざらでもない気がしてくる。

フィットは方南通りを新宿にむけて走っている。九時過ぎ、西新宿の高層ホテル街に入った。

「おじさん、これは本物になるかもしれない」五来は天を抱くようにそそり立つ高層ビル群を見上げながらつぶやいた。本条修一は地方に滞在しているとは考えにくい。東京に舞いもどってきてホテルなどに投宿している可能性は大きい。康子は夫に呼び出されて、これから密会する腹ではないか。

五来は着ているカバーオールの襟元をきつく握った。

フィットは新宿駅南口の手前で中層ホテルの地下駐車場に滑り込んだ。三十秒ほど間をあけて、それにつづいた。広々とした駐車場の隅に、赤いフィットから降りてくる康子の姿を見つけた。

佐藤は身を乗り出した。「本条、やっぱり、もどってるのか」

「いますよ」

「手分けして張り込みますか？」

「おじさんはここで張っていてください」

手近な場所に車を停めさせ、五来は車から降りた。

肩にバッグを提げた康子がエレベータールームの中に入っていく。

五来は足早に進み、康子のあとにつづいた。エレベータールームに人影はなかった。上昇するエレベーターはひとつだけ。五階で停まって動かなくなった。

五来はとなりのエレベーターに乗り込み五階のボタンを押した。ゆっくりと上昇する。五階に着いた。扉が開く。厚い絨毯（じゅうたん）のフロアに踏み込んだ。淡い照明のもと、大理石張りの壁をつたうようにして進む。

宴会場になっているらしく客室はない。角を曲がると正面のソファに康子がすわっていた。大きなシャンデリアの下、康子はうつむいて、雑誌のようなものを広げている。待ち合わせにしては妙だった。本条の泊まっている部屋を訪ねれば済むはずだ。

壁に大きく張り出された案内を見て、五来はうめき声をもらした。康子の目的はこれだったのか……。がやがやとフロアが騒がしくなってきた。学生服を着た集団が歩いてくる。康子はさっと立ち上がり、その中に割り込んでいった。学生カバンを肩にかけた男の子の脇につき、寄り添うように歩きだす。学生カバンを外そうとした康子だが、その子は大丈夫というように拒んだ。

あれは……一人息子の圭太だ。

五来はそれだけ確認すると、非常口から階段を使って地下室まで駆け下りた。ブルーバードに乗り込むと、ちょうどふたりが現れた。康子と圭太の乗ったフィットが動き出す。三十秒ほど間をおいて、地下駐車場から出る。甲州街道を西にむかって走るフィットの尾灯が見える。

「予備校の模試でした」五来は苦り切った声で言った。

「息子を迎えに来た訳か」佐藤は失望を隠せない声で言うと、ハンドルを握りなおした。

夫の修一のことなど、はなから康子の頭にはないらしい。出張で外泊しているくらいにしか思っていないのだ。愛人の存在に気づいていれば、なおさらかもしれない。とにかく、康子にとって修一の不在は関心の埒外だ。康子の気持ちは一人息子の圭太にむいている。

五来は前方のテールランプを見つめた。

浮かんでくるのは、本条圭太がサッカーボールを追いかけてグラウンドを走りまわる姿だ。

昨日、五時半に職場を後にした康子のむかった先は、圭太のいる中学校だった。

28

すっかり日が落ちたグラウンドに煌々(こうこう)と照明がともり、圭太はセンターフォワードとして果敢にボールを追っていた。華やかなグラウンドの袖にある暗がりで、康子はひとり金網越しにじっと我が子を見つめていた。それを見守っている五来の胸にふと差し込んできたのは自分の娘たちの顔だった。どちらかひとりが圭太のように男の子だったら、自分もあのようにするだろうか、と。

武蔵小金井にある自宅にフィットが着いた。夜の十一時をまわっていた。闇におおわれていた家の明かりがぽつぽつと灯る。修一が自宅に籠(こ)もっている兆(きざ)しはなかった。

それだけ確認すると五来は分室にもどった。

寝苦しい夜だった。布団を頭からかぶって目を閉じても、新幹線の中で背を折るように外をうかがっていた本条の姿が何度もよぎった。本条、貴様は今、どこにいる。姿を見せないのは、こちらに気づいたからか。逃げ隠れしたところで、もどらなくてはならない日はやってくる。

五来の心中は穏やかではなかった。容疑を固めるためには、まだまだ裏付け捜査が要る。本条がターゲットに狙っているはずの工事もわかっていない。いや、たとえその工事がわかったとしても、入札そのものを手控える可能性がある。そうなってしまえば、ヤマとして成り立たない。この先、本条が現れたところで、このヤマは最早ものにならないのではないか。むしゃくしゃして、気づいたとき、五来はスマホをとっていた。

「どうしました、五来さん」並川勝一の声が流れた。

「すいません、こんな時間に」

「いいですよ、慣れっこですから。どうです、最近は？」

「相変わらずですよ」

「元気がないみたいだな。早見から何か連絡ありましたか？」

「いえ」

「あらっ……こっちから言っておきますから。で、事件の目鼻はついたんですか？」

しばらく、あやふやな受け答えをしていると、電話のむこうの並川の声が凄みを増した。五来は内偵が相手方に洩れた可能性があり、ヤマがつぶれるかもしれないと本音を口にした。じっと聞き入っていた並川は、それまでとは変わって甲高い調子になった。「何、言ってるんですか、五来さん。一度甘い汁を吸った人間がそう簡単にやめるはずないでしょ。そんなことぐらい、わからないでどうするんですかっ」

頭の上がらない教師に怒られているような気がした。

「金もらった役人だって工事を取った業者だって、同じ人間でしょ。たっぷり吸った蜜の味、覚えてるんですよ。一度、覚えたらもうあとには引けない。今は、ただじっとほとぼりが冷めるのを待ってるだけなんだ。もう少し待っていてごらんなさい。いずれ動き出しますから」

並川の言葉を聞いていると、少しずつ胸のつかえが取れてきた。暗い影のむこうに明るい光が差し込んできたような気がする。「そうですよね。役人の方はまだあきらめきれてませんからね。それにづかれたことを知らないし」

「いつの世だって役人は呑気なもんです。自分ひとりで世の中動かしてるような気になってる。役人につける薬はないんですよ。でもね、五来さん、業者だって似たり寄ったりだ。工事を引っぱってくるのに、どれだけ四苦八苦してるかわかりますか？　一度できたパイプをそう簡単にあきらめるわけないでしょ。きっと、連中はもどってくる。請け負いますよ。まあ、待っててごらんなさい。それまでの辛抱だ。いいですね、わかりましたね」

五来は通話を切った。並川の言葉が波打つように残っていた。やがて、軽い眠気がやってきたかと思うと、ここ数日なかったような深い眠りに落ちていった。

翌朝、久方ぶりに背広を着込み、五来は四知三係の部屋に入った。すでに田村と太田が来ていた。変わりばえのしない捜査報告書を黙々と打ち込む太田のかたわらに、本条と松永の携帯電話の通話記録が置いてあった。

「見させてもらうぞ」

五来は断って記録を手に取った。ここ二週間分だ。本条修一の通話は二枚分あった。松永にかけた形跡はない。永井明美の電話番号もなかった。一方の松永の通話記録は逆だ。毎日、本条にかけている。多いときは、日に三度もある。片桐由香にも頻繁に連絡をとっていた。

紙を放り投げると、太田が打つ手を休めてきっと五来をにらんだ。「本条、見つかりましたか？」

「朝っぱらから嫌味言うな」

太田は五来に背をむけた。「本条は松永を見限ったと見ることもできるんじゃないですか？」

「いや、かけたくても、かけられない。それだけだ」

通話記録によれば、松永が一方的に本条に電話をかけている。本条は仕事が忙しいなどと、のらりくらりかわしているに相違ない。本条が警察の動きに気づいたとしても、松永には決してそのことを知らせない。伝えてしまえば、これまでの接待工作は水の泡だ。松永は貝のように堅く蓋を閉じて、一切の連絡を絶つだろう。

逮捕されるような事態に陥っても同じだ。本条は松永に対して、警察に気づかれたことを決して洩らしはしない。あくまで松永は情報を得るための駒に過ぎないのだ。

しかし、松永は違う。潤沢（じゅんたく）な遊び金を抱えて女を囲み、夜の銀座で好きなだけ酒を食らう。そんな生活を与えてくれた本条に対して、身も心も捧げている心境になっている。ただ、悪事を働いているという意識は過剰なほどにある。それに目をつむり、本条に情報を与えている。その本条から接待の声がかからなくなって、松永は内心、おかしいとは思っている。しかし、まさか、警察に気づかれているなどとは考えもしない。だから、せっせと本条に電話を入れている。

太田はワープロを打つ手を休めず、五来にふってきた。「国際コンテナ級、調べてみましたよ」

霧笛で松永と梅本が交わした会話の中で、唯一、気になっていたことがある。梅本がヘッドを務める関東建設局港湾航空部が、かなりの額の工事の発注をかけるらしい。その内容と予定価格をしきりと松永は知りたがっていた。しかし、五来にとって個別の工事のことなど二の次だった。今は事件として成り立つかどうかの瀬戸際なのだ。

「気乗りしないみたいですね。報告は土曜の朝会でします」ぼそりと太田が言った。

「出し惜しみするなよ、局長」

どうせ、大した工事でもないだろう。

「水深十六メートルの埠頭(ふとう)整備ですよ」

五来はすわりかけた腰を浮かした。「えっ、何?」

「国際コンテナ級埠頭建設事業。超大型コンテナ船が接岸できる岸壁を整備する国の直轄事業のことです」

五来は椅子に深くすわりこんだ。

「今の貿易はコンテナ船で成り立っているのはご存じですよね。四十年前はコンテナを扱う世界の港のランキングで、神戸港が世界で第四位、横浜港も東京港もベスト二十に入っていたんです。でも、今は神戸港も東京港も横浜港も三十位以下まで急降下です」

「どうしてそこまで落ちた？」

「阪神淡路大震災で神戸港が使えなくなったとき、大型コンテナ船は釜山港まで行ってほかの船に積み替えて日本各地へ送ったんですが、それまでより結果的に安くついたんですね。日本の港は二十四時間開いていないし、賃金も高いから物流のコストが相対的に高いでしょ。通関もむこうは二日で済むのに日本は一週間もかかっていた。それで韓国や中国は大型コンテナ埠頭をばんばん造っていったんです。それ以来、大型コンテナは日本を素通りして釜山や中国の上海に流れていきました」

「それに対抗するためか」

「表向きはね。でも、水深十六メートルの埠頭というのは単なる看板に過ぎないんです。そんな大型コンテナ船は滅多に来ませんから。これまで国は全国津々浦々に巨大な港を整備してきたでしょ。でも、どこの港も閑古鳥が鳴いてます。ほら、本条がたびたび行った……」

「常陸那珂港？」

太田は資料の山をかきわける。

「ええ、あれなんか、コンテナ数でいうと年に四万個足らずしかない。ほとんど、使われてないのと同じです。それが百億単位の予算をかけていまだに整備中ですよ。まったく、あきれてものも言えない」

巨大なテトラポッドが並び、えんえんとつづく防波堤の内側にある常陸那珂港には、コンテナ船はおろか一隻の貨物船すらなかった。人影もなく、工事用のクレーンがむなしく屹立していた。

「道路と違って港は人が寄りつかないし、海の中でやる工事が多いから、どこで工事をやってるのかわからない。そうはいっても、最近は予算がないから、国の連中、広げ過ぎた風呂敷の手じまいをしようとしてるんです。コンテナ船が日本を素通りするようになったのも、ちょうど良い口実ができたくらいにしか思ってないんですよ」

「それはいいから、その国際コンテナ級っていうやつ、どうなんだ？」

「コンテナ船が着岸する港の水深は、ふつう十メートルから深くて十五メートル。十六メートルというのは、破格でしてね。横浜港と名古屋港にあるだけです。ちなみに、港を一メートル掘り下げるのに、百億以上かかるらしいですよ。当節、おいしい仕事じゃないですか。松永の聞き出そうとしていたのはそのあたりだと思います」

「で、次はどこに造る？」

「わかりませんよ、そこまでは。部内者じゃないですから。わかってるのは、関東建設局管内に造るということだけですよ」

「何だ、早く言えよ」

憮然とした顔で太田が反論をはじめたとき、ドアが開き、水沢理恵が顔を出した。「あれ、主任、いらしたんですね。本条、見つかったんですか？」

五来が首を横にふると、水沢は男っぽい仕草で腕を組んだ。「じゃあ、どうして本条康子の行確に行かれないんですか？」

「りえちゃん、そっちこそ、松永の行確に行くんじゃなかったのか？」

「伊加さんに交代してもらいました。今日は一日、銀行捜査のデータ整理の手伝いです。昨日、主任が命令されたじゃないですか。ねえ、田村さん」

五来は怪訝そうな顔で見つめる田村をふりかえる。「そうだったな」

水沢はかつかつと神経質そうな靴音をたてて席についた。

「りえちゃん、例の暗号、わかったかい？」

松永が『うらら』で、本条を前にしてコースターに書き記した文字列だ。

「見当つきません」

さらりと返した水沢は、なじるような目で五来をにらみつけた。「そんなこと問題じゃありません。取り調べで私が吐かせます。主任、いったい、いつになったら松永を引っぱるんですか？　四六時中、松永に張りついてる身にもなってください。五十五にもなった男がまるでおもちゃでもせびるように、本条に電話するんです。でも、本条は会おうとさえしない。少し前まで、松永はこざっぱりしていたのに、最近は無精ひげまで伸ばしはじめて、落ち着きがないんです。欲求不満つのらせる中年男の顔って想像できますか？　わたし、あいつの顔見るたび、虫酸が走ってしまって……」刑事になって間もない青二才の言葉と態度に、五来はむっときた。どやしつける言葉が口から出かかった。その反面、水沢の抱えている苛立ちも手に取るようにわかった。ひとつ、ため息をついて毒気を吐き、田村にむきなおった。

「松永のコム読み、進んだか？」

「松永本人の口座はむろんですが、松永節子や定男の口座にも、怪しい振り込みはぴた一文、ありません。国運省の一階にあるＡＴＭですが、今年に入って、引き出した人物をすべて確認しました。松永は月に二度の割合でここから引き出しをしていますが、本人以外の口座から金を引き出した形跡はありません」

ほう、そこまでやったかと五来は思った。本省のＡＴＭ端末を設置している銀行に出むき、そのＡＴＭで撮影された人間すべてを一人一人、目で確認したのだ。

「奥方の顧問料もか？」

贈収賄の場合、奥方名義の口座に、顧問料の名目で振り込みがされることが多い。

「ないです」

十二月に入って一度、松永が本省以外の場所で金を引き下ろす姿が目撃されている。そのときの口座は松永本人のものだった。要するに松永はこれまで自分名義の口座しか使っていない。しかし、直接手渡される現金以外にも松永は本条から金を受け取っていると五来は見ていた。でなければ、松永はあれほど女に貢げるはずがない。かりに別名義の口座を本条があてがっていれば、それを見つけ出すのは今の時点では不可能だった。

「りえちゃん、今日、田村の手伝いはいい。俺と行こう」

「行くって……どこへですか？」

五来がその都市銀行の名前を口にすると、水沢はきょとんと目を丸くした。

「峯岡建設のメインバンクですよね?」田村が横から口をはさんだ。

「それしかないだろ」

逮捕直前まで、『贈』の会社の取引銀行には、コム読みをかけないつもりでいた。警察といえども第三者に取引状況を見せては、何百億という取引をしている大の得意先に対して、銀行側としてもメンツが立たない。銀行捜査が入ったその日に、峯岡建設側へ通報がいく可能性もある。しかし、ここまで進路を断たれてそれを先延ばしする理由も見あたらなかった。これまでさんざん、本条と松永の銀行捜査をやってきたが埒(らち)が明かない。残された手段として、『贈』の原資をたどるしかない。築地の『千代松』や銀座の『オリオン』、『白樺』そして横浜の『うらら』。浴びるほど酒を飲ませ、折々に女を抱かせた。その元になった金の出所はどこなのか。峯岡建設しかない。

会社の口座を徹底的に調べれば、贈賄工作で使われた金の出どころがわかる。そこで確証さえつかめば、逮捕後の取り調べで言い逃れはできない。公判もしかり。〝ブツに物を言わせる〟のだ。

「何だよ、その顔」五来はぽかんとした水沢の顔を見た。自棄になってるんじゃありませんかとでも言いたげな顔だった。

たとえ、銀行にどのような営業上の恩義があろうとも、峯岡建設には抜かせない。きっちり締めて帰ってくる。

「どの支店かわかってるな？」

「もちろん、わかってますけど……ちょっと、主任」早々に席を立った五来を田村が呼びとめた。

「何だ」

「僕も行かせてもらいます」

「あたりまえだろ。早く来い」

「ちょっとお待ちを……すぐ照会書作りますから」田村はノートパソコンにむかい、あわてて何やら打ち込みはじめた。

五来はそれを無視するように水沢を連れて部屋を出た。

「主任……照会書はいらないんですか？」

「いらない」

書類など持参しない。警察手帳を持っていれば済む。午前九時半。北青山にある支店に着いた。五来は窓口係の行員に警察手帳を見せて支店長に取り次がせた。案内されて三人は支店長室に招き入れられた。

支店長は、捜査二課の刑事を名乗った人間の突然の訪問にひどく狼狽していた。五来が用向きを話す間、身を硬くしてじっと聞き入った。まだ峯岡建設の名前は出さない。

「極秘捜査ですか？」

「そうです」五来はにらみを利かせる。

「その方の取引口座のすべてをということでしょうか……？」

「普通、当座、定期、積み立て、すべての出入金の状況、それから取引の明細を見てみたいと思います。よろしいですね？」

支店長はメガネの奥できらりと小さく光る目を五来にむけた。

五来はじっと相手の出方をうかがった。本店のしかるべき筋に了解をとるのか、それとも、自分の判断だけで受けてよいのか。考えが千々に乱れるのが見て取れた。「あ……はい」

「……何か書類のようなものはございますでしょうか？」

「ありません」

言下に否定すると支店長は、ぽかんとした顔つきになった。

「いりますか？」五来は低く太い声でつぶやいた。

「あっ……いえ」

「何度も言うようにこれは極秘捜査です。これから名前を出しますが、その方に決して、洩らさないようお願いできますね？」

「はい、それはもう」

「万が一、相手方に洩れた場合、後日、捜査二課から捜査妨害ということで調べが入りますが、そのことをご了承いただきたいと思います」

「わかりました」

観念したようにつぶやいた支店長に名前を出すと、さすがに、

「峯岡建設……でしょうか」とその声は上ずっていた。

「支店長さん、ひとつお願いがあるんですけどもね」

五来が相好を崩したので、支店長はいくらか表情をゆるめた。

「どなたかおひとり、支店長さんの信頼のおける方をつけていただけますか？」

「はい、それはできますが」

「では、さっそくお願いします」五来はさして広くない支店長室を見渡した。応接セットと机、そして壁際にスチール製のキャビネットがあるだけだ。「まず、元帳からお願いできますか？」

「あっ、はい、別室で用意させますので、しばらくお待ちください」

支店長は受話器をとり、何事か話してから部屋から出ていった。五分ほどして、もどってくると、三人を別室に案内した。

部屋にはがっしりした怒り肩の渉外課長がいて、五来らが入ると、ノートパソコンを起動させた。画面が立ち上がると、財布からＩＣカードを取り出しパソコンのスロットに挿入する。認証画面にパスワードを入れた。さらにパソコンとつながったアダプターに人差し指を押しつける。

指紋による認証作業が終わったところで、支店長がおもむろにジュラルミン製のアタッシェケースから取り出したのは、銀色に光る一枚のＣＤだった。それを押し戴くように渉外課長は受け取るとパソコンに挿入した。

一年あるいは、半年分、この支店を通して行われた取引明細が記録されているCD－ROMだ。渉外課長が手帳と首っ引きでキーボードに一連の数字を打ち込むと、ようやく峯岡建設の取引明細が画面に現れた。

田村がパソコンとプリンターを接続するように願い出ると、渉外課長は支店長の了解を得て、コードを使って接続させた。田村は渉外課長をどかせて、画面と向かい合った。五来を見て小さくうなずく。

「あとはこちらで見させていただきます。それから、関係伝票の照合をしますので、そのときはまたよろしくお願いします」見守る銀行員に言うと、ふたりは部屋を出て行った。

それから飯抜きで一年分の峯岡建設の取引明細を印刷した。厚さにして五センチほどのA４帳票が机の上にできていた。ここから、預金口座の元帳を復元するのだ。当座預金からはじめた。取引のあった期日の右に、出金と入金の欄があり、その横に取引の略号が打ち出されている。五来は渉外課長を呼び出して、この口座の取引に関係した伝票類をすべて運び入れるように伝えた。

「全部ですか？」渉外課長は目を大きく見開いて言う。

「全部持ってきてください」

こともなげに言う五来をよそに、渉外課長は後ずさるように部屋を出ていくと、しばらくして段ボール箱を何度も往復して部屋に運び入れた。

全部で十一箱になった。田村が読み上げる日ごとに段ボール箱を開けて、該当する伝票の束を探し出す。振替伝票や支払い済み小切手が日ごとに、ひとまとめにされている。それを崩して、取引の略号ごとに突き合わせていく。

小切手の裏書きを見て、支払先を確認する。振替についても、入金先を確認して、同社定期、同社普通と書き込む。現金払いだけは支払先がわからない。しかし、これを落とすわけにはいなかった。電気や水道といった自動振替についてもチェックし、すべてを済ませて、銀行を出たのは午後十時過ぎだった。分室に帰る車の中は資料であふれかえった。

29

未明に降り出した雪は朝方になると小糠雨（こぬかあめ）に変わった。本条家の台所から黄色い明かりが洩れている。拠点にしている家の台所の窓から本条家をくまなく見通すことができる。

赤いフィットのむこうに停められたアウディは、うっすらとほこりをかぶっている。本条修一は、いまだに姿を現さなかった。七時半過ぎ、圭太が家を出るのを確認してから五来は拠点を後にして、青山にある峯岡建設の張り込み拠点に移った。

雨足が強くなった。そのせいか、窓越しに見える峯岡建設本社ビルは、いつもよりくすんで見える。受付ロビーを訪れる客もなく、死んだように精彩がない。一足先に来ていた瀬川が、「松永の野郎、すっかりあきらめモードですね」とつぶやいた。

三日とおかず、携帯の通話記録をとっているが、ここ数日、松永は本条へ電話をかけなくなっていた。このまま、事件は自然消滅してしまうのではないか。クリスマスイブも近づいた曜日、その危惧が現実のものになろうとしている。それでも、あきらめることはないと五来は言い聞かせた。あれだけの付き合いをした仲だ。途切れたように見えても、ふたりの関係は熾火のように、ちろちろと消えることなくつづいている。ふとした拍子に、ふたたび大きな炎となって燃え立つ日も必ず来るに違いない。

それは唐突に現れた。ざらついたコンクリート壁の下、地階からするすると上がってきた車を五来は目の覚める思いで見つめた。レクサスは歩道の前で一旦停車したあと、勢いよく道路に飛び出した。後部座席右側の定位置にすわる精悍なその横顔を見逃すはずはなかった。五来は思わず手を叩いた。待っていたぞ……本条。

これまで胃の腑に張りついていた鉛のようなものが溶けて消え去っていくような気がした。五来は勢いよく拠点を出て目の前に滑り込んできたマーチに飛び乗る。

「野郎、家にはいなかったんですよね？」瀬川は興奮を隠せない。

「いない」

レクサスをとらえたのは青山学院正門前だった。レクサスは小気味よく尻をふりながら、車線を変えショートカットして六本木通りに入った。

「伊加を呼ぶぞ。バイクだ」

もう車の尾行はつづけられない。

「はい、了解。おっつけ、こっちは遠張りに入ります」

五来はすっかり葉を落とした銀杏並木を見ながら、体が暖まるのを感じた。

「瀬川、栄養つけてるか？」

「もちろんです」

「明日からバイクだな。風邪ひくなよ」

「合点しやした。望むところですよ」

それからの本条は、十日あまりの空白を埋めるかのように、めまぐるしく動いた。七カ所の得意先や取引先と思われる会社をまわり、五来たちが武蔵小金井の自宅に送り込んだのは、夜の九時過ぎだった。

分室にもどると平山以下、係員全員が待機していた。みな安堵の顔を浮かべていた。明日からの行確を見直し、割り振りを決めなおした。青地は帰り際、「本当に良かった」を連発する。

「だから大丈夫といったでしょ」と五来は青地の肩を叩いて家路につかせた。

居残っていた平山が険を帯びた目で五来を見つめている。「で、感触はどうだった？」

「こちらの動きは察知していると思います」

「それを知って出てきたんだから、腹をくったのかもしれんな。いずれ白黒はわかる。ところで、Xデーが決まったぞ」

それだけ言うと、平山は静かに息を吐いた。

「一係ですね？」

一係のヤマがつんでいる気配は強くなったが、やはり年内に決着をつける気になったのか。

「今度の日曜に吸い出しだ。こんなときで悪いが、そのつもりでいてくれ。青地にはさっき伝えておいた」

捜査側にとって、事件がらみでホシを呼び出す吸い出しは最大の山場になる。

「むろんです」

内偵をつづけてきた一係が容疑を固め、いよいよホシの事情聴取に踏み切るのだ。贈収賄事件ならば『贈』と『収』、それぞれを連行してくる。ホシは、警察とのはじめての接触で激しい動揺をきたす。たとえ何があろうとも、このときだけは、二係と三係も総力をあげて、そのサポートにつかなければならない。平山の顔に穏やかな笑みが広がり、少し冷たさの交じった柔和な目を五来に注いだ。その口から洩れた名前を五来はきき返した。

「本条康子が何か？」

「亡くなった親父は関根安弘といってな。ばりばりの左翼だったようだ。それどころか、党の方針に飽きたらず昭和四十年に脱党してな。第三インターとか革命主義者同盟に出たり入ったりを繰り返して、そこも抜けた。それからもあちこち政治団体に入ったり自分で作ったりしたが、その後は環境保護団体の役員に名を連ねていた」

五来はうすうす、平山の言いたいことが読めてきた。「ひょっとして、公安の対象だったんですか？」

「とりたてて関係はないが今後のこともあるからな。いちおう伝えておく。それはそうと、コム読みで何か出てきたらしいじゃないか？」

五来は、峯岡建設の当座預金口座に、かなり頻繁にそれらしい額の現金の支出が見つかったことを伝えた。

「そいつが接待の原資か？」

「おそらくは」

「どれくらい出してる？」

「今年に入って八回。不定期に一本（百万円）ずつ。本条は会社の経理から現金を預かって自宅の箪笥（たんす）あたりに寝かせて必要に応じて使ってるはずです。千代松にも行って領収書のミミをめくりましたが、接待は現金払い。峯岡建設の名前で領収書が切られてます」

「ただし、本条には、金額が空欄の領収書を渡してるんだろうな?」

「それくらいの便宜は図ってるでしょう。会社にもどす領収書は、本条が水増しして書いているんだろうと思いますね。その浮いた分で、領収書を切れない接待にあてているはずです。小切手は使われた形跡はありません」

「そうか、そこまで尻尾をつかんだか……」

曇り空のつづく中、にわかに晴れ間がのぞいた一日だった。これまで行方をくらましていた本条がとうとう姿を見せた。それだけで十分だった。

30

曇った窓ガラスを少し開けると、ホワイトクリスマスの音色がかすかに流れてきた。イブの今日は、街はどこも賑わっている。早いもので今年も暮れようとしている。しかし、後部座席でじっと一点を見つめる一係の溝口(みぞぐち)には、そんな感傷にひたる余裕は微塵(みじん)もない。

商店街から少し外れた場所にある駐車場は、ぎっしりと買い物客の車で埋め尽くされている。建て込んだ民家のつづく一角に、尖(とが)った屋根のプレハブ住宅がある。がっしりしたコンクリート塀で囲まれた造りは、下町の風情にそぐわない。

家の主人は午前中、散髪に出かけたきり、家にこもりきりだった。それが一係のホシだった。四知一係の捜査は大詰めを迎えていた。ホシの任意同行を求める身柄班と差し押さえをする捜索班とに分かれて、打ち込み直前の一係は追い立てられるようなあわただしさの中にいる。三係は全員が一係の身柄班の応援にあたっていた。

身柄を分室に運び入れるまで、ホシは二十四時間の監視下におかれる。こつこつと積み上げてきた捜査により、容疑が固まり、いよいよ事件として花開く。そのいざというときに、肝心のホシの行方が知れなくなれば大失態だ。逃亡し証拠隠滅に走るおそれもある。そうなれば、これまでの苦労は無となる。五来のペアは去年、二課に配属されたばかりの溝口巡査部長、二十九歳だった。廊下ですれ違えばむこうの方から挨拶はするが、話しこんだことはこれまで一度もない。

溝口はジーンズにスニーカー、茶のセーターにトラックジャケットを身につけ、突然の出奔にいつでも対応できるような出で立ちで、後部座席に陣取っている。

朝の六時から行動をともにしているが、会話はなかった。五来は溝口に言われるまま車を運転してここまで来たにすぎない。溝口は昼に飲んだコーヒーが「あったかいな、これ」とのたまっただけだ。

五来はどこか青ざめた溝口の横顔に顔をむけた。「二課の前はどこだった？」

はあ……昭島署に、と答えた溝口は心、ここにあらずだった。

「刑事課だろ？」

「はあ」

五来の言葉はおろか、五来の存在自体、この男の頭には入っていない。おそらく、二課員としてははじめての仕事だろう。

明日になれば、目のくらむような興奮が待っている。すでにその助走が溝口の中ではじまっている。はじめてホシを間近に見、その声を聞くのだ。興奮しない方がおかしい。

一係のヤマが何なのか。五来はまったく知らない。目の前にいるホシが『贈』なのか、『収』なのかすら判別できない。聞かされているのは名前と住所だけだ。明日の朝、両者とも、事情聴取のため任意同行する。

五来は一切、事件のことについて聞こうとはしなかった。聞いても溝口がしゃべらないのはわかっている。たとえ、打ち込み直前になっても、他係の事件については、首を突っ込まない。それが二課の鉄則なのだ。

張り込みに明け暮れた長い日々が、堰を切ったようにひとつのものに姿を変えようとしている。その昂奮が手に取るようにわかった。これまで何度となくくぐり抜けてきた正念場だ。それが明日にも、この男を待ち受けている。そのことが五来にはうらやましかった。

スマホがふるえた。並川から紹介された協力者の早見利昭からだ。溝口に断って暮れなずむ外に出た。ぞくりとする寒気に足の先まで包まれる。駐車場を足早に抜けながらスマホを耳にあてた。

「ちょっと小耳にはさんだことがありましてね。例の国際コンテナ級埠頭建設事業……ありますよね」賑やかな雑踏の音にまじって、早見の声が聞き取れる。

「横浜港と名古屋港にある水深十六メートルの埠頭でしょ」

「お調べになったんですね？」

「ええ、少し」

「どうやら三つ目の港の指定が出たようですよ」

「ほう、どこです？」

「お膝元です。東京港。何と言ってもコンテナ取り扱いは国内一ですからね。近いうちに貿易特区の指定も受けるようだし」

「大井埠頭あたりに造るのかな？」

「いや、あそこはこの前、水深十五メートル級の埠頭ができたばかりです。中央防波堤ですよ」

五来は十字路の角で立ち止まった。「お台場の南にある、あの埋め立て地に？」

「ええ、国が直轄で整備に動き出すようです」

レインボーブリッジで有名になったお台場の南に、東京都が広大な埋め立て地を作っている。お台場や城南島（じょうなんじま）から巨大な海底トンネルを通じて、アクセス道路がすでに完成している。

「中央防波堤から若洲（わかす）まで道路が延びてるし。しかも、こっちは橋ですよ。第二のお台場ですから」

ぽんぽんと飛び出す早見の言葉には、業界人特有の熱気がこもっていた。巨大な公共事業は民間企業にとって垂涎（すいぜん）の的（まと）だ。しかも、半端な額ではない。松永が予定価格を知りたくてうずうずしていた事業はこれではあるまいか。

「それで、入札はいつになりますか？」

「年明け、二月か三月のようですが、間もなく公示されるでしょう。業界はそれはもう大変ですよ。半端な額じゃないですからね。軽く見積もっても二百億は下りません」一気にまくしたてると、早見は低いトーンで付け足した。「それからね、五来さん、近頃、国運省担当の仲間内で妙な噂が飛び交ってましてね」

「ほー、何です？」

「いや、はっきりしないんですけどね、何でも工事のことを知りたければ、『こーねる』にきけとか何とかね……まあ、真偽のほどを確かめた訳じゃないですけど、いちおう、お知らせしておきますので」

七兆円にものぼる公共投資のお膝元だ。様々な憶測が飛び交い魑魅魍魎の跋扈する様は今も昔も変わりない。いずれにしても、それは雨後の筍のように出てくる噂話のひとつにすぎないだろう。しかし、その奇妙な名前は五来の中にくっきりと残った。通話を切り、車にもどった。

食べものの買い出し以外、車から出ることはなかった。

やがて、白々と東の空が明るさを取りもどした。吸い出しの時間が迫っている。

五来が分室にもどったのは午前九時をまわったところだった。すでにホシたちは地下の取調室におさめられていた。平山の姿は見えなかった。

眠たげな顔をした係全員がそろった。ことサンズイについては、土曜、日曜の行確は欠かせない。接待はむろんのこと、ホシたちはウィークデイとは違った動きをする。しかし、今日だけは別だった。部屋でじっと待機するしかない。

吸い出しを目の当たりにしたせいか、田村と水沢の顔は上気していた。それとは別に、伊加と瀬川はどことなく張りがない。疲れているせいだけとは思えなかった。

青地は係長席でうたた寝をしている。佐藤は宿直室で横になっていた。太田ひとりがぴしっとネクタイを締めパソコンにむかっていた。

最後にやってきた尾上が席に着くなり、五来をふりかえった。「そうだ、あんちゃん、片桐由香の件、とってみましたよ」

言われて五来は片桐由香の渡航記録を調べるように尾上に頼んだことを思い出した。

「ああ、そうだったな」

「去年まで毎年、三月と十月に判で押したようにフランスへ行ってますよ。一週間ほどですけどね。一昨年は三回。四回行った年もあります」

「よっぽど、フランスが好きなんだねえ、あの女。で、今年は？」

「それがね、ゼロですわ」

「ほう」

「うららの開店は今年の八月でしょ。準備に忙しかったのかもしれませんが、それにしてもけっこう、疼（うず）いてたりしてね」

「ありうるな、それは」

いつ、どこで片桐と松永が知り合ったのかはわからない。しかし、今年に入って蜜月（みつげつ）になったことは疑いようがなかった。

ルーブル美術館にあった絵の模写を買い込むような女だ。フランスへ、パリへ行きたくて仕方がないはずだ。これまで年に何度も出かけていたのに、松永との交際が深くなってぴたりと足止めをくらっている。

もう、ぼつぼつ、飛行機に乗りたがる頃合いだろう。そのときは松永がお供するかもしれない。

深夜、事情聴取が終わると、三々五々、ホシたちを乗せた車が分室を出て行く。五来はふたたび溝口とペアになり、ホシの家の張り込みについた。

溝口には少しの疲労も見えなかった。昨日と同じようにリアウインドウからホシの家を見つめている。

二晩目の夜は深々と冷え込んだ。夜食を腹におさめてから、溝口と張り込みを代わった。午前一時過ぎには一階の居間の明かりが消え、二階の明かりが灯ったが、それもすぐに消えて家は暗闇に包まれた。家を出る者も入る者もなかった。

いつの間にか、運転席で溝口が軽い寝息をたてていた。

三十時間つづけた張り込みのせいで、背中に板が張りついたような疲れを覚えた。

午前三時前、溝口がいきなり飛び起きてスマホを耳にあてた。

「あっ、はい……わかりました」

五来は何事かときいた。

管理官ですと言ったきり、溝口は口を固く閉じ、困惑した顔で車を発進させた。

こんな時間に招集がかかるとは、いったい、何事が起きたのか。嫌な予感がかすめる。

ほんの二十分ほどで分室に着くと、溝口は脱兎のごとく階段を上っていった。一係の部屋は煌々と明かりが灯っていた。全員がそろっているらしい。三係も全員がもどってきた。

窓際についていた佐藤が奇妙な声を洩らした。

五来も同じように下を見やった。一係の係員がひとり、またひとりと暗闇の中に消えていく。平山が顔を見せ、五来は青地とともに別室に呼ばれた。

平山は眉根をひそめ、どさっと体を投げ出すようにソファにすわった。異変があったのは確かなようだった。

「当てられた」苦々しい口調で平山が洩らした。

「ブンヤ？」五来は立ったまま、きいた。

「最後通告に来やがった」

捜査指揮官の平山だけは、打ち込みにかかっている日でも、ふだんどおり自宅へ帰る。記者の目があるから、普通の生活を装わなくてはならない。取り調べの報告を受けたあと、午後十一時過ぎには自宅に帰り着いたはずだった。

「連中、『贈』も『収』もわかっていた」

「どこの社ですか？」

「毎朝」

五来の脳裏に、メガネをかけた影山の顔がよぎった。

「どこから抜けたんです？」

平山はただ黙って、首を横にふった。

それだけで五来はわかった。一係の係員が外部に洩らすはずがない。行確中、一係員の誰かが、ブンヤに尾行されていたのだ。二課に配属されて間もない水沢理恵でさえ、あとをつけまわされたほどだ。『贈』も『収』もわかっていたとするなら、それ以外あり得なかった。おそらく、ヤマ自体も八割方察知されたに違いない。

二課担当の記者の尾行は厳しい。駅に立ち角に立ち家に立つ。記者クラブでも社が違えば、ろくに口もきかないし、ネタ取りでなれ合いになるようなこともない。真剣勝負で切り込んでくる。

平山は壁の一点を見つめたまま、微動だにしなかった。表顕事犯の捜査を受け持つ一課なら何の迷いもない。抜かれようがどうされようが、事件解決にむかって進むだけだ。

しかし、ここは二課なのだ。水面下でうごめく潜在事犯を挙げることにこそ意味がある。吸い出しの初日が無事終わり、本格的な取り調べがはじまろうとする矢先にすっぱ抜かれては、ホシが動揺する。隠密裏に捜索をかけようとする目論見が水泡に帰し、逮捕すらおぼつかない。

微妙なバランスの元で進めるはずの捜査は立ちゆかなくなり、証拠物件は秘匿され、事件解決の決め手は闇に葬られる。そうなれば、事件は宙に浮き二課はおろか警察の威信は地に墜ちる。

平山がブンヤと交わした会話が五来には手に取るようにわかった。

『贈』と『収』を当てられたとき、平山は腸が煮えくりかえる思いだったはずだ。同時に強い決意をしたのだろう。

まず、言下に否定する。しかし、それだけでは足りない。「その名前を出すのはあなた方の勝手だが、恥をかくよ」と付け加える。へたをすれば名誉毀損で訴えられてもいいのか、とも。

一応の義理を立てて来たつもりのブンヤは、そこで自分たちも袋小路に入ったことを悟っただろう。ヤマは当てた。しかし、それを表に出せば二課は事件から身を引くと。平山がそこまで口に出した以上、もはやネタは「事件」にならず、永久に埋もれるのだ。

四知にはノルマがある。それを達成できなくては、管理官としての立場も危うい。サンズイは事件がむこうからやってくるわけでは決してない。半年、一年、もしくはそれ以上かけて、係全員がしゃにむに内偵を繰り返し、汗水垂らして作り上げるものなのだ。

その熟れはじめた果実を収穫寸前になって自らの手で刈り取り、地に捨てる。その悔しさは並大抵ではない。唇を噛み、後ろ髪を引かれる思いで分室を後にしていった一係の捜査員たちの姿が浮かんだ。

「一係のヤマは切る……」そう言うと、平山は目を細めて五来を見上げた。「大丈夫だな？」

その瞳の奥にある迷いとも救いともとれるものを見て、五来は痛みを覚えた。一係のヤマは消えてなくなる。三係のヤマもつぶれてしまえば、平山自身、立つ瀬がない。

「まかせてください」

平山はその言葉を待っていたように、すくっと立ち上がり、部屋を後にした。

呆然とそれを見送った青地の顔に、困惑と疑念が渦巻いていた。ブンヤに抜けただけで、捜査を中止してしまうことが理解できないのだ。それは無理もなかった。

五来は管理官が応じたであろう記者とのやりとりを聞かせた。

「そ……そんなことが」

青地の顔から、血の気がひいていた。保秘が二課の捜査の生命線であることを今はじめて理解したように。

五来は重くなった足をひきずるように、部屋を出る。事態を伝えるために、三係の部屋に出むかなくてはならなかった。

翌朝からふたたび、本来の捜査にもどった。

本条家の張り込み拠点には、すでに瀬川のバイクが停まっていた。拠点に入ると、瀬川が台所の窓を細めに開けて本条家ににらみを利かせていた。午前七時をまわったところだ。

「どうだ?」

「まだ、だれも出てこないですね」

「やつはいるな?」

「いますよ、間違いなく。御用納めの日ですからね」

官庁と歩調を合わせるように、建設会社の御用納めも十二月二十八日が土曜日である今年は二十七日と相場が決まっている。

本条は今日いちにち、例のごとく得意先回りの挨拶をして過ごすだろう。明日からは九日間の連続休暇に入る。この間に本条と松永は接触するか否か。

一人息子の圭太が裾の長い黄緑のスタジアムジャンパーを着て玄関から出てきた。スポーツバッグを自転車の籠に放り込むと、勢いよく家を飛び出していった。七時半、いつものようにレクサスがやってきて本条修一をのせて走り去っていった。ふりむくともう瀬川の姿は見えなかった。表でバイクの走り去る音が聞こえた。

五来は丸一日、田村とともに、本条の遠張りに明け暮れた。

夕方、本条を自宅に送り込んだと同時に、松永の行確についていた水沢から連絡が入った。

松永は珍しくどこにもよらず、午後六時には帰宅したという。今日は自宅で骨休めをして、明日から一転、遊びほうける気か……。しかし、その金はどこから出る？　女ひとり囲う金のスポンサーは本条だけではないのか？

分室ビルはいつもより薄暗く、どこか寒々としていた。しかし、三係の部屋は、妙な盛り上がりを見せていた。ワイシャツの腕まくりをした佐藤が、板前よろしく刺身包丁を握り、ヒラメを薄くおろしていた。水沢が興味深げに横についている。

一足先に帰っていた瀬川が落花生の皮をむきながら、ワンカップをちびちび舐めていた。伊加も同じく日本酒をやり、尾上は酎ハイに手をかけている。平山はいなかった。

気恥ずかしそうに様子を眺めていた青地が、五来に声をかけてきた。「佐藤さんが、魚、おろせるって聞いたもんだから、帰りにちょっと仕入れてきた」

氷のつまった発泡スチロール箱には、もう一匹、生きの良さそうなヒラメが入っている。

「伊加、飲んでないでおまえもおろしてこいよ」

ヒラメは苦手っすよと言いながらも、箱を抱えて部屋を出ていった。

水沢が、氷の入ったウーロン茶の大ジョッキをもってきてくれた。

二枚の大皿にたっぷり、ヒラメの刺身が盛られたところで、青地が堅苦しそうに口を開いた。「少し早いが、今年を締めくくる慰労会ということで、まあ、ひとつよろしく」

つづく佐藤の乾杯の一言で、まずは宴がはじまった。

薄切りの身をさっと醤油皿につけ、ワサビを載せて口に入れた。ほどよく締まって旨い。箸でまとめてすくいとる田村に、せっつくなよ、と伊加が横やりを入れる。太田は目を細めてその様子を見ながら、律儀に酒を口に運ぶ。

慰労会は珍しく静かだった。

「何食ってるんだよ、りえちゃん」瀬川が板チョコを折っては口に運んでいる水沢を見て言った。

「いいってことよ、朝から晩まで松永にべったり張りついて歩きまわってるんだ。疲れてあたりめえだろ。でもなあ、家にくさるほど団子あるんだろ？　甘いもん食い飽きねーか」

「おいしいですよ、これ」水沢はさらりと流す。

相手にされないと見て伊加は太田に向き直る。「そういや、局長、峯岡建設が狙ってる例の中央防波堤の埠頭工事、入札日はまだ決まんねーか？」

「二月二十日火曜日」

「何だ、決まってんのか。早く言えって、まったくよぉ」

「昨日、告示があったばかりです。二年がかりの工事で業界紙によれば、概算工事費は低く見積もって二百五十億だそうですけどね」

「ほー、で、虎視眈々と狙う業者が札入れに二十日、集まるわけだ」

「電子入札ですから集まらないですね」

「ちっ、そうだっけな。そいつが峯岡に落ちればそんときは……」伊加は五来を見やった。

「でかい獲物になるな、峯岡にとっても、うちにとっても」五来は低い声でもらした。

　中央防波堤の国際コンテナ級埠頭建設工事は、業界がこぞって受注を狙っている。そんな中で、峯岡が落とせば、松永が予定価格を洩らした疑いは決定的なものになる。そのときこそ、関係者の一斉検挙だ。

「これだけ証拠が集まったんですから、もう打ち込みかけてもいいんじゃないですかあ？」水沢がチョコをかじりながら言う。

「そうですね、松永はあれだけ金を使ってるんです。金の出どこは峯岡建設しかありません。きっと隠し口座を持ってるはずなんですよ」と田村。

「めっけたのかぁ？」

「いや……それはまだですけど……」田村はしどろもどろで答える。「でも、工事だってばんばん落札してるじゃないですか。談合もあわせりゃ、申し開きはできないと思うんです」

「田村ぁ。いつからおめえ、公取のまわし者になった？　いいか、流通業以外、談合がない業界なんてこの日本にゃねえんだよ」伊加の頬がぷっとふくらんだ。

「国だろうが地方公共団体だろうが、民間へ天下った連中んとこにゃあ、黙ってたって公共事業の情報が入るようにできてるんだ」伊加はまくしたてると、立てつづけに刺身を口に入れた。「予算が成立する三月にゃ、こっそり集まって、俺んとこはいくら、おめえんとこはいくらって事業を割り振って決めちまうんだ。でもって、引っぱってきた事業の儲けの一割が連中の懐に転がり込む仕組みだぜ」

「昔はね、談合でひとつでかい工事引っぱってくれば、三年は安泰だったんだ」瀬川が口をはさむ。

「つまりだ、俺たちにゃな、刑法一九七条、同じく一九八条、贈収賄罪の一点突破しかねえんだよ。贈収賄が成立する要件、もう一度、言うかぁ……一、受け取った側が公務員であること。二、金銭等の受け渡しがあったこと。三、職務に関連したやり取りがあること。四、双方賄賂を認識していること……」

「やめとけよ、伊加、ぼろが出る前に」五来はからかった。

伊加はぐいとコップ酒をあおる。「いやぁ、まだまだ。一係のやり損じ、見たばかりじゃないっすか。もし、このまま地検に持ち込んだらどうなると思う？　ええ？　今回の一件、予定価格をどこから入手してるか皆目見当がつかんだろうが。それにだ、『贈』と

『収』が仲良く、同じ高校出てますなんて検事に言ってみろ。お友達同士で飲んでどこがいけないんですかって、笑われておしめえだぞ」

「でも、談合から外されてることが立証できれば立件できるんじゃないですか？」

「そんなこと、どうすりゃわかるんだよ？　本人たちをふんじばって叩く以外にないだろうが。それも断崖絶壁のぎりぎりのところまで追い込んで、もう死ぬ方がいいと思わせるくらいウラがとれてなきゃ、吐くものも吐かなくなるんだ。その断崖までどうやって追いつめるかなんだよ」

田村は見えないパンチを食らったように、うなだれた。

「まあ、一係のヤマが崩れたのは身内からでしょ。ねえ、係長」ちびちびとビールを飲む青地にむかって瀬川が言う。

はにかみながら、「ああ……うん、まあな」と答えた青地に構えた様子はなく、半分、冗談として受け流す余裕も見えた。

「いちばん、危ないのは係長、あなたですからね。くれぐれも後ろには注意してくれないと困りますよ」そうつづける瀬川の口調にも、ぎすぎすしたものはなくなっている。

「せいぜい、注意しますって」青地は五来の顔をちらっと眺めて言う。あくまで、低姿勢を貫いている。

刺身をこつこつ、口に運び、酎ハイをあおる尾上がつぶやいた。「まあ、それはそれとしてさ、本条が松永と会わなくなった理由はほかにあるんじゃないですか」

「使い物にならなくなったから、切ったっていうことかな？」佐藤が口をはさむ。

五来は霧笛で瀬川が録音した松永と梅本の会話を思い起こした。国際コンテナ級埠頭建設事業こそ、本条が落としたい工事の本命であり、接待攻勢もそのためだったに違いない。しかし、あのときの会話からすると、これまでの予定価格についてはともかく、松永は国際コンテナ級埠頭建設にかかる予定価格の情報を入手できる立場にはないらしい。そのことを知った本条が、もう役に立たないと考えて、松永を見限ったという可能性も否定できない。

五来はウーロン茶を飲みながら、これから先に起こりうることを頭に描いていた。

「肝心なこと忘れちゃ困りますね」冷めた風に言う太田を一同、じろりと見やった。

「金の受け渡しはきっとあるだろうし、それが賄賂だとお互い認識していることにまず間違いはないでしょう。でも、職権についてはウラがとれたんですか？　松永が予定価格を知る立場にいないっていうことがいちばんの問題ですよ」

「かたいこと言うなよ、局長。今にぼろ出すさ。飲みが足らんぞ、さあ」伊加がしきりとすすめる酒を太田はあっさり飲み干していく。

「それについちゃ、考えがあるんでしょ、あんちゃん？」

かりに太田や青地が以前から言うように、松永が予定価格を知る立場になく、職務とも関係のない情報を本条に流しているとしたらどうか。それでは、事件そのものが成立しなくなる。

しかし今ここで、五来がそのことを口にするわけにはいかなかった。まだ、調べる余地は残っているはずだ。あきらめることなど、断じてならなかった。

31

マンション三階の外廊下に強い浜風が吹いていた。片桐由香の髪がなびいて、肩をならべて歩く松永の顔にふりかかっている。それを払おうともせず、松永は革ジャンのポケットに手を突っ込んだまま肩を怒らせるように進む。片桐の部屋のドアが開き、ふたりは風で押し込められるようにその中へ消えた。夕闇のにじみ出したマンションの背後に冬独特のちぎれ雲が勢いよく動いている。

水沢理恵が五来の脇に来て、同じようにマンションを見上げる。「今日はこのまま泊りでしょうか？」

「奴にきいてくれよ。俺は知らん」

投げやりな五来の言葉に水沢は反応せず、淡々としている。するするとやってきた伊加のプリウスに、五来と水沢は乗り込んだ。未練ありげにマンションを見上げる伊加を急かせて、分室へもどるように指示を出す。

一月もなかばを過ぎていた。

門松のとれた街のあちこちに、バーゲンセールの赤札が張り出されている。ぼんやり外に目をやりながら、「でぇ、りえちゃん、今日のおふたりさん、どうだった？」と伊加が言う。

「高島屋でモリハナエのブラウスを買ってから、シャネルのコートです」嫌々、水沢は答える。

「ほお、また豪勢でやんの」

「でもないな。バーゲン品だ」五来が言う。

「ほー、奴、そろそろ金が底を尽きだしやがったかな」

「そんなことありません。まだまだです」

「あれ、何かあったの？」伊加がバックミラーに映る水沢の顔をのぞきこむ。

「高島屋の旅行コーナーに寄ったんだよ」代わって五来が答えた。

「するってえと、そろそろパリ行きですかな？」

「いや、冷やかしだけだな。店員と話もしないし、パンフレットめくっていただけだ」

去年の年末、松永は片桐を連れて箱根に一泊旅行をした。正月でも自宅にいたのは元旦だけで、二日から三日にかけては片桐のマンションだ。片や本条は、年末年始の休暇は自宅に閉じこもっていた。

正月三が日は親戚や部下がぽつぽつと年始に来たが、自分からはどこにも出かけず、永井明美のいる『白樺』はおろか、六本木のマンションにも近づかなかった。

凍てつく街路から霞ヶ関の合同庁舎に入ると、額からじんわり汗がにじんできた。中はとびきり空調が効いて常夏のように暖かい。トールカフェのカウンターでアイスコーヒーを買い求め、奥まった席にいた尾上の脇にすわった。

尾上はアルマーニのスーツで決めた五来の姿を上から下まで眺めた。「あんちゃん、早いねえ、どこにいたんですか？」

「浜松町」

つい、三十分前まで本条の遠張りをしていた。尾上から連絡がなかったら、そのまま遠張りをしていただろう。五来は通廊をうかがう。「で、やっこさんは？」

「それが今日に限って、二度もこの前を通りましてね。午前は十一時二十分頃、この前を通って、ほら、そこのホールまで。二度目はついさっき二時過ぎ。どうも、妙な感じなんです。こう、うつむいて何か考え事してるようなね。で、二回ともホールで携帯をかけた。これは何かあるかなと」

五来は目の前の通廊に目をやった。そこに松永が通る姿を想像してみる。勤務時間中に、こそこそ職場を抜け出しホールまで出むいて携帯をかけた。相手は誰なのか。愛人の片桐由香か。それとも……。

本条にづかれてから、早いものでふた月が過ぎ、二月の冬本番を迎えていた。松永と本条はとうとう、この間、一度も顔を合わせなかった。そこにもってきて、今日の松永の動きは奇妙だった。

五来はアイスコーヒーで喉をうるおした。そのとき、通廊をむいていた尾上の目が大きく開いたまま、ぴたりと動かなくなった。五来はふりむきざま、そこを見た。目を疑った。どうしてこんなところに。

濃紺のスーツに身を包んだ本条修一がすぐ手の届くところに現れた。同伴者はいない。愛用の小さな革製のビジネスバッグを手に歩いている。表情を見ることができなかった。後ろ姿を見つめていると、ふいに松永のかけていた電話の相手と五来の頭の中で結びついた。

松永は何度も何度もこの男に連絡をとっていたのだ。それに応じて、本条はここに来たのだ。

咳払いをして、五来は立ち上がった。

「あんちゃん……」

「おーさん、待っていてくれ」

テーブルの間を縫うようにして通廊に出た。

ちりひとつ落ちていないコンコースに、本条の歩く靴音が響いていた。ほかに人はなかった。五来は息を止め、靴音をたてないようにあとについた。

本条の姿がエスカレーターから消えると、五来は早足で追いかけた。くすんだ国運省に入る。本条は折良くやってきたエレベーターにさっと身を滑り込ませた。

五来はすぐ開いた別のエレベーターに飛び乗った。五来ひとりだった。迷うことなく、六階のボタンを押す。扉が閉まり、エレベーターが動き出した。

づかれてから、プライベートでも決して顔を合わせようとしなかった本条が、わざわざ松永の牙城に出むくとは。おそらく、松永が本条を呼びつけたのだ。本条は断り切れない理由でもあったのか。そこまで考えて五来は、はっと思い当たった。

これは大事になる。消えかかっていた熾火に風が吹き込み、大きく燃え上がる前兆かもしれない。

六階の扉が重々しく開いた。エレベーターを出る。薄暗い廊下の先を見やった。港運課の前を本条は歩いていた。松永のいる部屋にはまだ距離がある。

五来は本条の歩くのと反対側の通路に出て、大股で北にむかって歩いた。突き当たりまできて、直角に左へ曲がっている廊下の先を見やった。港湾等周辺整備室のドアの前で、じっと立ち止まっている本条の姿があった。ご用聞きのように上体を曲げて中をのぞきこんでいる。

こくんと人形のようにうなずくと、本条はおそるおそる部屋に入っていった。

五来は明かりのない一角を足早に歩いた。港湾等周辺整備室のドアの前を通り過ぎ、トイレの入り口に身を滑り込ませた。

そっと整備室をのぞきこむ。係員の間を歩いていく本条の姿が垣間見える。整備室の中の配置は頭に入っている。本条の歩いていく先には松永の机があるはずだ。しかし、そこまでは見通せない。本条は立ち止まった。パイプ椅子を自ら引き起こして腰を落ち着かせた。あの位置は間違いない。松永の机の前だ。

何事がはじまるのか。固唾をのんで五来は見守った。

本条の前で何度か、人の手が動いた。松永の手に違いなかった。

主の見えない二本の手は書類の束を動かしている。本条が足を組み、上体を前に倒した。その体がたっぷり、十秒間、凍りついたように動かなくなった。

五来は息が止まる思いだった。

本条の体が動いた。軽く会釈して立ち上がると、うつむくようにして職員たちの間を通り抜けて部屋を出ようとしている。明るい蛍光灯に照らし出された顔は、これまで見た本条とはまるで違った。かたく口を引き結び、まっすぐ前を見ているようでいて、目は宙をさまよっている。緊張からか、頬が醜くゆがんでいる。部屋を出て廊下の暗がりに入ったとき、その頬がむっくりと膨らみ、笑みのようなものが浮かんだのを五来は見逃さなかった。トイレの陰に引っ込み、本条の通り過ぎるのを待つ。

時間にして三分足らず。松永と本条。ふたりの間に何があったのか。再三の呼びかけに反応しなくなった本条に、松永はしびれを切らせていたのは間違いない。今日も、本条は会うのを断ることもできたはずだ。しかし、そこを松永に押し切られた。しかも、夜の宴席を待つこともなく、これみよがしに役所にまで呼ばれた。松永は何を材料にそんな博打（ばくち）に打って出たのか。

松永はこれまで自分を無視してきた本条に憤りをぶつけたかったのか。いや、そんな子供じみた真似をするか？　ただでさえ、業者との癒着にうるさい本省で、こっそり情報を与え、見返りを得ている業者を自分の席まで呼んだ。唯々諾々（いいだくだく）と応じただろう本条との間に何があったのか。

　国際コンテナ級？　水深十六メートルの巨大な岸壁……。工事の入札日も間近い。

　まさか、その予定価格のことを松永は電話口でほのめかしたのではないか。そうなら、本条としても呼び出しに応じるよりほかない。五来は戦慄（せんりつ）を覚えた。ならば、自分がたった今、目撃した光景はその予定価格をやりとりしていた現場になるではないか。ドアの陰になって拝めなかった松永の表情がくっきりと見えたような気がした。

　五来は顔をそっと出して廊下をのぞいた。三十メートルほど先、エレベーターホールに入った本条の背が見えた。

　来たときと同じルートをたどって、五来もエレベーターの前にもどった。すでに本条の姿はなかった。下っていくエレベーターが地下一階に到着しようとしていた。動悸（どうき）が激しくなり、脈を打つのが耳元まで響いた。何か大きなものがはじまろうとしている。不安と期待が波のように交互に押し寄せてきた。今日はただでは済まない。獲物たちはなりふり構わず、目の前に吊り下がった餌に食いつこうとしている。

　五来もおくれて地下一階に着いた。本条はエスカレーターを下り、通廊を歩いていた。早足だった。トールカフェの前を通り過ぎる。すっと現れた尾上が軽くうなずいて本条の背についた。入れ替わりに五来はカフェに入った。奥まった席につき、息を大きく吐いて返ってきた。

呼吸を整えた。本番はこれからだ。スマホで水沢を呼び出す。小さく、はっきりした声が

長い一日になりそうな予感が全身をかけめぐっていた。

午後六時ちょうど、茶色のカシミアコートを着た松永がトールカフェの前を通り過ぎた。黒く染めていた髪に、白いものが目立っている。手にしたプラダのソフトバッグをいつもより大きくふって歩いている。せわしない。視界から消えると、スマホで水沢を呼び出した。

「間もなく、出るぞ」

「了解」

五来はショートコートを羽織りながら席を立った。松永はホールの中頃を歩いている。ぴったり、その背後につく。二重のガラス戸をくぐり抜けると、凍りつくような風が顔に当たった。松永の姿は思いのほか遠くにあった。すでに横断歩道をわたりかけている。信号が黄色く点滅しだした。

早足で横断歩道に入った。松永はすでに渡り終え、農水省の正門にむかっている。暗がりからシンプルな革コートを着た水沢が現れて、影のように松永との中間に入った。五来は歩くスピードを落とした。

いつも松永がとるルートとは違っている。地下鉄に入らない。二区画進んだ。外堀通りまで来て、左に曲がった。五来は駆けた。

外堀通りは新橋駅にむかう通勤客であふれていた。人でできた壁の端を縫うように松永はせかせかした足取りで歩いている。水沢は見えない。

交差点で通りを横断する。いやな予感がした。

西新橋は宵の口、飲み屋を物色する人でごった返していた。コートを着た集団が群れをなして、あちこち店を冷やかしている。ハイヒールの音を響かせたOLたちの嬌声がこだまする。松永がふいに見えなくなり、五来は立ち止まってあたりをうかがった。貸しビルの閉じたシャッターの前で水沢が首を伸ばして五来を見ていた。小さく水沢が指さしたのは、斜め前にあるコンビニだ。店の中は、客でたてこみ、ひっきりなしに自動扉が開閉を繰り返して、人が出たり入ったりしている。

あやうく、コンビニから出てきた松永を見落とすところだった。水沢はすっと松永の後ろについた。狭い道をふさぐように、飲み屋のスタンドが立ち並んでいる。とめられた自転車や張り出した看板をよけるように歩いた。松永の姿は見えなかった。赤々と点滅するネオンの下に、水沢の革コートだけが浮かんでいる。

歩み寄ろうとしたとき水沢は手をふって静止した。目と鼻の先にあるコンビニからまたしても松永が現れた。駅方向にむかって歩きだす。水沢はくるっと体を入れ替えて、一度、松永から顔を隠すとふたたび尾行をはじめた。

しばらくして、水沢は自販機の陰に隠れた。同時にスマホがふるえた。喧噪の中、うまくききとれない。「……こんなのはじめてです」水沢は息を切らして言う。

「はじめてもクソもない。電話なんかするな」

切ろうとしたとき、助けを求めるような水沢の声がして、もう一度、スマホに耳を押しつけた。

「……カードが違い……」

「何だって？」思わず五来は声を上げた。

「コンビニのＡＴＭの列に松永はついたんです、持っているカードがいつもと違うみたいなんです、混んでいてすぐ出てきて……」

五来は焼けた火箸を背中にあてられたような気がした。松永の目論見がはっきりとわかった。

「そいつだっ、りえちゃん。隠し口座だ。そこから金を引き出すつもりだ。いいか、見失うな、どんなことがあっても食らいつけっ」

五来は通話を切った。松永は本条を呼び出して情報を与えた。その見返りに、松永は金を要求した。まだ見たことのない隠し口座に、大金を振り込めと。それが振り込まれたかどうか、一刻も早く確認したいのだ。後先考えない行動だが、今日の松永ならありえる。いや、今日しかない。松永がＡＴＭにカードを差し込む現場さえ確認できれば隠し口座がわかる。その口座を調べれば振り込んだ相手方も割れるのだ。そのときこそ、松永と本条が……つながる。

ふつふつとわき起こる興奮を五来は抑えきれなかった。秘匿口座さえわかれば、賄賂のやりとりを目に見える形で立証できる。そうなれば、『贈』も『収』も言い逃れはできない。そのときこそ、一気に逮捕だ。今だ。今を逃してはならない。

自販機の陰で、こっくりとうなずく水沢が見えた。松永は日比谷通りを渡ると、ふたたび飲み屋でひしめく路地に入った。ソフトバッグの取っ手がちぎれんばかりにふって急いでいる。もう、なりふりかまわないというふうだ。松永は我慢しきれない。一刻も早く、通帳を記帳してそこに振り込まれた額を目におさめたいのだ。この機会を逃してはならない。何としてでも口座をつきとめる。五来はじりじりしてきた。

烏森（からすもり）神社を過ぎた。人でごった返す日比谷口が目と鼻の先に近づいてくる。その人混みの中に松永は飛び込むようにして入っていった。

五来は走った。通りに出る。左右を見た。いない。水沢も松永もかき消えたように見えなくなっていた。ぞろぞろ行き交う群衆の中に五来も身を投じた。人混みをかきわけて駅構内に入った。人であふれかえる改札口にそれらしい姿はない。

五来は通りにもどった。線路沿いに北へむかって歩く。外堀通りを前にしたとき、スマホがふるえた。また水沢からだ。五来は人混みから離れ、片手で耳をおおった。うまく聞き取れない。「何だって？」

「地下鉄の銀座側出口にいます……」水沢は声を低めていた。

「どこのだ？」

「外堀通りを銀座に向かってすぐ……目の前のＡＴＭコーナーにいます」

「混んでるか？」

「混んでません」

「よし、入れ」

　電話のむこうで、息をのむような音が聞こえた。

「一緒に入って、奴の横につけ。奴のすることを全部見届けろ。いいなっ」

「……でも」

「おまえなら、づかれない。何度言ったらわかるんだ、いいから行けっ」

　男より女の尾行の方が気づかれない。いざとなれば水沢は度胸がある。そのために、松永に張りつかせたのだ。通話がぷつんと切れた。すぐ脇を通る高架から甲高い電車の走行音が降りかかってくる。どこだ？　どこにいる？　信号が青になった。一斉に人が動き出した。ステップを踏むように人垣を走り抜ける。ふたつ目の角にＡＴＭコーナーの明かりが見えた。

　大手都銀のマークが描かれた磨りガラスのむこうに黒い革コートが見える。水沢だ。ほかに人はいない。五来はあたりを見まわした。松永の姿はどこにも見えない。ＡＴＭコーナーに踏み込むと水沢は奥からふたつめに突っ立って入り口に体をむけていた。口をわずかに開け、腕を上げてその先にあるものを示している。ＡＴＭだ。五来はそこに松永がいたことを悟った。

「見たのか？」

水沢は夢の中にいるように、ただうなずくばかりだった。左手に千円札の束を握りしめている。

「はっきりしろっ」五来がその肩を強く叩くと、水沢の目がかっと開いた。

「み……見ました」

「記帳したのか？」

水沢は首を横にふった。「お金、お金を……引き出しました」

金まで引き出したのか。

「わたし、もう気が動転してしまって……でも、カード持ってるの思い出して」水沢は、はじめて気がついたように、持っていた千円札の束を顔に近づけた。「同じようにお金、引き出したんです。時間稼ごうと思って、少しずつ少しずつ……」

「どれくらい下ろした？」

「二回……いいえ」こみ上げてくるものをじっとこらえながら言う。「三回も」

ＡＴＭによる自動引き出しの限度額は一口座につき、一日単位で決まっている。おそらく、二百万円が限度だろう。その限度額近くまで、小刻みに何度も下ろしたのだろう。いずれにしろ、調べればわかる。

「額は……わからなくて」松永のいたＡＴＭをじっとにらみつける目は赤く潤んでいる。上体がぐらぐらして、支えないと今にも倒れそうなほど動転している。

「わかった、もういい。よくやった」

水沢の肩をそっと引きよせると、水沢はしゃにむにすがりついてきた。走ったわけでもないのに、息が荒かった。何カ月も張りついたホシの決定的な瞬間を目におさめたのだ。しかも、はじめてのヤマだ。水沢は小刻みに震えていた。鉄の板のように強ばった背中をさすってやる。「できると言っただろ、りえちゃんなら。な、えらかった、本当によくやった。大手柄だ」

五来の言葉に応えるように水沢は顔を上げた。目元は赤くはれ、大粒の涙が一筋垂れたかと思うと、堰を切ったようにあふれてきた。「できますよね、主任、これで、できますよね……」

「もちろんだ。ふんじばれる」

息を殺していた水沢理恵が、大きく深呼吸した。

支店長から与えられた応接室は銀行の奥まった一画にあり、窓がなくて少しばかり息苦しい。支店長も担当者も部屋から追い出して、五来と水沢、そして田村の三人だけでATMコーナーのビデオ映像を見終えた。

「そっち、いってみようか」

五来が声をかけると、田村は銀行側から与えられたノートパソコンのキーボードを叩きはじめた。どこか、ぎこちない。初心者のようにかしこまって、電子ジャーナルを閲覧するプログラムを表示させる。白黒のコマ送りの画像がマルチ画面に現れた。ATMを操っている女性客の顔が正面からとらえられている。

「その時間帯のやつ、早く出せ」

「はい」田村の声は緊張して乾いている。

ＡＴＭの取引は、ロール紙ではなく、ＡＴＭ内蔵のＤＶＤに記録されている。防犯カメラにあった時間を入力すると、マルチ画面から人の顔が消えた。真っ白くなった次の瞬間、それが現れた。

「うっ」水沢は声にならない呻きを発した。

田村がパソコンから身をひく。「水沢さん……凄い」

松永の顔が、マルチ画面を覆うように広がっている。これまで見たこともない形相だった。目をぎらぎらさせ、こちらをのぞきこんでいる。大きく見開いた黒目はいくぶん真ん中に寄り、口を固く引き結んでいる。

目を下方のタッチパネルに落とし、せわしなくキーを叩きはじめた。うつむき加減になったその顔は、サバンナに棲み腐肉さえ貪るハイエナさながら、貪婪なものに映る。

何かにすがるように、水沢の手が五来の左腕にからんだ。生白かった顔がみるみる上気し、画面に映った『収』の顔を食い入るように見つめている。五来はその華奢な肩を引きよせた。

しかし、これがあの巨大官庁の役人なのか。せわしなくタッチパネルを押すその姿は、醜さを通り越て、滑稽な感じすら漂わせている。見ているこちらが恥ずかしくなってくる。

五来は知らぬ間に机の端をちぎれるほどつかんでいた。

「こんな顔になっちゃうんだなぁ……」ぽつりと五来は洩らした。

水沢も田村も答えない。

「金に狂うと……人間、こんなに」田村がつぶやく。

一連の動作を済ませ、現金の振り出しを待つばかりとなった。松永の表情はゆるみ、口元からわずかに白い歯がこぼれた。それも束の間、現金が振り出されると、それをぱっとつかみとり、素早く封筒に入れてソフトバッグに落とした。

しかし、どうしたわけか松永はその場を離れなかった。ぼんやり目を天井にあてたかと思うと、ふたたび現金を引き出しはじめた。また、ハイエナの顔にもどっている。

水沢が身を乗り出して画面に顔を近づける。悔しさとも何ともつかない顔で、吐き捨てるようにつぶやく。「こんな人間がわたしと同じ空気を吸って生きてるなんて、とても信じられない」

「俺もだよ、りえちゃん、なあ、ぼうや」

「はっ、はい」

「でもな、最初からこんなじゃなかった。金、もらうたび、いいのかな、いいのかな、ってびくびくしていた」

「ええっ、そうでしょうか？」水沢は反論する。

「そうだよ、そんなもんだ。それは……今でも、変わらない」

「こんなになってもですか？」

「ああ、同じだ」

永遠にこんなことがつづくと思っているホシはどこにもいない。元々、公務員は根がまじめにできている。深みにはまればはまるほど、自責の念は強くなる。それを検挙という荒っぽい手段で気づかせ、助け上げることも自分たちの役目なのだ。

松永はそれから二回、つづけざまに現金を引き出した。

三度目の現金をソフトバッグにおさめると、肩で息をついて松永はその場から離れていった。

「これですね」

田村が指さしたところには、銀行のカードが映っていた。このとき、松永が使っていたカードだ。ＡＴＭを使えば、使用されたカードが内部で写真撮影されて記録に残される。偽造カードと判別するためだ。カードの絵柄からして、まぎれもない本物のカードだが、浮き出ているエンボス文字はマツナガではない。架空名義だ。

田村は別の画面を開いた。〝イトウ　マサノリ〟という人物の口座番号が表示され、五十万円の出金が記録されている。前後の取引が次々に表示されていく。松永は三回、合計百五十万円を下ろしていた。

田村は持ち込んだ自分のＤＶＤにすべてを記録し、プリンターで印刷する。「しかし、大手柄ですよ、水沢さん」

水沢は少し照れくさそうな顔で、

「それより、このイトウマサノリの口座を調べるのが先決ですよ、田村さん」

「はいはい」追い立てられるように言われて、田村は五来の顔を見上げた。

イトウマサノリとは、闇取引された口座だろう。おそらくは本条が松永に与えた。この口座に、いつ、どこで誰が金を振り込んだか。

表だって、峯岡建設本体からこの口座に入金するような真似はしないはずだ。いずれにしろ、送金元の調べさえつけば、賄賂を贈った相手方に辿り着くことができる。

「よし、担当を呼ぼうか」

32

分室にもどると、待ち受けていた全員が一斉に、ご苦労さん、やりましたねえの大合唱になった。喜びと緊張が入り交じった面持ちで、青地が三人を見守っている。

五来はとぼけて、聞いた。「今日はだれかの誕生日祝いか？」

「何言ってるんすか、りえの成人式のお祝いっすよ」伊加がひときわ大きなだみ声を放つ。

テーブルの上に缶ビールやらコップ酒がずらっとならんでいる。コンビニで調達したおつまみの封を、伊加が次々に破っていく。五来は待ちくたびれたという顔つきの平山のわきにすわった。

水沢は頬をピンク色に染めて、しきりと照れながら、「やめてくださいよ、私だけの力じゃありませんから。でも、これからもがんばります」と目元を潤ませながらおつまみの準備にかかる。

五来の前にあるものをじっと見つめている青地が、神妙な面持ちで口を開いた。

「統括、その封筒の中身を見せてくれんかなあ、みんな待ってるから」

係員たちの顔色が変わった。みるみる期待感があふれてきて、先を急げという顔つきになる。

「そうですね」

五来は封筒から中身を取り出して机の上にあけた。ＤＶＤや取引ジャーナルがどっとあふれ出る。青地はそれを手元に引きよせて、印刷された記録を見ていく。ＡＴＭ内で撮影されたカードの写真を手にした。浮き出た〝イトウ　マサノリ〟の文字をじっと眺め入る。かたわらで田村がノートパソコンを起動させて、ＤＶＤを挿入する。

平山以下、係員九名、二十の目はノートパソコンに注がれた。ＡＴＭで松永の顔がアップになった映像が現れる。おおっ、という声が洩れた。

息をのんで見守る青地の顔は、驚きを通り越して蒼白になっていた。やがて、不安げな表情は薄れ、明るさに満ちたものがにじんできた。

「やっ、やったぁ……やったぞう、なあ、みんな、やったな」童心に返ったように、青地は、はち切れんばかりの声を上げた。腹の底からしぼりだしたような声だった。

青地の喜びを五来は素直に受け入れることができた。失敗を繰り返してきたことを青地はずっと気に病んでいたのだ。

　五来は青地に歩み寄り、右手を差し出した。がっしりと握手をする。びっくりするほど、強い力で握りかえされた。青地の目は赤く充血している。

「もう、大丈夫ですよ」

　五来のひと言に、どよめきが上がった。トタン屋根に大粒の雨が当たるような、甲高い拍手が起きた。忍従の日々を重ねてきた捜査員たちの顔から曇りが消えていた。底抜けに明るい。

「ありがとう、みんな本当にありがとう」ひきちぎれるほど、青地と手を握り合う。切れ長の目の端に光るものが浮かんでいる。

「係長、粘りですよ。あきらめず、こつこつ全員が積み重ねてきた結果なんです」

「そうだよな、うん、粘りだよな、うん、うん」それから先、言葉にならず、青地は目頭をふいて突っ伏すようにうなだれた。

「さあさあ、係長、独り占めにしないでくださいよ、みんな待ってるんですから」瀬川が労りのこもった口調で呼びかけると、青地はすっと背を伸ばして一同を見やった。吹っ切れたような顔だった。手元にある書類をうれしげに全員にくばる。

　真っ先に尾上の手が伸びた。現金の引き出し状況について打ち出された紙をかっさらうようにしてすくい上げる。

「んだよ、はええなぁ、まったく」伊加がひとりごちた。

「ほらほら、伊加さん、こっちこっち。りえちゃん、映ってるよ」瀬川が防犯ビデオに映った画像を指すと、伊加はどれどれ、と興味深げにパソコンの画面に見入った。

尾上が唸った。「七月十日、午後三時十二分、ＡＴＭ番号ＴＢ６７、金、二百万なりぃー」

「そいつあぁー、例のスープラだぜ」と伊加がふりむく。「てめえのボーナスと貯金を足してよお、現金でお買い上げになったんだなぁ。まあ、遅れてきた青春ってぇわけだ」

尾上はむきになって現金の引き出された日と額を読み上げていく。

「十月十八日、午後七時三十三分……金、百万なりぃー」

「メムリンクの模写を買うために下ろしたんだな」佐藤が感慨深げに言う。

太田が青くなって、捜査報告書の綴られた分厚いチューブファイルを広げる。しばらくして、「そうか、この時間帯、全員そろって分室で会議です。ちょうど行確が途切れてる」と口惜しそうにつぶやいた。

「さあてと、無粋な話はそれくれえにしてよ、さあさ、成人式、おっぱじめるぞ」

伊加の呼びかけで、めいめいのグラスが満たされ、最後になみなみとウーロン茶の入った大ジョッキが五来の前に運ばれてきた。太田が立ち上がって缶ビールを高くかかげる。

「それでは事件の解決を祝って乾杯っ！」

「おいおい、事件が終わったわけじゃないぞ。ようやく事件に片足突っ込んだだけだぞ。

幕が開くのはこれからなんだからな」五来はあわてて修正する。

「そうそう、きっちり行かないと」瀬川がコップ酒を見つめながら太田を促した。

「すみません、やり直します。事件のですね、ええ、早期解決を祈念して乾杯っ」

相変わらず堅い男だなと五来はほくそ笑み、ウーロン茶をぐいと喉に流し込んだ。

一息ついたところで、五来は瀬川に今日の松永の動きをきいた。

「午後七時過ぎ、『うらら』まできちんとお届け申し上げましたよ」

横で聞いていた佐藤がスルメを噛みながら付け足す。「仕事熱心だな、統括。今日は、やっこさん、腰落ち着けて飲みまくるみたいですよ。まあ、今日だけは最後までお付き合いするのを勘弁させてもらいました」

「今頃、おふたりさん、『うらら』でご旅行の夢でも語り合ってらっしゃるんじゃないですかあ。ねえ、係長」瀬川がコップ酒を飲み干す。

尾上が酎ハイ片手に横に来てすわった。「おーさん、今日の本条はどうだった？」

「ふだんの野郎にもどってあちこち、営業かけてましたね。昨日とは大違いです。小金井の家まできちんと追い込んできましたから、大丈夫」

平山の目が尾上に注がれる。「ところで、昨日はどうだった？」思い出したように平山が聞くと、尾上は笑みを浮かべ、酎ハイを口元に運んだ。

「例のごとくレクサスが合同庁舎の玄関前にやってきて、本条をかっさらうように乗せていきました。そのあとは……」

「北青山の峯岡本社まで一直線……か。奴の表情は読めたか？」

「遠くからですが。合同庁舎を出て行くときは、何て言っていいのかな、今までになく勇ましい感じに見えましたが」

「本社じゃ、社長が出迎えたそうだが本当か？」

「そいつぁ、これです」

耳ざとく伊加が平山の前に滑らせたのは、望遠カメラで撮ったふたりの写真だった。背をむけている本条を今にも抱きすくめんばかりに、社長の峯岡隆司が両手をあげている。これ以上ないという満面の笑みを浮かべながら。

松永から仕入れた情報がすでに知らされていたとしか思えなかった。でなければ、社長自らが迎えに出るようなことはない。つまりは、昨日、松永から国際コンテナ級埠頭建設工事の予定価格を入手したのか……？

「こっちも社長とふたり、例の国際コンテナ級を落とす夢でも見てるんじゃないか」五来が皮肉たっぷりに引き取る。

「入札日までぴったり一週間。お互い、念願成就、めでたしめでたし、ってやつか」まんざらでもない顔で、佐藤がつぶやき、ポテトチップをしゃりしゃりとかみこなす。

太田は缶ビールをちびちびやりながら、捜査報告書をめくっている。目のまわりを赤く染めた伊加がその後ろに回り込む。「ところでよ、局長、例の振興会、わかったかい？」

「えっ……ああ、建設振興会？　悪いけど、さっぱりですね。あれこれ手を回して調べてはみたんですけど。まあ、その甲斐あって峯岡建設が羽田空港の再拡張工事に参加できなくなった理由がわかりましたよ。ぼんやりとですけどね」

太田の弁に五来は聞き耳を立てた。再拡張工事に参加できなかったのは、コンペで落ちた造船業界に加わったせいだが、ほかにも何かあるのか。

「三年前になりますが、峯岡は海外工事を専門に扱う国際事業部を立ち上げましてね」

「知ってるぜ、本条が初代部長を仰せつかったんだろうが」

伊加を無視するように太田はつづける。「海外に強かった本条が目をつけたのは、当時のシンガポールのメガヤード計画ですよ。こいつは海の上に大型船の修繕ヤードを浮体構造で造ろうという計画なんですがね、何はともかくべらぼうな大型工事になる。察するに、マリコンの峯岡としては、その付帯工事一切を受注したかったんではなかろうかと」

「んだよ、局長の推理かよ」ぶすっと伊加が水をさす。

「その実績作りとして、羽田の浮体工法は願ってもなかったわけだな」五来が言葉をはさんだ。

「しっかしよぉ、そんなややっこしい海外工事にどうして参戦しなきゃならなかったんだ？　それに本条はそのポスト、お役御免になったんだろ。当て推量なんてするないっ」

太田はむっときたらしく、峯岡建設について調べ上げたチューブファイルをどさりと置いた。開けたのは、細かな数字がならんだ連結決算表だ。

「ここ、見てくださいよ」

伊加に代わって、平山がのぞきこんでいる。

「腑に落ちなくて詳しく数字を追ってみたんですよ」と太田は冷めた口ぶりになった。「峯岡の業績が好調なのは、それまで本条が指揮をとっていた海外工事が増えたからなんですよ。元々、ＯＤＡで鍛えた分野ですからね。利ざやも大きい。

本条が営業本部長に就任すると、収益の足を引っ張ってきた国内関係の工事、特に官庁関係のてこ入れをはじめた。その目玉は何と言っても、羽田空港の再拡張工事でした」

「ところが、参加できずに出はなをくじかれた」

五来が言うと平山がコップ酒をそっと置いた。「その挽回のために、峯岡は、しゃにむになって国内工事をとりにかかっているんじゃないのか。その中でも、一番、わりのいい……国際コンテナ級埠頭工事を」

「いや、管理官、峯岡建設じゃない。本条がとりにかかってるんですよ」

国際コンテナ級さえ取れば、上り調子の会社は盤石になる。これを取るために本条は社長の了解を得、あるいは説き伏せて贈賄工作を進めてきたとみるべきだった。これを取ってこそ、すでに海外工事で実績を上げている本条の地位は確立するのだ。

太田は缶ビールを飲み干すと、腕を組んでじっとファイルに目を落とした。

ぽりぽり、柿の種をつまみながら田村が五来の後ろに立っていた。

「どうした、ぼうや。例の暗号、わかったのか？」

悪いところへ来てしまったとばかり、田村はうーんと唸って身を引くそぶりを見せた。

話題をふる。ちらりと太田に目をやり、抜け目なく、「どうでしょうか?」と精一杯の笑みを浮かべて

テストのカンニングを許してやる秀才よろしく、太田は意味ありげに五来を見やった。

「地方じゃ、県でも市町村レベルでも、談合防止のために予定価格を公表してるじゃないですか。国運省の尻にも火がついたみたいでしてね」

「すると……国運省が予定価格の公表に踏み切るのか?」

「さあ、それはどうでしょうか。でも、パイロットモデルがすでに本省内のコンピュータネットワーク上で稼働しているらしいんですよ。一部に限ってのことなんですけどね」

田村が一歩、踏み込んできた。「限ってというと?」

「そこまではわからないですよ、田村さん」子供をあしらうように太田が答える。

「そいつが、こーねる……か」五来は、ぼそりとつぶやいた。

「何ですか、それ?」

田村にきかれて、五来は早見から聞いたことを話した。

「というと、こーねるというのは、そのパイロットモデルそのものをさすんじゃないですか?」田村は興味深げに五来と太田の顔を見比べる。

ふたりが何も答えないでいると、田村は、ふむふむとうなずきながら席にもどっていった。

「まだ解けないことも多そうだな」平山はため息をつく。

「肝心のところが煮詰まっていません」五来は認めざるを得なかった。

それは暗号でもなければ、建設振興会でもない。もっと大きな難題が立ちはだかっている。入札日まで残すところ一週間。

33

十一時過ぎでお開きになり、係員がいなくなった部屋で五来は捜査報告書を開いた。十月なかば、捜査に着手して早いもので足かけ四カ月が過ぎようとしている。

五来は太田のまとめた松永幹夫の経歴報告書を手に取った。

昭和六十二年、高校卒業の年に松永は国運省に入った。ふりだしは、関東地方建設局宇都宮用地事務所となっている。そこで用地交渉を経験したのち本省によばれた。出世の足がかりだ。

そのあとも、四、五年単位で本省と地方局の間を行き来し、そのたび着実にノンキャリアとして昇進している。

しちめんどくさい仕事も嫌な顔ひとつ見せず引き受ける。そして結果を出す。あいつになら任せておける、というお墨付きをもらったのだろう。馬車道にある国運省関東建設局港湾航空部の所長になったのは今から四年前だ。

午前二時、宿直室で横になった。

目を閉じると、本条と松永が肩をならべて銀座の街を飲み歩く姿が何度もよぎった。ふたりの間に、松永の女、片桐由香がはさまっている。この女に取り入るために松永は金が要ったのだ。そこに本条が現れた。渡りに船だ。

本条は巧みに酒で釣りながら松永をおだて上げ、片桐のことを聞き出した。そこまでつかんでしまえば落城も同然だ。

取調室にすわらされている本条の姿が目に浮かんだ。談合から外れた峯岡建設は一匹狼に近い。その浮沈を握っているのは本条修一にほかならない。

ここまで来た以上、本条としては一歩も引けない。喉から手が出るほど、いや命に代えてでも国際コンテナ級埠頭建設工事の札を取りたい。

いや、取らねばならない。づかれた云々など、本条にとっては、二の次三の次のことなのだと五来はようやく納得できた。

取調室でむきあう松永の姿も、くっきりと想像できた。つい先日、本条を本省まで呼び出した松永の心中は察して余りある。これまで、何度も予定価格を洩らして工事を落とさせてやったではないか。そう毒づきながらも、こっそり懐には飴(あめ)を用意していた。

渡した飴は何か。国際コンテナ級埠頭建設工事の予定価格に他ならない。

公務員が自分の仕事に関連して賄賂をもらえば、それだけで単純収賄罪が成立する。それに輪をかけて頼まれごとをされ、情報を与えたとなれば、より罪の重い受託収賄罪が適用される。

単純収賄の刑期は五年だが、受託収賄は二年加算されて七年以下の懲役が科せられる。賄賂で得た金も没収されるし、万一、金を使い込んでしまい、なくなっていても、同額の金が追徴される。発覚を恐れて贈賄側に金を返していても、それと同額が追徴されるのだ。

一方で発注を受ける立場にある贈賄側の罪は、三年以下の懲役となっている。それほど、収賄という罪は大きく重い。

松永幹夫の場合、どう転んでも受託収賄罪が成立する。罪状からして執行猶予さえつかない可能性がある。

しかし、実際問題、業者が役人にいくら金を渡しても、それに対する業者側の見返りがなければ贈収賄事件として立件しづらい。賄賂は民間では日常茶飯に行われている。それが、問題にならないのはあくまで私的な取引であるからだ。

しかし、こと、公の機関がからめば重罪になる。万民に平等であるべき公務員が、一業者にどれほどの利益を与えたのか。これが贈収賄事件の根幹になる。逆に言えば、公務員が業者から金品を受け取っていたからといって、その裏にある利益供与のからくりを探り当てない限り、刑事事件として成り立たない。

東京地検特捜部へいく日は目の前に迫っていた。国際コンテナ級埠頭建設工事の入札まで残すところ六日間。峯岡建設が落札すれば容疑は最終的に固まる。特捜部へ提出する事件チャートの大まかなところは、五来の頭の中ですでにできあがっていた。しかし、その中で一カ所だけ空白のまま残されている欄がある。

松永の職務権限だ。松永は果たして本条に与えたはずの〝飴〟をどこで仕入れたのか？松永はそれを知りうる立場にあるのか。

今の松永は国際コンテナ級埠頭建設はおろか、工事と名のつくような仕事には一切タッチしていない。勤務している港湾等周辺整備室は一件の工事も発注していないのだ。

その松永がどこで予定価格を入手したのか。これまで得た情報をいくら精査しても、その出所がつかめなかった。しかし、そこを明らかにしないかぎり、このヤマを地検に持ち込むことはできない。

一課の刑事が殺人犯を挙げなければ殺人は常態と化す。二課の刑事が汚職を摘発しなければ、あちこちで汚職がはびこる。

役人はとてつもない金と権力を持っている。それをテコにして定められた仕事をするが、決して一様ではない。時に応じて袖の下を取り、一業者にだけ甘い汁を吸わせる。

少しぐらいならいいではないか。どうせ、見つかるはずがない。

そんな役人があちこちで増えれば、国の土台そのものが腐食する。ひいては国の存亡にかかわる。

それを防ぎうるのは自分たち……二課員しかいない。自分たちが最後の砦なのだ。

どれほどホシたちから憎まれようが構わない。それが二課刑事の本分なのだ。

そんなことを考えて、まんじりともしないうちに、白々と窓が明るく染まりだした。不思議と疲労感はなかった。

七時過ぎ、「おはようございます」と元気な声で水沢が出勤してきた。ぴしっとしたスーツ姿だ。十分寝足りた、さわやかな顔をしている。

「あれ、主任、また自宅に帰ってない症候群ですね」と冷やかす水沢は、昨日までの水沢とは明らかにどこか違い、一回り大きく見える。

平山は部屋に入るなり、部屋中に響き渡るほどクルミを鳴らして管理官席についた。

「昨日はみんなご苦労さん」とすでに勢揃いしている係員の顔を見やる。なごやかな雰囲気で朝会がはじまった。最初に口を開いたのは青地だった。

「昨日は皆さん、大変ご苦労さんでした。おかげでどうやら、このヤマも先が見えたというか……いや、まだ気が早いかも知れませんね。じゃあ、統括、お願いします」

さっさと主導権を渡されて、五来はすぐには言葉が出てこなかった。事件解決にむけて大きく前進したことは間違いない。しかし、これから先、やらなくてはならないことは山ほど残っている。五来は低い声で切り出した。

「松永が賄賂らしきものを得ていることは突きとめた。相手はまず、本条とみて間違いない。今日明日にも、ふたりの関係を立証できそうなところまでようやく辿り着いた。みんなのおかげだ……」

神妙な顔で係員は聞き入っている。

「でもな、まだこの先、厚い壁が立ちはだかっている。それに風穴を開けなくてはならない。わかってるな？」

誰にということもなく五来は問いかける。

返事をするものはいなかった。

「やっぱり……統括、松永の……」青地の言葉が尻切れトンボになった。

五来はその顔を見て、小さくうなずいた。「そうです、松永幹夫です。一業者たる峯岡建設が松永に対して、何故、あそこまで激しく接待攻勢をかけるのか。裏には必ず見返りがある。だからこそ、あそこまでやる。その見返りとは何ですか？」

「予定価格です」田村がこらえきれずに口を開ける。

「そうだ、予定価格だ。そいつを松永はどこから仕入れたのか、だ。問題はその一点に尽きると思う。しかしどうだ。松永が籍を置く港湾等周辺整備室は、峯岡が請け負うような工事は一切、発注していない。一般工事はすべて馬車道にある国運省関東建設局港湾航空部が行っている。

しかも、そこの所長の梅本は、予定価格を教えろという松永の要請をはっきりと断っている。しかし、一昨日の松永の動きは明らかに異常だ。おそらく、予定価格を何らかの方法で入手したに違いないと思う。さて、どこで仕入れたか……だ」五来はじろりと鋭い目で太田を見やる。

「やはり……合同庁舎の情報源からつかんだとしか思えないです」太田は答える。

「言ってみろ、その情報源とやらを」

「わかりません」太田は不機嫌そうにメモ用紙を閉じて、うなだれた。

「やっぱりよぅ、主任、馬車道の合同庁舎にいる元部下とかよう、そんなんじゃねーのかな」

苦しまぎれに言った伊加の顔を五来はにらみつける。「行確でそんな動き、あったとは聞いてないぞ」

「そりゃ今、思いついたことで、なあ瀬川」

ふられた瀬川は、ばつの悪そうな顔をして、「こっちも、ありませんよ」と横をむく。

「馬車道の合同庁舎ルートという線は何と言っても一番強いと思う。しかし、松永が梅本と袂(たもと)を分かってからいくらも経っていない。ほんのふた月だ。そう易々(やすやす)と梅本の代役を見つけることはできないはずだ」

「本省ですから」ぽつりと水沢が洩らした。「何といっても本省に勤務しているわけですから、もっと別のルートが開拓できたのかもしれないと思ったんですけど」

「……何といっても本省には情報が集まります。松永が今の課に異動してもう二年近くになりますから、我々の目の届かないところで別のルートを探し当てたんじゃないかと」田村が付け足す。

「推測で物、申すなってなんべん言われりゃ気がすむんだよぅ」伊加が口をはさむ。

「もう一度、振り出しにもどって調べ直す必要があると思わんか?」五来は太田と青地の顔を見て、低い声で問いかけた。

青地は難しそうな顔で太田の顔色をうかがう。

「とにかく、あらゆるところをもう一度、当たるしかないと思うがどうだ？　ひょっとして、思わぬ盲点や見落としがあるのかもしれん。この際、予断は捨てて、もう一度、謙虚な気持ちで調べ直してみたらどうだろうな」

太田は口を固く引き結び、横をむいた。

「でも、統括……もう時間が、な」と青地は同意を求めるように太田をふりむく。

「どうしたんですか？」

太田が代わって苦しそうに言った。「国際コンテナ級の入札まで、もう一週間を切りました」

「そうだな」

「職務権限以外にも詰めなくてはならないことがあります。主任、そろそろ手の内を明かしてくれてもいいんじゃないですか？」太田がつめよる。

きょとんとした顔で青地は五来と太田の顔を見比べている。太田から目をそらさないで、黙って見つめていると、太田は根負けしたように、「密接関連行為でいく腹じゃありませんか？」と口にした。

五来はこれまで何度か、そのことを考えた。しかし、右から左に持ち出すべき言葉ではなかった。

公務員がその職務に直接関連していなくても、その職務の周辺にある事柄で相手方に便宜をはかれば、それは贈収賄の対象となる。

松永の場合、工事を発注する権限はなく、予定価格を知る立場にはなくても、何らかの方法で予定価格を入手し、相手方に洩らせば受託収賄罪が適用される。その場合、予定価格を入手した方法さえわかれば、起訴に持ち込むことができるのだ。ただ、それは最後の手段として使うべきで、今現在、確定すべきことではない。

係員たちもずっと、そのことは頭の隅に置いてこれまで捜査をしてきたはずだ。だから、太田の弁は遅すぎたともいえる。しかし、かりに密接関連行為でいくにせよ、予定価格の入手先を明らかにしなくてはならない。

「場合によっては、ありうるかもしれませんね」尾上が意をくんだように言う。

「係長、本庁の資料室がひっくり返るほど調べてもいい。徹底的に洗い直してもらえませんかっ」

「ああ……うん、そうだな、うん、この際な、うん」青地は、顔を強ばらせ窮屈そうに身を細める。

「りえちゃん、今日やることは、わかってるな？」

水沢は背筋を伸ばし、「はい、イトウマサノリ名義の通帳に現金を入れた送金元を調べます」本番はこれからだと言わんばかりに席を立った。

「佐藤さん、同行してください」

「了解」待ってましたと佐藤がそのあとを追いかける。

伊加は「松永の行確につくぞ、いいな、瀬川」と席を蹴るようにして立った。

「うぉっす、合点承知」伊加に張りつくように、瀬川も勢いよく部屋を飛び出していく。

「それから係長、さっきの件、今日中にめどをつけてもらいたいですね。いいな、おーさん」

「了解」尾上は一瞬、目を細めて難色を示したがすぐに気持ちを入れ替えて立ち上がった。青地は、太田と顔を見合わせてこっくりとうなずき、早々に部屋をあとにした。田村は、さっと立ち上がり、係長に同行しますとつぶやき部屋を出ていった。

じっと待っているのは動くよりもつらかった。捜査報告書を読み返して一日が暮れた。午後八時。平山が来ていたが話のネタは尽きかけていた。五来は報告書をぱたんと閉じる。その音につられるように、ドアが開いて佐藤の顔がのぞき、つづいて水沢が入ってきた。

ふたりの顔に疲労感はなく、晴れ晴れとしていた。

「ご苦労さん、遅くなりましたねえ」

「結構、手間取りましたよ」佐藤が、誰もいない部屋を申し訳なさそうに見渡した。

「そうみたいですね」

「野郎、あちこちのATM使ってますからねえ。それにしても統括、りえちゃん、張り切ってねえ。まるで別人ですよ、支店長なんか、軽く鼻であしらいますからね」佐藤は言いながら、いそいそと年季の入ったショルダーバッグからDVDを取り出した。

水沢が用意したノートパソコンにそれを差し込む。手慣れた手つきでキーボードを叩く。

画面に白黒のコマ送りの画像が現れた。ＡＴＭを操っている男の顔だ。

つくづくと五来はそれをながめ入った。広い額にふりかかった前髪に一筋の白いものが交じっている。首をぬうと伸ばしたその顔は本条修一に相違なかった。

本条はカバンの中から札束を取りだして、現金取り出し口の中にそっと入れる。あとはじっと前をむき、現金が自動読み取りされるのを待っている。鼻の穴を膨らませ、息づかいさえ聞き取れそうだった松永とは違った。

その鼻も目も口も、ふだんと変わりない。何度か首を上下させ、最後にパネルに目を落とすと、軽くＡＴＭの端を叩き、背を見せて離れていった。

水沢がキーボードを叩くと、別ウインドウが開き、

入金額　一、〇〇〇、〇〇〇

と現れた。

五来はそれをじっと見つめた。

とうとう、『贈』の本条が目に見える形で現れた。それも極め付きの証拠となって。これまで頭に描いていた点線が実線になった。いける。五来は心中、手を打った。

「間違いないですよね、いいですよね」

水沢は誰にというわけではなくしきりと口にする。

「見ただろ」子供に言い聞かせるように佐藤が言い、五来と顔を合わせる。

「つながった。大丈夫だ」

ドアが開き、一様に押し黙った四人が姿を現した。五来は空の胃袋を、素手でつかまれたような鈍い痛みを感じた。

「ごくろうさん」平山が声をかけても、四人は返事をしなかった。

青地は口を引き結んだまま席につき、ぎゅっと握りしめた両手を机の上においた。尾上の額にくっきりと三本、横皺が寄っている。田村は所在なげにうつむき、太田はひとり背をむけてすわり、天井を見上げた。

「田村と本庁の資料室にこもって、資料ひっくり返しましたが……」それから先、尾上は言葉が出てこない。太田が椅子を回転させてこちらを振りむいた。

「国会図書館にこもって調べました」

五来は少しばかり、胸を躍らせた。しかし、太田は「時間延長してもらって、ついさっきまで頑張ってはみたんですが……」とそれから先言葉を飲みこみ、やるせない顔で青地を見やった。

青地は胸苦しそうな顔を上げて平山を見た。「法令、組織令、過去にさかのぼって全部読み直しました……」

「地方局の規則も見たし、予算資料も過去にさかのぼって全部、洗い直した。整備計画書や国運省の会計実務要覧にも、もう一度、目を通しました……しかし、野郎のいる整備室は、これっぽっちも工事をしていない。単なる調整機関です」青地はそれだけ言って任務を終えたとばかり、太田の顔色をうかがった。

太田はせっぱ詰まった顔で、重たげに口を開いた。「松永と関係のある職員について、これまでさんざんリストアップしてきましたが、それを頼りに、今日、もう一度、過去の国運省名鑑や地方局の名簿をすべて当たってみました。しかし、国際コンテナ級の計画を立てている部局員とのつながりは残念ながら見つかりませんでした」

「同じく……ありませんでした」

田村が申し訳なさそうにつぶやくと、腕組みしていた平山が、ふーっと息を抜いた。

重い沈黙が部屋を支配した。誰も一言も発しない。これまで、どんな苦境に陥っても、いや、苦しくなればなるほど侃々諤々の論議をかわして乗り切ってきた。最後の最後になって、厚く高い壁が立ちはだかっていた。突き崩すにも穴すら見えない。しかし、その壁を乗り越えなければ、このヤマは立件できない。

「木の根っこはまっすぐ伸びないからなあ」平山がぽつりと洩らした。

その言葉に五来は我に返った。重苦しい空気に自分も飲みこまれていたことに気づかされた。五来は自分を奮い立たせるようにゆっくりと口を開けた。「ここまで、本当によく来たと思う。みんなの努力には本当に感謝している。今、我々は、にっちもさっちもいかない袋小路に追い込まれている。でも、どうだろう。このヤマの根っこはどこにあるのか。根っこは思わぬ方向に伸びているかもしれない。それを忘れずにもう一度、ここは謙虚に見つめ直したいと思う。どうだ、みんな」

田村は目を真っ赤に腫らしている。伊加も言葉はなく、瀬川も同様に苦虫を嚙みつぶしたような顔をしている。佐藤は身を硬くし、水沢も意気消沈している。尾上も同様だ。

「これまで調べた中で埋もれていることがある。各人、もう一度、初心にかえったつもりで掘り起こしてみてくれないか。どんな形でもいい。それを探し出したい。松永という前代未聞の男の職務権限につながる何かを」

ここで負けたら終わりだ。すべてご破算になる。

「どうだろう、もう一度、みんなで頭の割れるほど考えてみないか」

「よっしゃ」伊加が短く呼応した。

「あんちゃんの言うとおりだ、ここまできて弱気になったらいかん」尾上が応じる。

「タイムリミットなしでいきましょうよ」瀬川が断固たる態度で言った。

田村の顔付きが変わり、水沢はそわそわしはじめた。

平山が口を開ける。「うーん、少し時間かかるかもしれんが、やってみるか。どうだ、係長」

「むろんです」快く答えた青地だが、どことなく頼りない。

平山は大きくため息をついたのち、「夜だけじゃない、必ず朝日は昇る。念ずれば通じる、だ」

伊加と瀬川は競い合うように、太田のまとめた捜査報告書の束をとってむさぼるように読みはじめた。その中から水沢が奪い取ったのは、自分が松永の行確をつづけたときの捜査報告書だった。尾上は分厚い法令書と格闘をはじめる。五来も同様に国運省の設置省令を調べることにした。太田はまなじりを決して、峯岡建設について調べ上げたコピーの綴りを目の前に据えて、舐めるように読み出した。

全員、時間が経つのも忘れて目の前にあるものに集中した。二時間があっという間に過ぎて、カレンダーは次の日になった。それでも終わらなかった。三十分、一時間と過ぎていく。全員、自席にすわったまま、ぴくりとも動かなかった。

二時をまわるとさすがにトイレに立つ係員が多くなった。

そうでなくても、朝からずっと目を皿のようにして歩きまわっていた。その疲労が重なり、口数が減っていく。

その中でひとり、田村だけはまったく疲れを見せなかった。太田のため込んだ峯岡建設の資料と捜査報告書を突き合わせし、疑問が浮かぶたびに、ほかの捜査員を呼び立てて確認する。はじめのうちこそ、うるせえ、と相手にしなかった伊加もしぶしぶ従うようになっていた。〝こーねる〟という言葉がどこからともなく上がったのは、午前三時を十五分まわったところだった。

五来はその声を発した田村を見やった。

「何か言ったか？」

田村には五来の言葉が耳に入らない。その手には国運省名鑑が握られている。「コーネル大学の大学院卒……」

「何だ、もういっぺん言ってみろ」五来は声を荒らげた。

「おおっ」田村は腰を抜かすような大声を上げた。「この人、昭和四十年二月十七日生まれだ」

五来は顔を真っ赤に染めてわめき立てる田村が不思議でならなかった。

「だから、どうしたんだよ、ぼうや」

田村は跳ねるように立ち、五来のもとに駆け寄ってくる。「ですから、主任、例の水沢さんの上げた暗号の……」

そのとき、五来の頭の中で雷鳴のようなものが鳴り響いた。水沢も同時に悟ったらしく、すわったままぽかんと口を開けている。全員の視線が集まった。

水沢が『うらら』で松永の書いたコースターから発見した文字列。

C40N217

あれは生年月日だったのか?

「この人、コーネル大学の大学院出身なんですよ」田村が耳の不自由な老人に話しかけるように口を酸っぱくしてわめき散らす。

「コーネル大学の頭文字はCなんですよ」

田村がかざして見せたそのページには、港湾航空局長の写真がでかでかと載り、太字の名前の下に生年月日と最終学歴が明示されている。

柴田敏和

昭和四十年二月十七日生、東京都出身、コーネル大学大学院卒　土木環境工学専攻

「ちっくしょー……どうしてこれまで、わからなかったんだろ」ひとりで田村は興奮している。

五来は田村の手から名鑑を奪い取り、机の真ん中に置いた。係員は各々の調べ物を放り投げ、蟻(あり)の群がるように名鑑に殺到する。名鑑がくるくると机の上で回転した。

最後に本を手に取り、しげしげとながめ入っていた太田がそれを元の場所にもどすと、どうにか一段落ついた。

「暗号だぜ。どうみても、こりゃ暗号にちげえねえ」伊加が吐き捨てるように言う。

「何のだい、伊加？」尾上が食ってかかる。

「そりゃ、何のって……こんな数字、暗号に決まってるじゃないっすか」

「数字じゃない。頭にＣが来てるぞ」尾上がさらに突っかかる。

「そいつあぁ、田村が言うようにコーネル大学の頭文字じゃないすっか」

「暗号のように思えますよ、うん」瀬川が助け船を出す。

田村は自分自身を落ち着かせる。「よし、〝Ｃ４０Ｎ２１７〟がこの柴田という男の生年月日と出身大学だと仮定してみましょう。それを松永はコースターに書いて本条に渡した。そうでしたね、水沢さん」

田村の剣幕に押され、水沢は従順に、「はい、そうです。ほんの一瞬でしたが間違いあ

りません。松永がこう、さらさらとペンで書くのが見えました。そのとき気になって、一瞬でしたが見えたんです」

水沢と一緒に、『うらら』に潜入したときのことが、昨日のことのように五来の脳裏に甦（よみがえ）ってきた。そうだ、確かにあのとき、松永はコースターに書きつけた。松永の表情はどうだったろう。五来はしきりとそのときの光景をたぐりよせた。何か勝ち誇ったような得意げな表情だった。そして、本条が何か、口にした。『うちで……こず……』。何を言いたかったのか、少しずつ読めてきた。

「そいつをもらったときの本条はどうだったかな？」青地が遠慮がちにきく。

「特別、これといった反応はありませんでした」水沢は懸命に記憶をたどっている。

「んだよ、まったく、しっかり思い出さねーか」伊加は脅し口調になっている。

水沢はさすがに困惑の色を隠せなかった。「……コースターはすぐ、なくなってしまったんです」

「なくなったって？　どんな感じで？」田村がいたたまれずにきいた。

「ほんの少しの間だけ、目をそらせたら、もう影も形も見えなくなってしまって」それだけ言うと、水沢は助けを求めるように五来を見た。

五来は軽くうなずいた。「松永と本条にとっては代え難い代物だろうな」

「そりゃわかるけど」青地が口をはさむ。「ここにある柴田というエライさんのことを松永が、ほのめかしただけじゃないか？」

「それもありだな。こいつが、予定価格を松永に洩らしてやがるかもしれねえ。それにちげえねえ。ねえ、管理官？」と伊加。

平山はじっと目を閉じて上を向いたまま答えなかった。

「しかし、そんな七面倒くさいことをするかな？」尾上がつぶやく。

「人前で名前は出せないでしょ」瀬川が伊加に代わって答える。

五来は係員の顔を見ながら言った。「問題はこの柴田だな」

「役職ですよね、おそらく」尾上が追従する。

「だと思う。暗号は柴田という男を表すと同時に、この男の肩書、港湾航空局長を表してるように思う」

「表すって……どういうことっすか？」

五来は首を横にふる。暗号は間違いなく、柴田という男を示している。しかし、柴田という個人を識別することで、松永が利益を得ているようには思えない。

「田村さん、コーネル大学ってアメリカにあるんでしょ？　どんな大学ですか？」水沢が話題を変えた。

「ハーバードやスタンフォードと並んで名門中の名門ですけど」

田村は答えたものの、その先、つながらない。

じっと腕を組んだまま、話に加わらなかった太田がおもむろに口を開いた。「主任が協力者から聞かされましたよね。〝工事のことを知りたければ、『こーねる』にきけ〟とか何とか」

　コーネル大学が話題に上ってから、五来の頭にも、ずっとそのことがあった。

　田村は咳払いをしてつづける。「その『こーねる』というのが、コーネル大学のことを表してるとしたらどうでしょうか？」

「そうなりゃよぅ、この柴田って局長が予定価格でも何でも、あちこちにばらまいてるって寸法だぜ。でもよう、そんなことってあるか？」

「そんな話、これまでなかったな」青地がとってつけたように言う。

　五来はそれを気にもとめず、「なあ、局長、例のパイロットシステムあるだろ？」

　太田は即座に反応した。「国運省の予定価格公表システムのことですね。今日、もう一度、洗ってみたんですよ。ここ数日、業界紙は、その話題でもちきりです。間違いなく、国運省は来年から予定価格の公表に踏み切ります」

「ほぅ、するってえと、予定価格ぎりぎりで入札する向こう見ずな野郎も出てくるぜ。まあ、地方の安値合戦が中央に飛び火してくるって寸法か。面白れえじゃねーか」

「建設業界は戦々恐々としてますよ。地方じゃ地場の建設会社があちこちで倒産してますからね。業界再編は必至です」

「そりゃないぜ、局長。建設会社なんて創業者の代までさかのぼれば、仕事のぶんどり合戦で、喧嘩ばかりしてた連中だ。そう簡単に合併なんかするかってんだ。それより、そのパイロットシステムはもう動いてるんだろ？」

「ええ、本省内のコンピュータネットワーク上でテスト稼働しています。使われているデータはすべて本物らしいんですね」

「げっ……ほんとかよ」

「今のところ、一部の人間にしか見られないようになっているようですが」

「一部というと？」尾上が口をはさむ。

「新聞などによると、審議官より上ということになってます」

「まあ、上層部だけだろ、こんな場合」五来が引き取った。

「ネットというなら……この暗号はもしかして……」田村が五来の顔色をうかがう。

「そうだな、こいつはそのパイロットシステムのパスワードかもしれん」

五来がそう結論づけると、その場にいた係員全員が大きく息を吐いた。あのとき、本条の口にした言葉が、おぼろげながら想像がついた。

『うちでの小槌の番号は？』。だまっていても、予定価格を知ることのできるパイロットシステムは、本条、いや峯岡建設にとってうちでの小槌以外の何物でもないではないか。

「となると、野郎、このパスワード、盗みやがったなぁ」伊加が口惜しそうにつぶやく。

「その線は強いな」五来は腕組みして、じっと考える。

「そうなると、あんちゃん、松永はこっそりネット上から予定価格を引き出して本条に渡してるということになりますね。純粋に職務上、知り得た情報ではないが、これなら……」尾上はそこまで言って平山の顔をうかがった。

「密接関連行為で引っぱれそうだな。罪状はむろん、受託収賄罪ということになる」平山の声は力強かった。

「よし、局長、もう一度、この予定価格のパイロットシステムを徹底的に調べてみてくれ。田村も手伝え」

「はい」

「りえちゃんと佐藤さんは……」

五来が言うより早く、「柴田と松永の接点を調べ上げることですね」と水沢が生き返ったように答えた。

「それから、おーさん、念のため、この柴田の周辺を洗ってみてくれ。それから、伊加、瀬川、いいな、入札日まで間近だ。いつ本条と接するかわからん。松永の行確、ぬかるなよ」

ふたりはその場から立ち上がらんばかりに了解と返事をした。

「よし」

役割をもらえなかった青地だけが目を白黒させている。いや、あなたには、たっぷりとこれからするべきことがある。それを聞けば、怖じけづかずにはいられないようなことが。

五来は何かが音をたてて動きだすのを感じた。首のあたりから上が燃えるように熱くなっていた。おそらく、このカラクリに間違いない。

これでいける、と心底思った。欠けていたチャートの一画がきれいにはまりこんだような気がした。

「それにしても、国際コンテナ級の入札日も近くなったよなあ。あと、五日か」五来はさらりと話題を変えた。

「談合組対一匹狼。どっちがとるか、見ものですよ」冷めたように太田がつぶやく。

五来は平山の顔を見やった。「とにかく、これを峯岡が落とせば……もう、こっちのものです」

平山は握りしめていたクルミをかりっと鳴らした。

それを聞いていた尾上が勝ち誇ったように言う。「そうなれば、どうですか、管理官。ぼつぼつ、となりの建物にでも行きますか？」

「そうだな」

五来は警視庁の真向かいに建つ超近代的なオフィスビルを思い浮かべた。そこには東京地検特捜部が入っている。

このヤマの報告と事件処理について、地検に話を持ち込むときが訪れようとしている。それこそ、係長たる青地の仕事なのだ。そうとも知らず、青地はひとりだけ蚊帳(かや)の外といった按配(あんばい)で五来を見つめるだけだった。

34

五日後、五来はノートパソコンとにらみ合いをつづけていた。午後一時を過ぎても、国運省の発注情報画面は白紙のままだった。

昨日、二十日木曜日の午後一時からはじまった国際コンテナ級埠頭工事建設の電子入札は、二十三時間の入札期限がもうけられ、つい一時間前の正午をもって締め切られていた。すでに落札した業者は決まっているはずだが、なかなか告示画面が現れない。

じりじりしてきた。本省の情報公開室に送り込んだ太田のスマホは、さっきからまったく通じない。

午後二時半、ようやく太田から報告が入った。吐く息も荒く、うまく聞き取れない。

「はぁ、はぁ……やりま……」

五来はスマホに耳を押しつけた。青地が席を立ち、五来のかたわらにきた。

「……やりました、峯岡が落としました……」

足下から震えが走った。とうとう、きたか。最後の砦がこれで陥落した。峯岡が落としたのだ。松永による予定価格漏洩があったに違いない。あとはもう、検挙にむかって突き進むのみだ。

指で丸をつくって青地を見やると、青地はかしわ手を打つように両手を叩いた。ふんふんとつぶやきながら五来のまわりを歩き出す。「で、予定価格は発表されたのか?」

「二百五十三億七千万円」

「峯岡が落とした額は?」

「二百十億六千万円。最低制限価格ちょうどです」

　身の引き締まる思いで太田の言った数字を反芻する。

　太田は興奮してまくしたてる。「今回、最低制限価格は予定価格の八十三パーセントと設定されていました。どんぴしゃです」

「それにしても、時間がかかったな」

　太田のトーンが上がった。「まあ、聞いてくれませんか。入札参加業者は三十六社。このうち、四社が一番札で並んだんですよ」

「いくらで?」

「最低制限価格ちょうどですよ」

「入札、やり直したのか?」

「いえいえ、クジ引きですよ。馬車道の関東建設局に詰めていた業者連中が、その場でクジを引かされたんです。公表が遅れたのはそのためです」

　五来はぞっとした。それで、峯岡が当たりクジを引いたというわけか。しかし、地方ならともかく、中央官庁で一番札が最低制限価格で並ぶとは。

「ついてますよねえ、峯岡は。ここぞというときに」

「それはいいから、どうして一番札に四社も並んだんだ？」言いながら五来の額に冷や汗がつたった。もし、峯岡が当たりクジを引かなかったら、このヤマはつぶれていたではないか。

「それは……」

五来は、はっとして、太ももを強く叩いた。談合仲間は予定価格を入手する手だてをそれぞれに持っている。しかし、一匹狼になった峯岡建設は独自に入手するしかない。とどのつまり、松永から入手したことに相違ないではないか。

「局長、いいから早く帰ってこい」

「説明はしなくていいんですか？」

「とっとと帰ってこい。今日の会議は長くなるぞ。覚悟しておけ」五来は荒々しく通話を切り、青地をふりむいた。いよいよ時が迫ってきたことに青地も気づいたようだった。五来を見つめる青地の顔は、自動車のハンドルを握ったこともない小学生が、さあ、これから運転しろと強要されているみたいに、無力で途方に暮れている。

「係長、戒名(かいみょう)は決めたでしょうね？」

事件名を考えてくださいと前々から伝えてあったが、その答えはいまだにない。

「ま……任せるから、な……統括」それだけ言うと、青地は肩を落とし、係長席にもどった。

四時過ぎ、続々と係員がもどってきた。松永の行確中だった伊加と瀬川を最後に、全員がサブ会議室にそろった。太田が座の中心にどんと構え、捜査報告書のつまったチューブファイルを五冊、目の前にそろえている。係員も各々が書いた報告書の綴りを携えている。五来は平山の顔を見て一度うなずき、おもむろに口を開いた。

「局長、例のやつ」

太田がチューブファイルの表紙をあけると、それまで何も書かれていなかったところに、筆文字が記されてあった。

〝国土運輸省発注にかかわる国際コンテナ級埠頭建設工事に関する贈収賄事件〟

今度のヤマの戒名だ。

五来はつづける。「これまでの四カ月あまり、本当に頑張ってくれた。おかげで、どうにか絵になってきた。もう一踏ん張りだ。これまでの捜査を最初からふりかえってみたい。じっくり事件説明をしていくから、漏れがないか、間違っている箇所はないか、各人、自分の捜査記録と照合して、遠慮なく申し出て欲しい。いいな？」

少しばかり緊張した係員の視線が五来に集中する。

「じゃあ局長、いってみようか」

「はい、まず端緒からいきます……」

太田がチューブファイルを広げて、おもむろにしゃべり出した。

午後七時の軽食をはさんで、えんえん夜中の十一時半までつづいた。

「これまでのところはよし、これで報告書は完璧だ」ずっと付き合っていた平山が最後に言うと、全員が安堵の表情を浮かべた。

「ところで、松永の動きはどうだ？」平山が一息ついたところできいた。

「昨日はまっすぐ家に帰りました。今日はふだん通りの出勤でした」瀬川が答える。

「港湾航空局長の柴田はどうだった？」

矢継ぎ早に平山が問いただすと、佐藤が口を開いた。「身上をやりましたが、汚職に関わるような人間ではないようです。松永とは、九年前、東京港湾航空部の工事事務所で籍を同じくしていた時期が二年ほどありましたが、係は違っています。現在も松永と特別な交友関係はありません」

「それでも、ガサ、入れんとな」

ぽつりと平山が洩らした言葉に青地が過敏に反応した。

「どうした？　係長、さっきから口数が少ないが」

「あっ、いえ……何でもありませんから、はい」

大丈夫か、と五来に顔で聞いてくる平山は、落ち着きのない青地に視線を促したが、それ以上何も言わなかった。

「さて、こんなところかな、局長？」

五来が言うと、太田はチューブファイルを手荒く閉じた。

「結構です」太田は一件落着といわんばかりに答えた。

五来は青地をにらみつける。「よし、これで終了だ。チャートはこれから私が書きますから、青地係長、明日の朝一番でとなりの建物に行ってきてくれますか？」

青地はこわばった表情で、もごもごとつぶやいた。うまく聞き取れなかった。

「地検は、はじめてでしょうから、太田をつけます。何も怖がることはありません。相手も人間なんです。ありのままを話せばいいんです。できますね？」

東京地検特捜部に出むいて事件説明をし、処理の是非を問い、担当を決めてもらう。地検としても、事件として取り上げる以上、起訴に持ち込み、有罪判決を受けさせるのが最終目標になる。

公判でひっくり返るようなことがあれば、地検の汚点になってしまう。だから、あらゆる面から事件を検証し点検する。下手な説明をすれば、事件は永久に闇へと葬り去られる。その是非を問われるのが、明日なのだ。

青地は体を縮こませて、ただ、「ああ……」とだけつぶやいた。

「いいですね、頼みますよ」五来にはこれ以上、励ます言葉も手立てもなかった。

平山がやんわりと声をかける。「係長、初陣だな。しっかり腹据えてかかってこいよ」

瀬川がたまらず、口を開いた。「係長、みんなの努力をふいにしないでくださいよ、頑張ってくださいね」

それを合図に、伊加が佐藤が尾上が、口々に青地に励ましの言葉をかけた。

青地は緊張感をみなぎらせ、おもむろに、「わかってる。行ってくる」と答えた。どこか、一カ所、空気の漏れているような言い方が五来には気にかかった。

午前零時過ぎ。係員のいなくなった部屋で、五来はＢ４の白紙に向かった。

右手上に『収』の松永幹夫の名前と所属を書き、四角く囲んだ。その左手に『贈』の本条修一の名前と所属を書く。両者を線で結んだ。松永の下には、職務権限を列記する。さらに下って、〝犯罪事実の要旨〟と書き、主だった接待や現金授受の記録を書き込んでいく。そうして二時間、一枚の事件チャートが完成した。事件の全貌が簡潔に表れている。東京地検特捜部の検事への説明は、この紙切れ一枚で済ませなくてはならない。

翌朝、まぶたを腫らして出勤してきた青地にチャートを渡した。一抹の不安が五来の胸によぎった。

贈収賄とは個人同士の犯罪ではない。贈賄側の会社、そして、収賄側の個人による犯罪という図式になる。会社の犯罪だからこそ、賄賂をたどっていくと、どこへ集約されるのか、が問題になる。

いわゆる原資の特定だ。金の出所の根っこを押さえる。個人の小遣いやタンス預金から出ていたのでは犯罪として成立しない。要するに、会社のどの帳簿から賄賂が出ているか。

これがしっかり特定されていないと、公判を維持することができない。しかし、そこまで、今の時点ではわかっていない。すべてはガサ入れして取り調べをする過程で明らかにしていくしか途はない。

そのあたり、百戦錬磨の検事を前にしてどうやって、青地が切り抜けていくのか。分厚い捜査報告書のチューブファイルをボストンバッグにつめた太田が、青地のあとについて部屋を出ていくのを五来はじっと見送った。

ふたりが帰ってきたのは、午前十一時をまわったときだった。

重い荷物をとく太田のかたわらで、青地は一言も発せず、すっかり潮垂れていた。待機していた平山はおろか、五来とも目を合わさない。悪い予感は的中したようだった。係員を行確に追い出したのは正解だった。こんな姿を部下に見せては、ここまで盛り上げた空気がしぼんでしまう。平山が待ちきれないように口を開いた。

「係長、どんな按配だった？」口調から、事の成り行きをつかんでいる。

「はあ……なかなか厳しくて」席についた青地は心、ここにあらずといった構えだ。

「厳しいというのは何がだ？」

「いや、つめられちゃいまして……」青地は言葉尻をにごす。「食わないんですよ、地検が」

「何をつめられた？　賄賂の出所か？　それとも職務権限か？」

「ええ、金の受け渡しや授受関係までは納得してもらったんですが、松永には職務権限がないんじゃないかということで、もう一度、つめてからきてくださいということで……それで、帰されました」

太田がちらちらと五来を盗み見る。

「係長、ほんとに自信を持って勝負してきたんでしょうね？」五来は語気を強めた。

「いや、統括、なんせ、はじめてのことだったから、検事に押しまくられちゃってな……」しどろもどろで答える青地の目は、焦点が合っていない。

「例の暗号をつかれましたか？」

青地はちらりと太田の顔色をうかがう。「いや、そこまではいってない」

「賄賂の出所についてはどうでした？」

「そこも……なしだな」

まったく、どこまで説明してきたのか。これではお話にならない。五来はいらいらしてきた。「どうなんだ、局長？」

「係長がはじめてのご経験というのはわかりますが、あまりに場馴れしてないというか……」言いながら太田も次第に容赦がなくなってきた。「真っ青になって、つっかえつっかえ説明するもんですから、あれじゃあ、検事もゴーサイン出しませんよ。一緒にやろうという気にはなりっこない」

憤懣（ふんまん）やるかたないといった表情になった太田の顔を見ているだけで、地検とのやりとりが手に取るようにわかった。

「係長、これまでの捜査、思い出してくれませんか。接待は言うに及ばず、金銭授受も現認した。金を振り込んだ本条のビデオもある。ただで業者は役人に金を渡さないでしょう。スーパー埠頭工事も峯岡建設が落とした。これほど単純明快なのに、どうして自信を持って当たれないんですか」言うだけ言っても五来には言い足りなかった。子供の使いではないのだ。

賄賂を懐にしたえびす顔の松永が浮かび、目当ての工事を落札した峯岡建設の上席連中のはしゃぎぶりが目の前にちらついた。

こんなところで、ぐずぐずしているわけにはいかない。席を蹴るように立ち上がり窓際に歩み寄る。

寒々とした冬雲のちぎれる空の下、浅草の下町が広がる窓の外を見やった。音もたてずに平山が脇に来ていた。

「どうだ、統括。顔、出してくるか」

「ええ、そのつもりでいます。でも、今日の今日じゃ、ちょっとだめでしょう」

「そうだな。日をあらためて、明日にでも行くか」

35

東京地検特捜部の担当は、三沢（みさわ）検事だった。五来が部屋に入るなり、すくっと百八十センチの長身を移動しソファに案内された。五来の書いたチャートを目の前に三沢は置いた。

「五来さん、じきじきの登場ですか」

五来はひとりできていた。書類鞄にチャートが一枚入っているだけだ。それも、三沢が持ち出してきたので、身ひとつでやってきた格好だ。

「昨日はうちの係長の口が足りませんで、申し訳ありませんでした」

三沢とは何度も一緒に組んで仕事をしてきた。これまで、五来が担当してきた事件で、実刑判決が下りないものはなかったことを承知している。

「そうですね、ちょっと慣れてなかったみたいですね。ところで、五来さん、単刀直入に言わせてもらいますよ……かなりのもの、握ってるんじゃない？」三沢は五来をじっと見つめた。

「お見通しですね」

「よっぽど、このヤマに自信があるんだな」

「自信がなければ来ないかもしれないですね。もっとも、地検はヤマを一旦引き受けたからには、必ず起訴に持ち込まなくてはいけない。その圧力は重々承知しています」

「先に言われると辛いなあ」

ここは、先手先手と打っていく局面だった。三沢は昨日の説明で事件の概要はつかんでいる。すでに目星はついていると五来は見ていた。いいヤマなら、警察に難癖(なんくせ)をつけて自分たちが直接担当したいと腹の底では思っている。

五来は体を前に倒して、検事の顔を正面から見すえた。「三沢さん、今度のヤマ、必ず起訴できるようにまとめます。これは私がお約束します。どうかよろしくお願いします」

三沢の顔から束の間、笑みが消え、また柔和な顔立ちにもどった。「よくわかりました、五来さん。前向きに行きましょう」

五来はほっとして、ソファに身をあずけた。三沢は抜かりなさそうにさぐってきた。

「ところで、今度のヤマ、金にヒモはついてるでしょうね？」

「もちろんですよ」

「タンス預金じゃないよね」

「いや、間違いなく、会社の金です」

ここは、はっきり、肯定しなくてはならない。『収』が使っている賄賂金の原資は、贈収賄事件で最大の勝負球になる。

賄賂金の出所が会社であることが証明されて、はじめて事件として成り立つ。しかし、まだ確定はしていないのだ。取り調べで吐かせるか、ガサ入れで見つけ出すしかない。そうはいっても、今、あやふやな態度はとれない。

「ちょっと、気になることがあるんですがね。昨日も申し上げましたけど、『収』の職務権限ですよね。どうですか？　その辺？　乗り越える自信はありますか？」

ここでいちいち、細かい説明をしてもはじまらないのはわかっていた。自信をもって言い切るしかない。五来は口調をあらためた。

「三沢さん、絶対と言えるものはこの世にありませんが、私のこれまでの経験から、これは立派な贈収賄事件に発展します。きっちり調べをやって完全な絵ができたらもう一度お見せします」

『贈』と『収』を任意で呼び出して、事情聴取をする。そして、ひと息に落とす。そのうえで、もう一度、三沢に伺いを立てる。それが五来のやり方だ。

「いいでしょう」

その自信と呼吸に三沢も納得したようだった。

「では、とりあえず、『収』から当たりたいと思いますがよろしいですね？」

まず、松永を任意で呼び出す。そこを口火にして、一気にヤマを片づける。

三沢は五来の迫力に押されるように、「わかりました。おやりください」と答えた。

「ありがとうございます」

「私も上に上げておきます。五来さん、期待してますよ」

三沢はチャートをつまみ上げて、ソファから立ち上がった。

地検の地下駐車場に停めてある車で、水沢が首を長くして待っていた。五来がにこやかに乗り込むと、「うまくいったんですね？」とうれしさを顔中にみなぎらせた。

勢いよく車を発進させて分室への帰途につく。

どんより曇った日だった。お堀端に入ったところで、窓を少し開けた。身を切るような冷たい風が流れ込んでくる。火照った頬に心地よかった。「……業者が賄賂を役人に贈って、業者は工事を落札している。こんな簡単なことなのに、地検は簡単にうんと言わないんですね。警察にだって独立捜査権があるのに」

「公訴提起の権限は検事が持ってるからな」

「それはわかりますけど」

水沢は前をむき、車を発進させた。「やっぱり、原資のこと、うるさいんですね」

「ああ。しつこいくらい、うるさい」

「地検が独自に捜査をするときも、同じですか？」

「地検のネタ元の大半は国税庁だからな。使途不明金の付箋をつけた申告書が自動的にまわってくる」

「ということは……最初から原資が割れているということになるじゃありませんか。それなら、簡単にホシをとれるじゃないですか、まったく、もう」

「まあ、そう言うなよ。うちだって東京国税局がある。まあ、無事に通ってよかった」

「そうですね、本当に良かった。何事も自信ですよね」水沢は一転、声を弾ませる。

「生意気言うなよ、りえちゃん。こっちだって、もう、目一杯、ぎりぎりでやってきたんだぞ」

「そんなふうには見えません」水沢は口を真一文字に結んで車を分室に走らせる。

四知三係の部屋に入ると、全員が今か今かと五来を待ち受けていた。五来はことさら、何もなかったように、ポーカーフェイスを装う。「おっ、みんなそろってるじゃない」

平山はじれったそうに、「どうだった？　いけそうか」とつめ寄ってくる。

「いやあ、いつものとおりですよ。事件、ばらけるの嫌ってますからね」

「あちらさん、職務権限をネックにしてるのか？」

五来はちらっと青地を見やった。「それもありますが、係長がしっかり根回ししてくれたおかげで、地検もやる気になってくれてますよ。助かりました」

青地は笑みを浮かべ、どうだ、聞いただろうといった顔で係員たちを見やる。しかし、捜査員は五来にむいたまま、次の言葉を待っていた。

「統括」佐藤が待ちきれないような声を上げると、伊加の目が吊り上がり、瀬川が唾をごくりと呑みこんだ。五来はおもむろに切り出した。

「とりあえず、土曜日あたり、『収』を呼び出してみるか」

うおっ、という雄叫びに近いものが部屋中に響いた。

瀬川がガッツポーズをとった。平山が満足そうな笑みを浮かべ、田村が水沢の腕をとる。

「よっしゃぁ」と生きのいい声で伊加が両手を叩いた。尾上は佐藤とがっちり握手している。

朝といわず夜といわず、愚痴ひとつこぼさず、ただ前だけをむいて一生懸命、仕事をしてきた。よくぞ、みんな、ここまでやってくれた。胸底から熱いものがこみ上げてくるのを五来は抑えることができなかった。それと同時に、これまでにはなかった、新たな闘争心がむくむくと湧き起こった。いよいよ開演の幕が開こうとしている。この週末だ。『収』の松永を呼びこみ、叩き落としてやる。待ってろ、松永。

歓声のあふれる中、青地が手を叩いた。「よーし、これから最後の行確に入ろうか。『収』に厚くいくぞ、本条の行確もしっかりたのむ」

何やら、その口調はどことなく五来のそれと似てきた。

尾上は表情を引き締めて、松永と本条の行確の配置を伝える。

全員が威勢良く出ていく中、青地が平山にむかって、しきりと頭を下げているのが五来の目にとまった。

調子よく送り出したときとは打って変わって、青地の顔は青ざめ唇が乾ききっている。内側からにじみ出てくる不安を押し隠すように、虚勢を張っているのが手に取るようにわかった。「……管理官、松永の調べは是非、私にやらせてください。命がけで松永を落としますから」

その言葉を聞いて五来は一瞬、耳を疑った。いつの間に、こんなことを言えるようになったのだろうか。気力をふりしぼるように平山と対峙する青地を五来はながめた。

平山はしばらく腕組みをし、困惑げに、「じゃあ、係の長である青地係長に『収』を担当してもらうか。係長、集大成の仕事になるが大丈夫か？」と確認する。

「まかせてください」

直立不動の姿勢で言い張る青地に根負けしたように、平山は「よし、たのむぞ」と折れた。

「ありがとうございます。死んでも落としますから」青地の口から思いもよらなかった言葉が次々に出てくる。

「おいおい、係長が死んだらホシは落ちないぞ」

青地は、はっとして、顔をこわばらせる。「すいません、死ぬ気になってやりますから」

「そうだな、命がけでやってくれ」

その晩、行確から帰ってきた係員たちから報告を受け、彼らが家路につく間際、「着替えを余計に持ってこいよ」と五来は声をかけた。

いよいよ大詰めになる。

二課員総出の打ち込みに舞台が移っていく。しばらくは、全員が泊まり込みだ。

はじめての事情聴取を休日、わけても土曜日にかけるのは、五来独特の手法だった。

『収』は公務員だ。家族にも悟られないように、分室へ連れてくる。そして、叩くのだ。『収』は賄賂をもらっていることを誰にも言わない。家族にも同僚にも、決して明かさない。

いや、明かせない。ひとりきりで金をしまい込んでいる。それを、ある日、つまみ上げるのだ。

『収』はひどく狼狽して、一日目を終える。そこで落ちれば越したことはない。落ちなければ、ふたたび日曜日に呼びつける。勝負をかけるのはこの二日間だ。

『収』は『贈』に対して、事情聴取を受けたことを洩らさない。いや、洩らさせない。口が裂けても、『贈』には洩らすなと締めつける。

『贈』に洩らしたところで、何の益もないから『収』は言われたとおり、死んだ貝のようになってだんまりを決め込む。家族にも言わない。徹底的に孤独だ。

同じ二課でも、大方の係は、『収』と『贈』を一度に呼びつけてひっぱたくという手法を取る。『収』はともかく、『贈』は帰宅したのち、血相を変えて役員たちに報告する。

知らせを聞いた役員は、その日のうちに顧問弁護士と連絡を取り合い、善後策を練り、来るべきガサ入れにむけて書類の隠蔽（いんぺい）工作に走る。

そのドタバタを記者たちが嗅ぎつけて、いざ、逮捕という日にすっぱ抜かれる。十二月、一係が失敗したのも、そこに原因があった。

『収』を完全に落とし、事実関係を明らかにした時点で『贈』を呼べば、『贈』は何の申し開きもできない。呼んだその日に、『贈』は証拠を面前に突きつけられ、あっさりと落ちる。

翌日、早朝からガサ入れに入る。証拠類は手つかずの状態で待っている。

「いいか、マスコミにだけは悟られるな。家族にもペットにも言うなよ」五来はたたみかける。

「わかってますって。駅前でビラ、配ってる姉ちゃんにも言いませんよ」と伊加がだみ声で答える。

居残っていた水沢が、にやにやしながら脇にくる。「主任は今日も帰らないんですか？」

「さてと、どうするかな」

水沢はピンときたらしい。「ああ、また帰らないんですね。わかりました。明日は主任のお好きな大福持ってきますから」

「おお、福の一杯つまった大福を頼む」

その晩、当直室で布団を敷いて寝た。

寝入りばな、青地が平山に平身低頭、松永の取り調べを自分に任せてくれるように頼み込んでいる姿が目に焼き付いて離れなかった。青地は不慣れな二課にきて失敗の連続だった。

それを乗り越え、係長としての責任を自覚してくれたことはうれしかった。ここで青地に二課の取り調べを身をもって経験させるに越したことはない。平山もそう思って了解したのだろう。それに五来も異存はなかった。

それとは別に、またぞろ胸騒ぎがしてならなかった。果たして青地は無事、大役を果たせるだろうか。不安と睡魔が代わる代わる訪れる。

五来はじっと机にへばりつくように、すわっていた。腰が重くて動けなかった。いつもいるはずの係員はひとりもおらず、部屋は静まりかえっている。ドアだけが開いていて、青い顔をした松永が手錠をかけられた姿で通り過ぎていく。

しばらくして、拍手がとどろき、地下の取調室から意気軒昂（いきけんこう）と青地が上ってきた。落とした、落とした……係員が口々に叫ぶ。五来はその声にじっと聞き入った。

そうか、取り越し苦労だった。係長は松永を落としてくれたのだ……。

その風景が乱れてふいにかき消えた。誰かが肩を揺すっている。うるさい。

「……まだ寝てるんですか」

この声は聞いたことがある。ふっと目が開くと水沢がいて、五来の肩を揺すっていた。

「ああ……りえちゃん……何時？」

水沢が差し出した目覚まし時計は八時を過ぎていた。

「ああ、よく寝たなあ」

「ちっとも、起きてこないんでびっくりしましたよ。たっぷり福のつまった大福、持ってきましたからね」

36

氷点下の凍えるような寒気団が東京の空をすっぽりと覆っている。エアコンの唸る音が深く静かに建物を支配していた。

『収』の松永は、木曜日に自宅に送り込んで蓋をしてから、終日のべた張りに移行した。土曜日の吸い出しを待つばかりとなった。五来は青地とともに、張り込みにはつかず分室に居座った。

金曜日、午後三時過ぎ、五来のスマホが鳴り、松永の留守宅を張り込んでいる瀬川から、報告が入った。

「今、近所の百円ショップにいます。松永の女房が買い物に出てきましてね。歯磨きセットや小物類を買い込んでるんですよ」

「ほう、珍しいな」五来は答えた。

「何やらちょっとした小旅行に出かけるような感じなんですよね。週末、旦那と行くんじゃないですかね」瀬川は、気が気でないらしい。

「そうか……」五来はしばらく考えをめぐらせる。

「この期に及んで、旅行に行かれちゃまずい。どうしましょうか？」

吸い出しを早めるわけにはいかない。瀬川の取り越し苦労ということもある。

「あわてるな。地の果てまで行くことはなかろう。まあ、見てろ、行くとしたって女房だけだ」

その公算は強いと思われた。片桐由香というぴちぴちした若い愛人に松永は夢中だ。古女房と温泉旅行にかまけている暇はないだろう。

次に報告が入ったのは、夜半過ぎ、松永の背中にぴったり張りついている伊加からだった。

「野郎、例のごとく、役所出て『うらら』に一直線です。たった今、足取り軽く店に入って行きました」

「明日の旅行はないな」

昼間、瀬川から入った報告を伝えると、伊加はいきり立った。「女房と旅行なんぞに行くわけねえでしょうが。行くんなら、片桐由香と行くに決まってるでしょうが。ったく、瀬川のやつ、いい年こいて何にもわかっちゃいねえな」

「今日、何か目立った動きはあったか？」

「何もありゃしませんよ。役所で張ってましたが一度も降りてきやしねえし。にしても、あの足取りは何つぅのかなぁ、こう、金が入って、うきうきっていうかねぇ、役人の風上にもおけねえな」

しばらく、伊加のぼやきにつきあわされて通話を切った。

これまでのところ、松永に変わったところはなかった。そして、わかったことはひとつだけ。本条から松永には決して、抜けていない。

十一時過ぎ、松永の家の遠張りについている佐藤から連絡が入った。

「統括、明日の吸い出し、何時頃にしますか？」

五来はちらっと壁時計を見やった。「七時頃でどうですか？　それとも、七時半……まあ、おじさんに任せますよ」

「はい、了解」

電話を切って五来は部屋をぐるりとながめた。太田はパソコンに向き合い、逮捕状請求書の作成に余念がない。平山は管理官席に浅く腰かけて、悠然と構えているものの、せわしなくクルミを鳴らし、心中穏やかではなさそうだった。

取り調べが目前に迫った青地は、ここが百年の計とばかり、捜査資料を広げて読み返している。

取り調べには戦略がいる。どこから切り崩すか、自分なりに算段をしていなければ、結果が得られない。八時間後に迫った吸い出しを前にして、つま先から頭の先まで、五来は全身が高揚していた。

一睡もしないで迎えた土曜日は、風の強いカラカラ天気だった。

現地の指揮は、遠張りも兼ねた尾上がとり、そのサブに伊加と田村がつく。拠点には佐藤と瀬川、そして水沢がいる。長い夜を越えて、朝日に当たっている青地は、どことなく弛緩（しかん）している。すでに太田の姿はない。私服で分室のまわりを歩きまわり、記者がいないかどうか点検している。

午前七時二十分、五来のスマホが鳴った。佐藤からだ。青地がびくっと感電したように、上体を浮かせた。平山の鋭く尖った視線が五来にからみつく。

「やっぱり、女房と旅行の線はないみたいですね。玄関はぴっちり、閉まったままです」

佐藤の声は緊張感に満ちあふれていた。

「なるほど」

「例のごとく、もうやっこさん、起きてますね。七時過ぎ、部屋に明かりがつきました。そろそろ、かかろうと思います」ふんぎりをつけるように佐藤が言い放った。

「はい、了解、くれぐれもよろしく」

「では」

平山がじっと腕組みをしながら、大きくうなずいてやりとりを聞いている。青地は半身を浮かせたまま、こちらを見ていた。

五来はスマホをとり、尾上を呼び出す。「おーさん、裏は固めたか？　ゴーサインが出た。踏み込むぞ」

「はい、ばっちりです。いつでもどうぞ」

「よしっ」

五来は通話を切り、そっと机においた。もはや、するべきことは何もなかった。松永が連行されてくるのを待つだけだ。現地のやりとりが頭に浮かんでくる。

律儀な佐藤のことだから、七時半きっかりに松永家の玄関のチャイムを鳴らすだろう。

しばらくして、家の中から女房の返事がくる。直接、松永が出るかもしれない。松永は少し眠そうな声で、「どちらさん」ときくが、佐藤は決して身分を明かさない。

「わたし、佐藤といいますが、松永さんですよね」

「そうですけど」

しばらくして、玄関のドアが開き、パジャマを着た寝ぼけ眼の松永が顔をさらす。

その瞬間、さっと、佐藤は中に入り込んでしまう。遅れて水沢も入る。佐藤は警察手帳を胸からおもむろに取り出し、「警視庁捜査二課の佐藤と申します。おりいって松永さんにお話を伺いたいことがありますので捜査二課までご同行願います」と決まり文句を使う。

ふだんの温厚な佐藤ではない。

松永は間違いなく動揺する。しかし、つとめて冷静を装い、「捜査二課って何ですか?」ぐらいはとぼける。

佐藤は答えない。松永にしてみれば、じっと立ちつくす佐藤が不気味で、帰る様子も見せないから、今度は精一杯の虚勢を張る。「今日は土曜日でしょ。仕事のことなら月曜日にしてくれませんか」

佐藤はそれを待っていたかのように、「いや、役所まで行ってうかがう話じゃありませんよ、松永さん」と少し声を低める。「あなた個人のことですから、早く支度してきてください」

そう言われて、家族にも秘密をもつ松永はその場でなにも返せず、しぶしぶ着替えをするために引き下がる。

佐藤は水沢とともに外で待つ。水沢は松永の姿が見えなくなったことで不安になり、「家に上がらなくていいんですか？」と佐藤に耳打ちする。

佐藤は水沢を押しやるように、「任意同行だろ。令状は持っていない。後ろは尾上が固めている。大丈夫だ」と諭す。

やがて、ドアが開き、背広にネクタイをしめた松永が出てくる。青白く不安そうな面持ちだ。瀬川の運転する車の後部座席に乗せて、佐藤が横にすわる。水沢は助手席に。

車は静かに住宅地を走りだす。松永は窮屈そうだが、落ち着かず、きょろきょろする。そんな松永を見て、佐藤が声をかける。「休みの日に警視庁に来てもらうんです。このことは役所の誰も知りませんからね。いきなり、役所に行ったら役所の人もびっくりするでしょう？」

噛んで含めるように言われて、内々、松永は得心したような気分になる。

「ありがとうございます」と礼のひとつも言うかもしれない。あきらめたのか、落ち着きを取りもどし、視線は動かなくなる。ただ、前をきっとにらみつける。しかし、緊張は隠せない。シートに背を浮かせてすわり直す。

佐藤は内心、これは意外と早く落ちるかもしれない、などと思いながらバックミラーをのぞく。そこには、尾上らが乗る車が映っている。

そんな想像をしているとスマホが鳴り、尾上から報告がきた。「あんちゃん、スムーズに引っ張り出せましたよ。うさんくさい連中はいません」

松永の出たあと、家のまわりを点検して、記者連中がいないことを確認してきたのだ。

「お疲れさん、事故のないように、安全運転。係長が首を長くして待っているからな」

そう言って青地を見ると、バツの悪そうな顔をして目をそらせた。

土曜日の道路はふだんより空いている。車中の松永の緊張はつづいているだろう。頭の中では、賄賂を受け取っていることや愛人の片桐由香の顔がないまぜになって駆けめぐっているに違いない。

そこまで思って、五来は拳に力が入った。

……不届き者。

松永を最後に見たのは、一週間前の帰宅する途中だった。これまで、警察とは無縁だったはずの男にとって、今日という日はすべてが暗転する日だ。事が公になれば、家族までが同じ運命をたどる。

国道1号から昭和通りに入った地点で、尾上からふたたび報告がきた。

係長席にはすでに青地の姿はなかった。もう、地下の取調室に行ったのだ。

取り調べのやり方は、みっちりと教えた。入り口のドアに背をむけて取調官がすわる。机を壁にぴったりと張りつけて、ホシを取調官と正対する形ですわらせる。机の脇に立ち会いが陣取る。ホシから見れば右は壁、前は取調官、左手は立ち会い。どこにも逃げられない。

分室のまわりを点検している太田から、異常なしの報告がきた。つづけざまに、尾上から伺いが入る。「まもなく、到着します。どうですか、そちらは?」

「オーケーだ。そのまま地下室に入れてくれ」それだけ言って五来は電話を切り、すぐさま佐藤を呼び出し、「一点の曇りもありません」と暗号を伝える。

そっとスマホをおいた。「よーし」

じわりと尻のあたりがこそばゆくなってきた。しばらくして、吸い出しに出ていた係員が続々と上がってきた。伊加は立ち会いのため、地下の調べ室にそのまま入っている。

「ご苦労さん」五来は声をかけた。

「ああ、終わりました」佐藤が答える。

「滑り出し、うまくいったみたいですね。どうです、松永の様子?」

「やっこさん、かなり、びびってましたね。捜査二課の名前を言っただけで、目の焦点が合わなくなりましたからね」

「すんなり応じましたか?」

「まあ、素直な部類でしょうね。着替えると言ってなかなか出てこなかったんで、少しやきもきさせられましたが」

「車の中はどうでした？」

「それがね、結構、ぺらぺらと喋るんですわ、これが。まあ、やせ我慢のうちでしょうけどね。案外、すんなりいくんじゃないかなあ」

「そう簡単に顎が動きますかねえ」あくまで、瀬川は懐疑的だ。

水沢が口をはさむ。「伊加さんが入ってるから大丈夫じゃないですか？」

五来は両手を頭の後ろにまわし、背筋を伸ばした。「うーん、伊加はこれまでずっと四課で、マル暴担当だったろ。役人はマル暴と違って、顎が固いし動きが悪いからなあ」

「まあ、あんちゃん、係長があれだけやるって言ってるんだから、期待しようじゃありませんか」

全員、立ちっぱなしで椅子に腰をおろそうとしなかった。吸い出しを終えたばかりで、緊張感が抜けない。水沢が機転をきかせて、「お茶でもいれますか」と湯茶コーナーにむかった。

「渋茶もいいけど、今日はエスプレッソ、飲みたい心境だなあ」五来は注文を出した。

37

午前中の時計はなかなか進まなかった。

正午を過ぎても、地下から休憩で上がってくる気配はなく、昼飯の注文もなかった。同じ建物の中に、あの松永がいる。今すぐにでも、松永の生の声を聞きたかった。しかし、一度、取調室に入ったら最後、中の様子をうかがい知ることはできない。

とにかく、はじめが肝心なのだ。勝負は大方、そこで決まる。青地は最初、どんな言葉を投げかけたのか。

一時を過ぎ、ようやく青地と伊加が上がってきた。ふたりの様子を見て、五来はおやっと思った。青地はどことなく浮き浮きしているように見える。伊加の顔にも刺々(とげとげ)しいものがなかった。

青地は水沢を呼びつけて、コンビニで適当に昼飯買ってきてくれよ、と千円札を二枚渡した。気を利かせて太田が熱いお茶を係長席に運んだ。それとなく、「松永の昼飯はどうしますか？」ときく。

青地はゆっくり、お茶を味わいながら飲み干すと、こともなげに、「あっ、昼飯？ いらんそうだ」と答えた。

伊加は青地に同調するようにうなずくだけだ。苦虫を嚙みつぶしたように、さっぱり口を開かない。いつもの伊加らしくない。

「大丈夫か？　昼飯抜きで」

平山が心配げに声をかけると青地は少し得意げになって、打ち消す仕草をする。「いやあ、やっこさん、相当まいってますよ。昼飯はいりません、の一点張りですからね。飯もおちおち喉を通らないんですよ」

「ほう……落ちたのか？」

「いや、まだですけどね」

青地の態度に五来は不安をぬぐい去ることができなかった。瀬川も何か言いたくてうずうずしている。

青地は得意げにつづける。「はじめはおとなしく、やんわりと当たってたんですが、埒が明かないもんですからね、少し、雷落としてやったら、急に怖じ気づいちゃいましてね。奴も人間なんだなあって思いましたよ」

平山もいぶかしげな顔つきで青地の言葉に聞き入っている。「そうか、で、見通しはどうだ？　いけそうか？」

青地は口をへの字に曲げ、思案顔を作ってしばらく黙り込んだ。

「係長、どうなんです？」五来はたまらず、口を出す。

「まあ、午後の……そうだなあ、三時過ぎには朗報をお知らせできるんじゃないかと思いますよ。ああ、それにしても、腹、減った。なあ、伊加？」

係員の視線があらためて伊加に集まった。青地とは対照的に渋面を作っている。

「どうした、気分でも悪いのか？」五来は声をかけた。

「いやぁ、悪くないっすよ」

「おまえは、どう踏んでるんだ？」

「さあ、どうっすかねえ」

すかさず、青地が口をはさむ。「まあ、食うもん食えば、また力がでるよ、なあ、伊加」

しかし、ふたりが取り調べに入ったあとはいくら経っても、なかなか取調室のドアは開かなかった。五来が当直室で仮眠を取り、もどってきたときには四時を過ぎていた。落ちたという知らせはきていなかった。

厚い雨雲から大粒の雨が降り出したみたいに、五来の心中は不安一色で塗りつぶされていた。それは確信に近かった。

夕食にも青地と伊加はもどってこなかった。電話でラーメンの出前を三つ、依頼されただけだった。特別、怒鳴り声もしなかった。九時十時……じりじりと時間が過ぎていく。

十一時過ぎ、ようやく平山に青地から報告が入った。平山は五来に小声で、「帰らせる」と伝え、五来もうなずかざるを得なかった。

うまくいかなかったらしい。

朝と同じメンバーで松永を車に乗せて送り出す。

分室にいるはずの青地は、なかなか姿を現さなかった。

気になって地下の取調室をのぞくと、案の定、机に突っ伏すようにうなだれている青地がいた。伊加も疲れ切った顔をしている。

五来が入ってきたのに気づくと、青地はむっくりと顔を上げ、どろんとした生気のない眼を五来によこした。

「ああ……統括、か」

「お疲れです」五来が呼びかけると、また青地はうなだれた。

それだけで、五来は今日の次第を悟った。

「落ちなかったようですね」

あらたまって言うと、緩みきった声で、「うん、まあ、今日のところは……な」とつぶやいた。

許しを請うというより、慰めてくれることを期待しているような口ぶりに五来はむかっ腹を立てた。どやしつける寸前、平山が入ってきたので、どうにかそれを腹におさめた。目で外に出ろと伊加に合図を送る。

先に出て待っていると、のろのろと伊加が現れた。

「どうもすんません」伊加は平身低頭、謝った。

立ち会いに取り調べの責任はないが、五来はむかっときて、伊加の頭を小突いた。

甘んじてそれを受けた伊加に、あらためて今日のいきさつを聞いた。

「それがねえ、まどろっこしいんですよ。聞いてるこっちがたまんねえや」

「雷、落としたそうだが、どの場面だ？」

「雷どころか、太鼓ひとつ鳴らしゃしませんよ。腫れ物さわるみたいに、二言目には松永さん、松永さんて、お嬢さん扱うみたいに声かけやがるもんですからねえ。あれじゃ、舐められっちまう。捜査報告書から転記したメモ片手に、この日は誰それとどこへ行ったね、とか、そこの飯は旨かったか、なんて事細かにききやがるもんですからね。松永だっていちいち、覚えてませんよ、そんなこと」

「それで、奴は認めたのか？」

「認めるような認めないような……ぐずぐずした調子でしたね。終わってみれば、何にも残っちゃいないっすよ」

五来は取調室を出て行くときの松永の様子を聞き出すと、部屋にもどった。待機している田村を呼びつけて、松永の家近くにある拠点まで車を走らせる。

落ちもしなければ、正面切って否認もしなかった松永は、複雑な表情を見せて帰途についたと伊加は言った。そのことが気になって仕方なかった。蛇の生殺しだと五来は思わずにはいられなかった。

拠点には、尾上がいた。予定にない五来の来訪に少し驚いた様子だった。挨拶もそこそこに、五来は窓にとりついた。

午前一時を過ぎているのに、二階の松永幹夫の部屋には明かりが灯っていた。まだ寝ていないのは明らかだった。眠れず明かりをつけたままにしているのかもしれない。尾上に様子をきくと、帰ってきたときからずっと同じで変わりはないという。裏を張っている捜査員も同様の返事だった。

尾上が気になるらしく声をかけてきた。「どうかしましたか？」

「いや、何でもない」

吸い出し初日を終えた今、鼻先には、生臭い血の臭いがまとわりついている。巡査部長の頃、今日と同じ状況で任意の事情聴取を済ませたホシを自宅まで送り届け、張り込んでいた夜のことだ。

取り調べに当たっていたホシは、落ちる寸前だった。あと一歩のところで時間切れになり、やむなく帰宅させた。

そのときのホシの心中は察するに余りあった。しかし、五来は甘く見ていた。完黙をつづけていたホシの口から、午後になって薄皮がはがれるようにぽろりぽろりと言葉が出るようになっていた。それでも、落ちそうでなかなか、落ちなかった。ずっと、中途半端なままでいた。罪を認めてしまえば、これまで築き上げてきた地位も名誉も財産も、そして家族との絆をも、そっくり失うことになる。それをひたすら恐れていることがわかった。

このまま、逮捕されるだろうか？　それとも、このまま否認しつづければ何事もなく済むだろうか？　両者の間を行ったりきたりしているうちに、ホシの中で不安が雪だるまのようになって膨らんでいった。目の焦点も合わず、虚ろな眼差しだった。限界に近づいていた。

あと一押しで落ちるところだった。一気に落としにかからなかったのはどうしてだったのだろうか。今でもひどい自責の念にかられる。

ホシを送り込んだあと、今日と同じように、張り込みをつづけていた。まあ、明日には落ちるだろうと高をくくっていた。明け方の四時ちょうど、ホシの家から娘が飛び出してきた。

しきりに何事かわめき散らしている。ただならぬ様子に、五来はホシの家に駆けつけて、中に飛び込んだ。

わずか五十センチほど開かれた襖のむこうに、横向きになって人が倒れ込んでいるのが見えた。のぞくと畳の目が見えないほど、おびただしい血の海ができていた。ホシの腹には包丁が深々と刺さっている。

割腹(かっぷく)自殺を遂げようとしていたのだ。そうとわかったものの、血の臭いが立ちふさがり、部屋に入ろうとしても足が動かなかった。

あわてて救急車を呼んだが、手遅れだった。昨日の晩、何故、もう一押しして引導を渡しておかなかったのか。洗いざらいすべてを自白すれば、その瞬間、ふんぎりがつき、結果として楽になれたのだ。

たとえ、すべてを失うとわかっていても、命までが奪われることはないのだ。

逮捕されるのか、それとも無罪放免になるのか。取り調べ中、本人はその狭間で揺れ動き、家庭のことや会社のこと、これから受けるであろう社会的な制裁に思い悩み、それが無限大に増幅していった。それが割腹自殺という結果を招いたのだった。

似たようなことに再三、出くわした。だから、今日の松永のことも心胆を震え上がらせる思いで一杯だった。

二時近く、松永の家の二階から明かりが消えた。黒々とした家を五来はじっと見つめた。暗い部屋の中で、松永は寝ついたのか。それとも、誰にも苦悩を告げられず、明日の事情聴取を思い描き、孤独な魂をかこいながら眠れぬ夜を過ごすのか。

日曜日の朝、八時半、昨日と同じように松永は分室に連れ込まれた。五来は吸い出しに出ていた佐藤に松永の様子をきいた。

「まずまず、神妙にしてましたがね」

「朝飯は食べましたか？」

「食べたと言ってます。そんなに顔色は悪くなかったなあ」

松永の態度に関して、佐藤は特別、かわった気配を抱かなかったようだった。少しばかり救われるような気がしたが、実際のところはどうか。

「何か言ってませんでしたか？」

「いや、これといって……そうだ、ちょうど大井町あたりだったか、ぼそっと『明日はどうなりますか』と聞かれたなぁ」

昨日の今日だ。これから二日目の取り調べに入るというのに、明日のことが気になるのか。

佐藤はつづける。『それは、あなた次第じゃないですか』と言ってやりましたよ。それくらいしか、言えないからね。まあ、わかったような、わからないような生返事だったですよ」

佐藤の両脇にいる水沢と瀬川も、佐藤の言葉にじっと聞き入るばかりだった。

十時過ぎ、気になって地下に下りてみると、いきなり取調室から怒鳴り声が聞こえて五来は足を止めた。

「もう、たくさんだろっ……いいかっ」青地の声だ。

怒鳴り声はやみ、それきり聞き取ることはできなくなった。

昨日とは打って変わって、青地は相手を脅しにかかっている。

またぞろ、五来の不安が増す。上から嵩にかかって押さえつけても、簡単にそうですか、と認めるとは思えない。取調室での力関係が透けて見えたような気がした。

昼食時も青地と伊加は上がってこなかった。昨日と同じ店から、親子丼を三人前取った。

時間だけは刻々と過ぎていった。五来は胃のあたりがしくしく、痛み出した。何としても、今日中に落とさなくてはまずいことになる。

平山もさっきから落ち着きがなく、しきりと小用に立つようになった。夕食をはさんで取り調べはふたたび、夜に入った。

八時、九時、十時……時間だけが、ただ過ぎていく。いっこうに、地下から上がってくる気配がない。十一時前、ようやく電話が鳴り、五来は飛びついた。

　伊加の声がした。

「野郎、帰しますんで……」

「何ぃ、帰すぅ？」

　佐藤の車がいなくなると、青地は困り果てた顔で五来に近づいてきた。

「統括……なかなかどうしてだ、野郎」

　それだけ言うと、青地は去っていった。五来は伊加を見やった。

「今日はかなり係長、きつく当たったんですがね」ぼそりと伊加はつぶやくが、五来と目を合わせられない。

「おまえも突っ込んだんだろうな？」

「もちろんっすよ、でも、野郎、見かけによらず図太い神経してやがる」

　それだけ聞いて、五来は尾上に車を出させた。先行する佐藤の車にぴったりつかせる。後部座席右側に見える松永の後頭部はじっと石のように固まりゆらぎもしなかった。見えない壁が知らぬ間にそそり立っているような気分がしてきた。

　途中で追い越して、先に拠点に着いた。窓から松永の家をうかがっていると、佐藤の車が松永の家の軒先で停まり、松永本人のシルエットがのっそりと現れた。会釈をするでもなく、後ろをふりかえるでもなかった。確かな足取りで淡々と家の鍵を開け、中に入っていった。すぐ風呂場の明かりが灯った。野郎……いい汗、流してやがる。

五来はむらむらと腹が立ってきた。

月曜日の朝一番で、東京地検特捜部の三沢から五来あてに電話がかかってきた。

「落ちなかったみたいですね」

「もうしわけありません、なかなか手強い相手のようです」

「おや、五来さんが当たっていないような言い方ですね」

青地が調べているとも言えず、「別の人間がやっています」とだけ答えた。三沢にはそれが誰なのか、ぴんときたようだった。

「朗報をお待ちしています」

電話を切ると、平山がやってきた。係長席にいる青地を見ながら、小声で耳打ちされた。

「なあ、統括、ここは何とか係長に花、持たせてやれんかなあ」

「私が立ち会いに？」

「いや、ざっくばらんに、落とし方を教えてやれよ」

簡単にアドバイスできるようなことではなかった。しかし、平山と青地の顔は立てなければならない。

38

五来は午前中一杯、青地とふたりきりで取調室にこもり、取り調べの経緯を聞き、これからの対処方法について話し合った。ウィークデイに入り、松永の取り調べは、勤務を終えてからになる。

五来が熱を帯びれば帯びるほど、青地は引いていった。青地は自信を失いかけていた。取調官の心をホシは敏感に感じ取る。助けるという段階はとうに過ぎていた。

夜の七時過ぎ、日比谷公園の有楽町側出口で佐藤は勤め帰りの松永を拾い、分室に連れてきた。それからの三時間は瞬く間に過ぎた。取り調べが終わった。朗報は、やってこなかった。きびきびした動作で佐藤の車に乗り込む松永を、五来は脱力して見送るしかなかった。

捜査二課の取り調べを受けていることは、決して誰にも洩らすな、ときっちり締めて自宅に送り込まなければならない。その最低限のことも、できているだろうか、と五来はいぶかしんだ。

翌、火曜日も松永は落ちなかった。深夜、十二時過ぎ、車に乗り込む態度は昨日より大きく、自信に満ちていた。それとは逆に青地は目に見えて食が細り、伊加の口は重くなるばかりだった。まだか、まだかと地検から何度も電話が入ってきた。

水曜日の松永には、余裕すら感じられた。車に乗り込むのを見つめる青地の頬は心なしかそげ落ち、今にも壁に消え入りそうな感じだった。

「きっちり、締めてるでしょうね？」と五来は青地にきいた。

「ああ……むろんだ」答える青地に迫力はない。

取調室でどんな会話がやりとりされているか、五来には目に見えるような気がした。松永は青地をなめきっている。

念のために、五来は松永の携帯の通話記録を取ってくるように太田に命じた。

翌日の午後、太田は帰ってくるなり、五来に顔を張りつけるようにして話しかけてきた。

「野郎、本条に二回、連絡をとってます」

五来はだまって、通話記録用紙に目を落とした。

奴は自信を持ちはじめている。本条に話した中身は想像がついた。

『実は警察から呼び出されて、いろいろ、きかれてるんですけどね……本条さん、なに、大したことはない。のらりくらり、かわしてますからご心配には及びません……』

それを聞かされて、本条はどう思っただろうか。想像に難くない。

「野郎、墓穴掘ったたな」

五来の言った意味が理解できないようで、太田は聞き返した。

「本物だっていうことだよ、局長」

ふたりがつるんでいることとの、何よりの証になる。しかし、このまま、ずるずるといってしまっては、松永の思う壺だ。地検に身柄を横取りされるならまだしも、特別な動きをつづけていればいずれ、マスコミに抜かれてしまう。そうなれば万事休すだ。

日中の青地は、部下の手前、意気消沈しているという素振りは見せなかった。ただじっと腕を組んで、ぽつねんと係長席にすわっている。あれほどめくっていた捜査報告書をさっぱり開かなくなった。

午後四時過ぎ、五来は青地とともに別室にいる平山から呼ばれた。

「青地係長、見通しはどうだ？」平山はいらついていた。青地のこともあって、ここまで引き延ばした。しかし、もう一刻の猶予もない。厳しい表情からそう、うかがえた。五来もまったく同感だった。

「なかなか固くて、申し訳ないと思ってます……しかし……」青地は横をむき、恨めしげな目で灰色の壁を見た。

「しかし何だ？」

「はあ……雑談には応じるようになったし、こつこつやれば何とかなるんじゃないかと……」

何か言いかけた平山だが、言葉をぐっと呑みこんで五来を見た。もう、青地はだめだ、と目が語っている。自分の出番がきたことを五来は悟った。

「土曜日、勝負かけますか？」

五来が言うと平山は、あうんの呼吸でうなずいた。青地は何のことかわからず、ふたりのやりとりを聞いている。

「よし、場所替えだ。心機一転、本庁に持っていく」

ようやく、呑みこめたらしく青地はぐっと身を細め、助けを求めるような目をして平山に、にじりよった。「管理官、もう一度チャンスください……お願いします」青地は、最後のお願いとばかり、身をよじらせるように言った。とはいえ、最初のときの迫力はなかった。

刑事にとって、ホシの取り調べの最中に、交代させられてしまうことほど屈辱はない。へたをすれば、刑事生命を絶たれる。二課暮らしの短い青地にしても、それくらいは心得ている。

平山が目配せをして、五来を外に連れだした。

「あまり長く引っぱる訳にはいかんぞ」

「もちろんです」

「午前中一杯やらせてみて、だめなようなら午後には……入るか？」

「そうします。とにかく、マスコミにづかれるまえに勝負つけます」

五来は部屋にもどり、太田を呼びつけて、本庁の取調室の確保を命ずる。太田は血相を変えて、部屋を出て行った。本庁に出むき、留置管理課を訪ねて、ふたつの取調室の確保をするために。

金曜日の夜、取り調べを待たずに五来は東村山の自宅に帰った。人形で遊んでいた長女の尋が五来を見るなり、すっと隣の部屋に入ってしまった。台所で夕食の片づけをしていた澄子が、「驚いたあ」と小さく言う声が聞こえた。襖（ふすま）の奥から、次女の京がいぶかしい目で五来を見ている。

まるで、他人の家に踏み込んだようなバツの悪さを感じたが、それもすぐ頭から立ち消えた。ジャーに残っていた飯をこそぎ落とすように茶碗に盛り、冷蔵庫にあった豆腐のパックを開けて醤油をぶっかける。三分とかからず胃におさめて寝室で横になった。二時間ほどまどろんで起きると、ふたりの娘は床についていた。

五来はぞんざいに服を脱ぎ捨てながら、風呂に入った。

たっぷり十五分、湯につかった体から、汗が噴き出てきた。シャンプーをふりかけて、音の出るほど洗髪する。石けんを体に塗りたくり、垢すりでごしごしと皮膚が一枚めくれるほど丹念に洗った。足の指の一本一本も丁寧に洗い流した。風呂に入って四十分近く経っていた。雰囲気を察知したらしく、戸のむこうで澄子の動いている気配がする。湯船に深くつかった。

取り調べの前日は特別な日だ。長かった忍従の日々が終わり、いよいよホシと雌雄を決するのだ。ふだん通りというわけには、いかない。体を洗い清め、心を新たにする。生まれ変わったような気分になって風呂を出ると、真新しい下着とパジャマが洗濯機の上に用意されていた。

それを身につけて早々に布団に横たわる。

この一週間のゆるみきった取り調べを立て直す必要がある。それがすべてかもしれなかった。松永は自分より、二十近く歳がいっている。あれをどうやって自供させるか。

ホシの供述は証拠の王だ。一度はできていた戦術を、頭の中でもう一度、丹念に入れ替える。自分の声とからみ合う松永の声が聞こえてくる。ああいえば、こう出る。それに乗ってこなかったら別の手を打つ必要がある。それには、どのネタがふさわしいか。考え出すときりがなかった。

明け方まで、まんじりともせずに考え抜いた。窓の外がうっすらと白みかかる頃、浅い眠りが訪れた。いつ入ってきたのか、澄子がとなりで寝付いていた。

午前五時ちょうどに起きあがると、もう一度、風呂に入って体を洗い清めた。新品の下着にはきかえ、これも新品のワイシャツに袖を通す。真新しいマッキントッシュのネクタイを締め、ロレックスを腕にまく。アルマーニの上下を着てコートを羽織り、玄関に盛り塩をして家を出た。

分室では水沢が出勤していた。拍子抜けしたような仕草で、「あれ、昨日は帰られたんですね」と言う。

「帰ったよ」

水沢はわずかに身を引いた。「何か、主任……近寄りがたいです」

五来は相好を崩して、「そうかあ、いつもとかわりないぞ」と調子よく答える。

しかし、内の内はいつもとは違う。抜き身の刀を直接、肌にあてているような心境だった。刀の表面はぞっとするほど冷たいが、中は沸騰するように熱いものが脈うっていた。相手と刺し違えても、切り倒す覚悟ができていた。

39

去年の十月、タレコミの入った日と同様、水沢のスカイラインで本庁にむかった。

土曜日の本庁は抜け殻のように閑散としている。四階の会議室はどこも空いていた。

午前七時半ちょうど、その会議室にはすでに平山以下、佐藤と瀬川がきていた。

今日の吸い出しは、伊加をのぞいて違うメンバーを使っている。尾上を頭に田村の運転でむかっている。もう白楽にある松永の家に着く頃だった。

松永の家は二十四時間、張り込みをつづけている。逃げも隠れもできない。午前八時ちょうど、尾上から、松永の家に入るとの報告を受けた。

ここ一週間、松永の家を訪ねるのは佐藤の役目だった。はじめて見る別の顔に松永はどう反応するだろうか。

五来はじっとロレックスに目を落とした。刻々と時間が過ぎていく。五来は目を閉じ、田村の運転するアコードの中を思い描いた。伊加は軽口も叩かず、口をへの字に曲げて前をにらんでいる。尾上にしても、口をきかないだろう。それでいい。田村には、いつものルートをわざと外せと伝えてある。

京浜国道にも入らず、いきなり高速4号線に乗ってしまう。一週間、通い慣れた風景は一変する。松永はいつもと違うことにうすうす気づきはじめる。車は一路、都心方向にむかって快調に速度を上げる。松永は少しばかり不安の色が隠せなくなる。

「今日はどこへ行くんですか？」と気安く口にする。

そこを一週間、立ち会いをつづけてきた伊加がはじめて、大声で一喝する。「黙ってろ」

松永は口をつぐみ、何か……を感じ取るだろうか。

午前八時半。本庁のまわりを車で流している太田から、記者の姿がない旨、報告が入った。しばらくして、尾上の車の後ろを固める応援部隊から、伺いの電話が入った。

異常なしと短く告げ、尾上をスマホで呼び出して、入ってよし、の符丁を口にする。

あとは待つばかりだった。

八時四十六分。本庁地下駐車場到着の報告がきた。いよいよだと、五来は思った。

伊加と尾上に両脇を抱きかかえられ、地下二階からエレベーターに乗る松永の姿がありありと浮かんだ。エレベーターの戸が開くと、そこは百室もの取調室が並ぶ魔の二階だ。

土曜日のため、深閑としている。物音ひとつしない廊下を歩いて、三十六号取調室の前にくる。三十六は五来の験担ぎだ。三・六のカブ。これまで数えきれないほどのホシと対決し、勝利を収めてきた部屋だ。だまっていても、太田はそこを借りている。松永は本庁独特のえも言われぬ圧力を四方八方から受けている。不安よりも恐怖に近い感覚を抱いているだろう。

五来はロレックスに目を落とした。八時五十五分。一歩、取調室に入ると、背をむけてすわっている男がふりむく。青地だ。

それを見て、松永は心底ほっとする。なんだ、これまでどおりじゃないか。こんな建物に連れ込んで大げさなことをする。そんなふうに思いながら、いつもの場所につく。青地と正対して、松永はすっかり自分を取りもどす。また、いつものように一日を過ごせばいいと軽く考える。青地の様子がどことなくおかしいのに松永は気づくが、それも大したことはない。今日を最後に、いよいよ、無罪放免になるのだろうと高をくくる。

尾上と田村がやってきた。五来は車中の松永の様子を聞いた。おおむね、想像の通りだ。松永の気持ちを読みながら、午前中はじっと腰を落ち着け、待機していた。

午後零時二十分、会議室のドアが開き、青地が顔を見せた。苦渋に満ちた顔で平山にむきあった。「固いです……なかなか」

「変わりないか？」

「ほとんどありません」

「今日はどうにかすると言ったが、どうにかなりそうか？」

「何とも……言えませんが……ただ……」

「ただ、何だ？」

「これしかないと思って、例の暗号まで突きつけたんですが、野郎、まったく態度を変えなくて。『何ですか、こっちがききたいですね』と開き直るんですからね」

その言葉が五来の耳に突き刺さった。暗号。Ｃ４０Ｎ２１７。松永が本条に見せた文字列。この一週間、たまりつづけた鬱憤が五来の中で弾けた。体中の血が一点にむかって逆流する。気がついたとき、青地の胸ぐらをつかんでいた。

「どうして暗号を持ち出したんだっ。ど素人のようなこと、するんじゃねえっ」

あわてて、尾上が止めに入った。

平山が静かに、しかし語気鋭く言った。「係長、手の内をさらすような尋問はだめだ。暗号はとっておきの宝刀じゃないのか？」

青地は目を見開き、全身を小さくすぼめるようにして頭を垂れた。

五来はどうにもならない気分ですわりこんだ。相手はこちらの切り札を握ってしまった。完全になめられた。あとはシラを切り通すだけでいい。

「係長、午後から五来を入れるぞ、いいな」

有無を言わせない口調に、悔しさが青地の顔ににじんだがそれもすぐ消えた。自信なげな顔で五来を見やり、あきらめたように口を開く。「統括、たのむ」

係員たちは固唾をのんで見守っている。言葉にならない期待を五来は肌で感じた。

平山は場の雰囲気を切り替えるように、「誰か行って、やっこさんに飯食わせろ。統括、おまえも腹に何かつめろ」とつづけ様に言う。

渋いお茶をいれてくれるように頼むと、水沢は軽やかに席を立った。すでに届いていたカツ丼とともに、熱いいれたてのお茶が運ばれてくる。たっぷりとつぶあんのつまった大福がふたつ、付いていた。厚い肉をほおばり、飯を一粒残らず平らげた。

リラックスしきっている五来の食べっぷりに水沢は目を見張っていた。緊張で飯も喉を通らないのが普通なのだ。青地も佐藤も化け物を見るような目つきだった。立ち会いをする田村にはすでに言い含めて、三十六号室に送ってある。

五来がふたつめの大福を腹におさめたところで、平山がぽつりとつぶやいた。「いよいよ突破屋、登場だな」

午後一時ちょうど、五来は席を立った。「じゃあ、ちょっと松永の顔を見てきますから」さらりと言って会議室を出る。

捜査は最後の大詰めにきていた。調べ室に着くまでのしびれるような緊張感が五来はたまらなく好きだった。捜査を尽くして、いざホシと向き合う。これまでの捜査が走馬燈（そうまとう）のように流れる。ホシは何を思ってきたのか。それを想像しながら、ここまで進んできた。たくさんの疑問もある。それがもうすぐ、自分の目の前で本人の口から明かされるのだ。刑事を拝命して早、十年。交番勤務のときでも、捕まえたホシはその場で落としてきた。落とすことが生き甲斐だった。刑事冥利（みょうり）に尽きる。このために刑事をやっているのかもしれないとしみじみ思う。

エレベーターを降りて、廊下を歩いた。三十六号室が近づいてくる。背広の襟をさっと上から下に引く。

打ち合わせどおり、ドアは半びらきになっていた。右足でドアを蹴破るようにして開けた。

バタンと乾いた音が響き渡った。

こちらをむいている松永が、目を大きく見開き、反射的に立ち上がったのが見て取れた。五来はぐっと唇をかみ殺し、わざと陰悪な形相を作った。窓ひとつない取調室の中に一歩、足を踏み入れる。

松永をじっと見すえる。腹の底からふりしぼるように、「おまえが松永か」と呼びかけた。

松永は驚いて、口を半開きにしたまま、ぽかんと立ちつくしている。

「そこにすわれ」

松永は電池の切れたおもちゃのように、すとんと腰を落とした。一言も発しない。

五来は座布団を二枚敷いた椅子の上に、どっかりと腰を落ち着けた。数段上から松永を見下ろした。

松永の丸顔に見たこともない狼狽の色がはっきりとうかがえた。ここを逃してはならなかった。

「松永っ」一喝する。「この一週間、おまえ、何を考えていた。言ってみろ」

じっと松永を見つめた。目をそらした。せわしなく目玉が動く。定まらない。

「貴様、それでも役人か。どうだっ。俺もおまえと同じ公務員だが、同じ公務員だからこそ赤っ恥をかいてる。わかるか？　男なら恥を知れ、恥を。これまでのおまえのとった行動はすべてわかっている。さんざん聞かされてきただろうから、もう何も言わん」

それまで朱のさしていた松永の頬がみるみる青ざめ、そして白くなっていく。

「家族の前で恥ずかしくない行動をとっていると言えるか？　役所でもそうだ。言えるなら堂々と言ってみろ。」殺気に満ちた声音で言い放つ。

松永は身を縮こませ、じっとうなだれたままでいる。小刻みに震えているのがわかった。傲慢そうな表情が後退し、見たこともない貧弱な相が現れだした。

「どうなんだ？」

松永はぴっと顔を上げた。消え入るような声が洩れた。「……私、間違ったことしていません」

「そうか、それならこっちにも考えはある。いいんだな」

松永の表情からみるみる生気が消えて、唇が真っ青になった。目がきょろきょろしだした。まったく落ち着かない。

髪の毛は元の白髪頭にもどっていた。松永の中で、五来の蒔いた言葉が渦を巻いて吹き荒れているのが手に取るようにわかった。

五来は田村に目配せして、棚からこれまで調べた報告書をワゴンの上に載せて自分の脇に持ってこさせた。黒革表紙に結わえられた書類を二段に積んだその幅は一メートル近い。

「二月十二日水曜日、午後、新橋駅近くのＡＴＭ。おまえの口から聞こうじゃないか」

五来の言葉にかすかに松永が反応した。これは青地から聞かされているだろう。それはわかっている。

「イトウマサノリって奴はどこのどいつだ？　おまえの口から言ってみろ」

松永の口は固く閉じたままだった。

「おまえ、泥棒じゃないのか？　人の口座から金を下ろすような真似をしやがって」

こめかみをぴりっと震わせて、松永が口を開いた。「いえ……それは」

「何だ、言ってみろ」たたみかけるように松永におおいかぶさる。

松永はまごついた様子で口をつぐんだ。

「じゃあ、時計、四カ月ほど巻き戻そうかぁ……長沼善之の絵、あるよな。『うらら』だったか？」

言うと、松永は目を何度もしばたたいた。じわりと額に汗が浮くのがわかった。

「十月二十日、覚えてるか？　この日、銀座のギャラリーモンドに直接出むいて、絵の代金、九十八万をそっくり現金で払ってるだろ。この金、二日前の十八日、午後七時三十三分に同じく、このイトウマサノリの口座から引き下ろした奴はどこのどいつだ。言ってみろ」

松永は顔をあちこちにむける。目が泳いでいた。

イトウマサノリはすでに調べが済んで、渋谷にいたホームレスであることがわかっている。

「峯岡建設営業本部長、本条修一とは誰なんだ」五来ははじめて、その名前を出した。

ぎくりとして松永は顎を引いた。

「十月二十八日はどうだ。この本条に築地の料亭に連れてってもらったんじゃねえのか。

千代松だ。このとき、本条がいくら使ったか知ってるか？」五来は挑発するように言う。

　松永が心の中で身を乗り出したのを感じた。

「三十三万四千円。ひとり頭、六万ちょいだ。あのクラスならそれくらい、いくかもしれんな。どうだ、峯岡のおごりは旨かったか？」子犬に餌の味をきくように、五来は相手をさげすむ。

「あの……」松永の口が開きかかり、ふたたび閉じる。

　内心、しめたと五来は思った。片桐由香のことを持ち出してみる。片桐の風貌をほめちぎり、ものにした松永をおだててやる。最後に「まとまった金、欲しいよな、若い女だもんな」とたっぷり皮肉をこめて言ってやる。ふっと気のゆるんだすきに、「馬車道の合同庁舎にいたとき、アルバイトにきていた片桐に手をつけたんだろ」ときいてみると、あっさりうなずいた。ヤマに関係ないと見たのだろう。甘い。

　二十分間、休みなく接待の日時と内容、そして峯岡建設の支払った値段、抱かされた女の顔かたちを話してきかせた。松永の顔は少しずつ赤みを帯びてきた。口が渇くらしく、しきりと唇を舐める。しかし、水気は一滴たりとも与えない。五来は締めくくりにかかることにした。

「親父さん、元気か？」

「それなりですが」するりと松永の舌が動いた。

「いいとこ、入ってるよなあ。『湘南丘の園』か。海が一望できるからな。でも、まだ、一度も見舞いに行ってないよな」

松永はさっと目を伏せた。はっきり、それとわかるほど汗が顔全体ににじみ出した。

「ところで、『丘の園』の入園料、えらいねぎってもらったそうじゃないか。ええ？　本当なら千二百万らしいぞ。人気があって、三年待ちの人もいる。それがまだ、松永、五十万の手付け金、払ってないそうだな？」

やはり、反論してこない。ただ顔をそらした。

「すべては、峯岡の持ち出しだな。総額、いくらか言ってやろうか？」五来がカマをかけると、明らかに松永は狼狽した。実際はそんな数字など、つかんでいない。接待がいつから、どの程度の規模で行われていたのか、今の段階ではわからない。

「見返りを渡すのに苦労したよな。本当に、ええ、松永？　しかし、本条様のためなら何でもするってことだ。金をもらうためには、どんな手段もいとわない。工事情報、予定価格、あちらさんが欲しいというものを右から左へ流してやる。見上げたもんだ」しばらく間をおく。

「流すとか……そういうことは……してないです」

食いついた、と五来は思った。額に浮かんだ汗が雫になってぽろりと落ちた。松永の語調が明らかに変わった。

「たとえば、今度の国際コンテナ級もさんざっぱら、苦労したじゃないか。ほら、おまえの後任、合同庁舎の梅本は頑として突っぱねただろ？」

松永はまなじりを決して、五来の顔をまじまじと見入った。取り調べメモを取っていた田村がきっと鋭い視線を松永にあてる。

「びっくりしたよな、おまえとしては。あてにしてたからな。どうしようかってあわてただろ」

「あわてるとか……そんな……ちがいます」

急所を痛撃され、松永はしどろもどろになった。どっと顔中から汗が吹き出て、首までつたった。

「まあいい。例のイトウマサノリの件な。本条が入金しているのを知ってて、引き出したんだろ？」

とっさに、松永は口を固く引き結び、手の甲で汗をぬぐった。

「言葉が足らなかったみたいだな。ほら、本条の女がやってる『白樺』で、予定価格を何度も教えただろ。見返りに現金。そのとき、どう思った？　まずいな、と思わなかったか？」

松永の太い眉がしきりと動いた。やはり、現金を直接受け取っている。

「どうした？　胸につっかえているもん、あるだろ。男なら自分でさっさと吐き出せ。そうしないと、これから毎日、きてもらわなきゃならんぞ」

「…………」

ぽたりと松永の顔から汗が机にしたたり落ちる。

「おまえ。はっきり言えよ。賄賂とわかっていて、もらったんだろ。予定価格の見返りに」

「そんなこと……し……死んでも言えません」

松永の中で、ぐらりと大きなものが動いたのがわかった。責め時だ。ここを逃しては、もうない。五来は、腹の底から、くっくっくっと押し殺すような笑いを洩らした。「そうか、死んでも言えないか。でも、ほんとに死んだら言えなくなるぞ。役人として自覚があるうちに、ここでもう一度人生をやり直した方がいいんじゃないのか。腐ったまま死ぬんじゃ、死にきれないだろ。役人としてのプライドはどうだ。まだ、少しは残っているんだろ？」

松永は、必死でこらえていた。洗いざらい吐いてしまうか。それとも、ここは我慢のしどころか。そのふたつが、交互に松永の心を襲っているのがわかった。噴き出た汗がワイシャツの襟元をぐっしょり濡らしている。

五来は同じ調子でつづける。「でもな、俺にはおまえが、そのへんにいる、ごく普通の公務員と同じように見えるがなあ。根っからの悪人じゃないのになあ、ほんのちょこっと、魔が差しただけだと俺は見ていたんだがなあ」

聞きながら、どんどん松永はしおれていく。

「しかし、おまえも大したもんだと思うよ、実際、ノンキャリで本庁の課長クラスまで昇りつめたんだからなあ。誰にもできることじゃない。ちょっと調べたが、おまえとほかにひとり、いるだけじゃないか。どうだ、今の課は？　居心地いいか？」

松永は複雑な表情を浮かべ、「一口には……とても言えないです」と言った。

よし、きたな、と五来は内心、手を打った。「その気持ち、わかるよ。同じ宮仕えだからな。まわりにゃ若いキャリア連中が幅きかせてるだろ？　やれ、裏金作れだの、コピーしろだの。そのくせ、仕事なんぞひとつもわかっちゃいない。まったく、誇りも何もねえよな。役所にいる間は、細かい仕事を全部任されて、じっと耐えぬかなきゃいかん。しんどいよな」

神妙に聞き入る松永の中から、硬いものがじわじわと溶け出している。

「しんどいどころじゃありません」

「そうだろうな」

「本省で働く屈辱は、たぶん、わかってもらえないと思います。若い頃はよかったんです。でも、年取って同じ役職についてる若造からこき使われると……なんて言うか、もうたまりません。ちょっとでも口答えすると、『おまえなんか、俺が上に言えば、一発で放り出されるぞ』です。ろくに用地交渉もしたことのないような若造が上っ滑りなことを言うのを一日中、じっと聞いてなきゃなりません。偉そうなこと言っても、道路工事ひとつ、設計書作れないんです。そんな連中が国際コンテナ級埠頭なんて途轍もないやつを考えるんですから開いた口がふさがりません」

言いながら少しずつ松永は興奮してきた。

「おまえとしちゃあ、腹にすえかねるよな」

わかってもらえたという安堵感が松永の表情をゆるませた。

「……六十の定年まで五年もあるのに、わたしと同い年のキャリア連中は、どんどん役所をやめてゼネコンに天下りするんです。でも、仕事なんかしやしない。額を寄せ合って、仲良く談合するだけが能なんだ。……今思うと、罠にはまったとしか思えなくて」

「罠？」

「いや、それは……」そこまで言って松永は言葉を呑みこんだ。五来はだまって出方をうかがう。

「本条があるとき、言ったんです。うちは談合から足を洗った。キャリアの天下りも受け付けない……と」

ノンキャリアの松永の心情をくんで本条は言ったのだろうが、それは嘘ではない。峯岡建設は事実、そのように舵を切っている。談合をやめれば、キャリア官僚の天下りを引き受けることができなくなる。それが業界の仕組みなのだ。しかし、予定価格は是非とも知りたい。ノンキャリアのトップと談合をやめた峯岡建設。両者の思惑はぴったり重なる。

「松永、おまえ、本条から『あなた一本に絞っています』とか言われたんだな？」

松永は五来の目を見てうなずいた。

「そうか。でもな、だからって、工事の情報を流すのはどうだろうな？　やっぱり、一線を越えた日にゃあ犯罪になるぜ。それも、おまえのように派手にやってりゃ、誰だって気がつくだろうに、なあ、松永」

　松永はふたたび、目を白黒させた。

「誰にだって過ちはある。それを認めないでずっといると、ほんとの悪人になっちゃうよな。おまえはそうは見えんがなあ」松永の額に青筋が浮き上がり、顔が紅潮した。「どうだぁ、ここらで俺に話してみるか？」

　汗が額から頬から首から、滝のように流れ出る。

「じゃあ、こっちから話そうか」五来はそう言って、ワゴンに置いた報告書の束の中から、一枚の紙を引っ張り出して、松永の鼻先に突きつけた。国運省の入札調書だ。かたわらに電卓を置く。

　本牧埠頭築造工事（2）という表題になっている。

「これ、覚えてないか、松永？」

　松永は背筋を伸ばしたままの姿勢で、見づらそうに目を落としている。目に入れたくないといった感じだ。

「たとえばな、これなんかの予定価格はこんな具合だ。よく聞いてろよ」五来はわざと声を潜める。「……二十七時とちょうど半分」

　松永の表情がさっと凍りついた。すかさず、入札調書の落札額を指さす。

　二十二億円ジャスト。落札した峯岡建設に「○」がついている。

　五来は電卓を叩く。「このときの最低落札価格は予定価格の八十パーセントだったからな。どんぴしゃだな」

松永の目の中にありありと浮かんだのは、恐怖の二文字だった。目の前にある書類が、

鋭い矢のように松永の心臓を突き刺していた。五来の言葉も、もはや松永の耳には届いて

いないように見えた。

五来は指をぺろっと舐め、「どうだ、松永、まだ全部、俺の口から言わせるのか?」

万感の思いをこめて、その言葉を口にした。おまえの悪事のすべてを知っている、まだ、

言わせる気か、と。笑みを消し、松永をにらみつけた。

松永の唇が乾いて真っ白い粉を吹いたようになり、言葉が出てこなくなった。しきりに、

何かを念じているように見える。そう思ったら、見えない手で操られているように、松永

の頭がぐらぐら揺れだした。くっくっという、苦しそうな音が松永の喉元から出ている。

白目がみるみる赤く染まりだした。汗でシャツの胸元は水をかぶったように濡れている。

眉が上下に震えるように動いた。少しずつ前屈みになり、五来の前に頭を垂れたそのとき、

激しい嗚咽が松永の全身を襲った。肩を怒らせるように、両手を固く握りしめる。机にお

いた手から汗がじわりじわりと机に広がりだした。

あわてたのは、田村だった。「ど……どうしたんです、松永さん」

本当に動転している。五来は田村の顔をにらみつけた。「おまえはだまってろ」

堰を切ったように、松永は泣き出した。嗚咽は号泣へと変わり、しゃくり上げるように

泣いた。その姿を見て、五来の胸にも熱いものがこみあげてきた。松永は真っ赤にはらし

た目で五来をまぶしそうに見た。

「何か……すみません。わたし……間違ってました。すみません、刑事さん、わたし間違ってました。ほんとに魔が差したんです、わかってもらえないでしょうね」松永は泣きつづける。

五来はその汗に濡れた肩を抱えた。「わかってくれたか、そうか、わかってくれたんだよな。もともと、悪い人間じゃないんだものなあ、魔が差したのかなあ、そうだよ、魔が差したんだ。人間、金の魔力にはそう勝てないよなあ」

松永は激しく泣きじゃくった。

「でもな、松永、役人には理性がいるよなあ。それを忘れたら、人間、終わりなんだよ。それを、うん……」言いながら、五来の頰にも涙が伝わった。これまでのすべてが報われるような気がした。辛い捜査だった。もう、だめかと思った。最後になって、こうして松永は自分に心を開いてくれた。そのことへの複雑で、えもいわれない感謝があふれてきた。「わかってくれて、うれしい。ほんとに、うれしい。これで、おまえも元の真人間にもどれるからな。大丈夫、俺に任せろ」言いながら、五来は松永の両手を包むように、がっしりと握りしめる。

松永と一体になっていることへの喜びが全身を駆けめぐっていた。泣きやんだ松永は憑き物が落ちたような、すっきりした目をしている。完全に……落ちた。

田村は唖然とした顔でふたりを見つめている。

五来は水を与え、自分も二杯立てつづけに飲んだ。落ち着いたところで、これまでとはうって変わって、優しく語りかけるような口調で切り出した。「松永、業者からはじめて金をもらったときの気持ち、どんなもんだった?」

あえて、いつかはきかなかった。

「ああ……はい、あれは一昨年の六月です。はじめて、あいつと酒を飲んだのは五月の連休でした。高校の同窓生の総会があって、それで知りあいました」

「わかってる」実際は、はじめて聞いた。

「何度か電話がかかってきて、昼飯なんかを食うようになって、つい、本条が救い主のように見えてしまったんです。ハイヤーを差し向けてくれて、飲むようになりました。何度目だったか定かではないですけど、帰りのハイヤーの中で封筒……渡されてしまって。中身は見当つきましたけど、返しそびれました」

呪縛を解く鍵がかちりと松永の心にはまりこむのがわかった。身のうちにため込んできた仕舞いきれないものを吐き出してしまいたいという欲求が松永の全身を覆っていた。この男はこの男で良心の呵責(かしゃく)に苛(さいな)まれ、悶々(もんもん)としていたのだ。

「そんときはいくら?」

「二十万」松永は勢い込んで言う。「何度か会って飲んでるうちに、本条が直接、役所にやってきたんですよ。来る来るとは言ってたけど、まさかほんとに来るとは……去年の秋口です。午後三時頃だったです。そのときは用意してました」

「予定価格？」

「は、はい」肝を冷やしたように松永は答える。

「そのとき、はじめて渡したんだな？」

「すみ、少し、得意になってました、俺は。こっちは何たって国運省です。連中に仕事やってるんです。でも、人のいる前で仕事のことは話せないから、話題は鎌倉や高校のことばかりです。

　別れ際、本条が会社のパンフレットを机にそっとおいたんです。それが合図なんです。私は、こうして、横滑りさせて本条に見せました」

「予定価格調書？」

　松永はうなずく。

「先輩後輩か、わかるような気がするよ、で？」

「本条、こっそり、『手紙』入ってますからと耳打ちしてくるんですよ。それだけ言うと、さっと立ち上がって、帰っちゃいました」松永は言うと、額の汗を手のひらでぬぐった。

　見かねてハンカチをやると、松永はそれをしわくちゃにして、顔に当てた。

「その手紙、例のものだろ？」

「ええ、厚みからして、そりゃもう間違いないと思いました。椅子に背広かけてたんですが、咄嗟にその内ポケットに隠しましたよ。奴が帰ってから仕事をつづけたんですが、気になって仕方ないんです。背広をそっと引き上げて、すわったまま、手を通しました。でも、席を立つのが恐くて。部下から、今頃、背広着て、どこ行くんですか、なんて言われるんじゃないかって」

少しずつそのときのことが甦ってくるのか、松永の顔がだんだんと険を帯びてくる。

「部屋を出て、トイレに駆け込みました。大の方に入って内側からロックしたんです。内ポケットから封筒を取り出しましたが、前にもらったときより、ずしりと重くて」

「さっそく、引き破って見たわけだ？」

「封筒の縁にそって、丁寧に切り取りました。封筒を左手でしっかり握って、右手の親指と人差し指で中身を引き抜きました。ぎっしり、一万円札が入ってましてね。もう、それを見ただけでどきどきしてきて……それで、数えようとしたんですが、口の中がカラカラに乾いてしまって唾が出てこなくて、必死で指をなめました」

「わかるよ、その気持ち。いくら入ってた？」

松永はまだ何か言い足りなさそうな顔で、「ちょっと、音が」と洩らし、また汗をぬぐった。

「音が何だ？」

「札を数える音が外に漏れちゃいけないと思って、足で水洗のレバーを蹴って、派手に水を出しました」

水洗トイレの水が勢いよく流れ出す音が五来の耳元で聞こえたような気がした。

「急いで数えました。音がしなくなると、もう一回、蹴って水を流して……全部で五十枚ありました」

「返すべきかどうか、悩んだんじゃないか？」

「もちろんです、刑事さん、わかってくれますか？」松永は必死で何かをつなぎとめたいのだ。

「わかってる、松永。でも、できなかった。その気持ちはよくわかる」しみじみと五来は語りかける。

「俺が言わなきゃばれることはないと思ってしまって。むこうから洩れることはありえないし……」

このときから、見境がつかなくなったのだろう。

殺気立っていた松永の顔に柔和なものが少しずつ下りてきた。目を赤くはらしてつづける松永に五来は声をかけた。「全部話してみるか」

「はい」

松永は脱力した顔で言った。

五来が三十六号取調室を出たときには、午後四時をまわっていた。田村がしきりに話しかけてきても、五来は応じなかった。今し方までの高揚した気分はすっかり影を潜めていた。一口では言い表せないものが、重くのしかかってきていた。

すべての罪を認め、真人間にもどってくれそうな松永のことを素直に喜びたかった。刑事としてではなく、一人間として、人助けができたと思う。その片方で松永のこれからのことを思うと、やはり後味の悪いものが残った。公務員としての地位、友人その他もろもろ、五十五年の人生で積み上げてきたものを、すべて失うことになる。何より家族のことがある。松永節子はこれから先、何を頼りにして生きていけばいいのか。「丘の園」にいる父親の定男も、退園しなければならない。

つくづく人間は弱いものだと思う。金や女で抱き込まれてしまえば、簡単に理性を失う。こっそりやれば見つかるわけがないと誰しもが思う。そうして深みにはまっていく。それは松永に限ったことではない。同じことをしている連中は山ほどいる。このヤマがマスコミをにぎわすようになれば、少しは自分の悪事に気づいてくれるだろうか。

しかし、五来の思いはそこまでだった。松永幹夫という男に対する同情心はぷつりと途切れた。何といっても相手は公務員だった。国民の税金からきちんと収入を得ているにもかかわらず、その地位を利用して賄賂をせびる。どう斟酌（しんしゃく）しても、これ以上、温情はかけられない。

会議室にもどった。平然とした五来の顔を見て、平山は勝負に勝ったことを悟り、満面の笑みを浮かべた。松永は今日も昨日と同じように捜査員に連れられて、自宅にもどった。また寝ずの外張りがつく。逮捕はおそらく明日以降になるだろう。濃紺の背広で決めた太田が真っ先に暗号についてきいてきた。

「港湾航空局長の柴田とは古い付き合いだそうだ。若い頃から、何度か同じ職場で働いて麻雀仲間だったそうだ。二年前、松永が本省に上がったときも、あれこれ気にかけてくれたそうだよ」

「それはいいですが、奴は認めたんですか？」

「だから、そうだって言ってるだろ。パスワードをこっそり盗んで予定価格を知ったんだそうだ。どのみち、柴田のとこにもガサかけるんだからいいじゃないか」

「国際コンテナ級より前はどうですか？」

「馬車道の合同庁舎の経理課に、近藤とかいう女の主みたいなのがいるそうだ。この女のハンコもらうのは、課長のハンコもらうより、厳しいんだそうだ。松永はこの近藤と若い頃からの付き合いでな。つーかーの仲だ。馬車道に行くたび、近藤のところへ寄ってお茶飲みながら、片手間にお局様の机にある稟議（りんぎ）書類をめくってたそうだ」

太田はふっと小さく息をついて五来から目を離した。田村が取り調べで明らかになったことを逐一、係員に報告するかたわらで、五来は地検の三沢に落ちたという連絡を入れた。

「密接関連行為で行けそうじゃないですか」三沢の声は明るかった。

受話器をおき、田村の話に耳を傾けていると、平山が田村を制するように口を開いた。

「統括、どうだ、一気に片、つけるか？」

係員の視線が五来に集まった。その顔をひとりずつ、見ていく。「そのつもりです。明日の朝、本条の吸い出し、お願いしますよ、佐藤さん」

「待ってました。いくぞ、りえちゃん」

ぱっと席を立ち、水沢はとびきりの笑顔をふりまいた。「はい、もちろんです」

40

遅い夜が明ける頃、本庁の分厚い窓のむこうに、白いものがちらほらと舞いだした。寒暖計はちょうど摂氏零度を指している。任意同行に出むいた佐藤から電話が入ったのは、午前七時を過ぎたところだった。意外だった。日曜日の本条修一はいつも散歩には出ず、午前中は自宅にいる。

「野郎、ゴルフバッグを担いで車に乗ります」

この凍てついた中、接待ゴルフか。もともと、好きでゴルフをしている人間ではない。これまでの行確中、ゴルフに出かけたのは三回しかない。スコアは１００前後、松永と一緒にプレーしたことは一度もない。

「ちっ、エンジンあっためるのかと思ったら、あっという間に出ていきゃがった」

悔しそうにつづける佐藤に五来は命令を下す。

「おじさん、様子を見てる余裕はない。適当なところで前に入って引っぱってくれませんか？」

「はい、了解」

電話を切り、待つこと四十分。

本条が本庁に現れたのは、午前八時ちょうどだった。そのまま、取調室に連れ込まれる。

松永が落ちた今、一刻の猶予もなかった。

何か訴えるような目で見つめる青地に、松永の取り調べはお任せしますから、きっちり頼みますよ、と念を押し五来は会議室を出た。

すでに本条の様子は佐藤から知らされていた。松永の初見のときより、いくらか気持ちは楽だった。しかし、ゆめゆめ気を緩めてはならない。新品のワイシャツの襟をただし、ネクタイを首元で締め直す。閉め切ったドアを開けて取調室に入った。立ち会いの水沢が一瞥する。

本条はタートルネックのセーターにアンゴラのカーディガンを着ていた。椅子に浅く腰かけて、両手を軽く握りしめ、机に目を落としている。おどおどしている風ではなかった。暖房の風が当たるのか、一筋の白髪の入ったあたりの髪の毛が、ゆらゆらと動いている。

五来は座布団を一枚だけ敷いた椅子の上に、腰を落ち着けた。ぐっと本条をにらみつける。

「ここに連れてこられた理由、もうわかってると思うがどうだ？」

本条は五来の顔を見た。動じる様子はなく、少しばかり上体を後ろにそらすようにして、五来の次の言葉を待つ素振りを見せた。

「本条、松永のことできくからな」毅然と五来は言い放った。

本条はゆっくり唾を呑みこんだ。額のあたりに脂汗がにじむ。居住まいをただし、あらためて椅子に深く腰かけた。

「聞いてるのか？」

「はい」

「会社は景気が良いようだな？」

　本条は顔色ひとつ変えず、「おかげさまです」と営業調で答えた。

「ずいぶん、仕事熱心だそうだな」

「与えられた仕事をこなしているだけです」

　これも社交辞令の域を出ない。

「会社の風通しは良いか？」

「うちの会社は革新を是としています。言うべきところは言い、正すべきは正す。自分はそうしてきたつもりです」

　本音に近いところがうかがえる。

「是々非々か。ところで、峯岡の社長はおまえを信頼していたようだが、おまえは社長のことをどう思っている？」

「代々、業界を生き抜いてきた胆力はあったと思いますし、現社長もその気質を受け継いでいます」

「だから、おまえとしては、一肌もふた肌も脱いだわけだな」

　本条は口を引き結び、五来から顔をそらした。

「それにしても、たっぷり、松永幹夫に貢いだもんだな」

五来はしばらく間をおいてつづけた。

「松永に現金を贈っただけじゃない。秘密口座を持たせたし、あきれるほど接待をした。すべては、予定価格を知りたいがために、だ。国際コンテナ級も落とした。会社としては、願ったりかなったりだ。松永の工作費くらい、安いもんだ。違うのかっ」

音をたてるように本条の中で不安が膨れあがっていくのが見て取れた。

ここで、自分が認めたら、会社はどうなる？　松永は一体、どこまで喋ったのか。この刑事はどれくらい自分のことを知っているのか。

不安が本条の中で渦を巻いている。

本条の呼吸するテンポが速まった。脂汗が滴になって机に落ちた。それをぬぐいもしなかった。

五来はじっと待った。

松永のように、いきなり、警察とむきあったわけではない。前々から、こちらの動向に気づいていた。この日が来るのを、どこかで覚悟していたはずだ。

「会社が浮かばれるなら、危ないことも厭(いと)わない。それがおまえという人間だと思うがどうだ？」

本条は不機嫌そうに眉根に皺をよせ、まるで開き直るように背もたれに体をあずけた。

「やましいと思ったことは、ただの一度もなかったか？」

本条は何かをこらえるようにうつむいた。

「会社のことを何より大事と思っている。だから、社長も絶対の信頼をおまえに寄せてくれている」

本条は、おや、という顔で五来に一瞥をくれた。心なしか背が丸くなり、遠慮するように息を吐く。

「本条。俺はわかっている。おまえが私利私欲でやったことじゃないことは」

本条は、ぱっと口を小さく開けた。頑なに閉じていたものがふっとゆるみ、冷たく光っていた瞳の奥に別のものが浮かんだ。

小さく、本条の口が開いた。聞き取れなかった。

本条は背を折りたたむようにうめいた。

両目が宙に舞い、視点が定まらず大きく泳いだあと、やっと聞き取れるような声で、

「やりました」と洩らした。大きく肩で息をつく。

五来は本条を見据えた。

ようやく、目が合った。

「わかった」五来は落ち着いた声で言った。「だがな、本条、これは許せないことだからな。わかるな?」

五来の目をのぞきこむ本条の目が細くなり、左右がいびつにゆがんだ。目尻に透明なものがにじんだかと思うと、大粒の涙がこぼれた。

本条は息苦しそうに嗚咽しはじめた。

あの溌剌(はつらつ)としてハイヤーに松永を乗せて送り出したときの本条の姿はなかった。水沢がペンを持ったまま、その姿を見つめた。

その本条の口から出たのは意外なものだった。

「家族には何と……」

「この件が明らかになれば、おまえの家族は苦しい思いをするかもしれない。会社も同じだ。だがな、本条、今は、おまえにできることをしなさい」

本条は覚悟を決めたように、それが唯一、家族を助ける道だとばかりに、涙で濡れた目でうなずいた。

「ただし、どんな些細なことでも嘘はだめだ。わかるな」

自らのハンカチを顔に当てながら、「はい」と本条は言った。決意が固まったようだった。

「松永とは同窓会を通じて知り合ったのはわかっている。松永に目をつけた理由は何だ？」

「はい……」本条はふんぎりをつけるように答えた。「話していて、それでこの人ならと思いました」

「ノンキャリアでも実務に精通してるから、予定価格をとれると思ったんだな」

本条は五来の目を見てうなずいた。

「これまで、松永に渡した金は総額、いくらだ？」

「……それは刑事さん」本条は言いづらそうに口にする。

贈賄工作を認めた上でなお、会社のことが気にかかるらしい。

「額の多い少ないはこの際、関係ない。それより、前に進むことが大事だろ」

本条は目をしばたたきながら、「おそらくは、一千万に届くか届かないか、です」

「『丘の園』に松永の親父を入所させた分はのぞいてだな？」

本条はうなずく。

それは松永の供述と銀行捜査の結果からして、おおむね合っている。

「賄賂に使った金は、峯岡のどこから出している？」

本条のポケットマネーから出していることなどありえなかった。大筋で罪を認めることはできても、個別のことになると担当のことやら何やらが頭に浮かぶらしく、本条はふっと口をつぐんだ。

「交際費から出してるんだろうな？」

五来はあえてあり得ないことを言ってみた。交際費について税務署はうるさい。少しでも、使途不明金が見つかれば、その額以上の追徴がなされる。領収書のでない慶弔費や来訪者に対する車代といった勘定科目から支出することもできる。

しかし、一千万という額からして、そう簡単なことではない。販売促進費や寄付金、そして工事原価といった項目から随時、しぼりだしているのだろう。

ここをはっきりさせない限り、一歩も前に進めなかった。

「社内報の取材費という手もある。工事のときの近隣対策費でもいいかもしれん。土地の開発にからんだ工作費のようなものか」

本条は黙り込んでしまった。自分の告白がどのくらいまで会社に影響するのかを必死でさぐっている。義理堅い男だと思わざるを得なかった。ガサ入れをし、関係者を呼び出せば早晩、わかることなのだ。

松永への賄賂の原資は、銀行捜査の結果、間違いなく峯岡本体から出ている。

「リベートか？」

工事の受発注にからんで、ほかの会社からリベートを受け取り、それを記帳せずに簿外資金として、こっそり隠し持つことが往々にしてある。

それとも、工事の材料を購入するとき、水増しして払った額の一部をバックさせているのか。

数量では表せない埋立用の土砂などから捻出（ねんしゅつ）しているとなると、厄介なことになる。

しかし、これ以上、こちらの手の内を明かすわけにもいかず、五来は話をやめた。

そのとき、ふいに本条が口を開いた。「ここで申し上げれば、何か……」

ここまで来ても、何とか取引をしようとする本条に悲しい性を見た。

「もちろん、おまえが正直に話せば社内捜索にかける時間も少なくなるし、事は隠密に運べる。どうだ？」

すると、本条の口から、「仲介手数料」という言葉が出た。

「実際には存在しない不動産業者に土地の仲介手数料を支払ったことにしました」

「何の仲介だ？　土地か？」

「何度やった？」

本条は指を二本立てた。

「領収書がないと、税務署がうるさいだろ？」

「その不動産業者が事業を廃止して行方不明になっていることにしました」

それだけ言うと、本条は重くのしかかっていた肩の荷が外れたように、すっきりした顔つきになった。

支払先と日時をきくと、本条は正確に覚えていた。水沢が硬い表情で書きつけていく。あとは経理部長を責め、社内の決済資料や銀行の支払いをたどれば裏は取れるだろう。

原資はわかったが、まだ問題は残っている。そもそも、峯岡は、いや本条はどうしてここまで松永という男にのめりこんでいったのか。

「本条、羽田の再拡張工事のことだが、いいか？」

「はい」本条の受け答えは軽くなっている。

「総工費六千億、いや、それ以上か。峯岡はゼネコンとは組まず、造船業界のメンバーになった。そのせいで受注を逃したが、どうして造船業界に入ったんだ？」

本条は意外そうな顔で五来を見た。しばらくして、「メガポートを横須賀港に誘致したのは、うちですから」と洩らした。

「メガポートというと、鉄骨を組んだ浮体構造の滑走路か？」

本条はうなずいた。

「新しい需要の開拓ということで、大きな構造物を実際に海に浮かべて飛行機を離発着させました。大変な事業でした。地元の漁協やら市やら、きつい交渉事は一切合切、うちが背負いました」

「メガポートが採択されれば、シンガポールのメガヤード計画もとれるとふんだんだろ？」

五来が言うと、本条はよく知っているという目をした。

しかし、それだけが原因とは思えなかった。造船業界に義理立てするより、自らがよって立つ建設業界のグループに入った方が自然だ。

どうして、峯岡建設は談合から外れたのか。五来は、関東建設振興会に本条が社長の峯岡隆司とふたりして、身を縮こませるようにして入っていった姿を思い浮かべた。そのときのことを聞いてみると、本条は唇をきっと噛み、悔しそうな表情を見せた。

「峯岡も振興会に保証金、積んでるんだろ？」

本条はこっくりとうなずく。

「わざわざ、社長が出むくような場所でもないんじゃないか？」

「か……監査がきつくなって」歯切れが悪い。

「何だ、言ってみろ」

「振興会は監査と称して口出ししてくるんです。原材料の仕入れ先はどこだとか、ああでもない、こうでもないと」

「結構なことじゃないか」

「たび重なると仕事になりません。それに、振興会が国や自治体に保証金を払うことなんて滅多に……いや、まったくないと言っていいんです」

「どうしてまた、そうたびたび監査が入るようになったんだ？」

本条は苦し紛れに、顔をそむけた。

「峯岡が談合破りをしてるからだろ？」

本条は否定しなかった。

「談合破りといい、羽田といい、よっぽど峯岡はゼネコンとそりが合わんらしいな」

図星といったような顔で本条は五来を見返した。

「どうした？　包み隠さず話せと言っただろ」

本条は遠慮がちに口を開いた。「ゼネコンの連中はバッジを動かして仕事をとりますし、最近は地方まで一番札をとりにいくようになりました。ここぞというときに、我々は万年、二着なんです。徹底的に叩かれた末、下請けに甘んじなくてはいけない。でも、国は天下り先がなくなるから、ゼネコンをつぶしません」

「そんなことは、今にはじまったことじゃない。本音はどうなんだ」

「……うちがはじめて最低制限価格で落札したのは、一昨年の冬です。博多港の防波堤の築造工事でした。小さな工事だし、ゼネコンに叩かれた後だったので、つい、福岡支社長が落としてしまったんです。

　小さい工事でも、やっぱり下請けは要ります。でも、大手が裏から手をまわして、地元の下請け会社をすべて押さえてしまった。うちとしても本体からやりくりして、どうにか工事を終えましたが、落札額の倍、工事費がかかってしまって……」

「その支店長はどうなった？」

「沖縄に飛ばしましたが、そこでも大手がリサーチ（私立探偵）を雇って、女関係を掘り起こされました。怪文書が出まわって以後、沖縄では指名停止を食らいました」

「建設振興会の嫌がらせも大手が裏から焚きつけてるんじゃないか？」

　本条は大きくうなずいた。

「よく、話してくれたな」ぽつりと五来が言うと、本条は現実に引きもどされたように、目がみるみる赤くなりだした。

「家族は関係ないんです。私はどうなってもいい、家族は……」

　ここまできて、本条の中にあるのは会社や贈賄をはたらいたことではなかった。家族だった。

　ひとり息子の圭太の顔が、康子が、本条の頭の中を支配している。

「いいから、任せなさい」五来はあふれ出てくる本条の不安を引き受けるように答えた。

　すっかり夜の帳につつまれていた。五来は先に上がっていた青地と自供内容についてすりあわせをし、ほぼ容疑が固まった。じっと耳を傾けていた平山が、「札、取りに行くか」とつぶやいた。

「わかりました。地裁は瀬川に先行させてます」

「よし」

東京地裁には記者が張り込んでいる。のこのこ二課員が逮捕状請求に行けば、これから打ち込みですよ、と教えてやるに等しい。

尾上と太田が逮捕状とともに、家宅捜索令状を持ち帰ってきたのが、午後十一時十分。東京地検の三沢検事宅に逮捕状を執行する旨の電話を入れ、時をおかず松永と本条の逮捕が執行された。

平山が二課長の自宅に電話を入れ、一連の報告をしている。本当の捜査はこれからになる。息を抜ける状態からはほど遠い。五来はほっとした様子の太田に発破をかけた。

「局長、明日のガサ入れの場所と使用車両の手配、できてるな？」

太田の顔色がぱっと変わり、「もちろんです」と目の前にたまった書類の中から、ガサ入れの場所を記した紙を五来によこした。

松永と本条の自宅、それぞれの勤務先と日頃使っている車、『うらら』、『白樺』、そして愛人たちのマンション。計十一カ所。

その脇で、瀬川がにんまりとしている。これから、いやというほど押収物に囲まれて、書類の精査をする作業が待っている。それをどことなく、楽しみに待っているといった風情だ。

「何、ぼけっとしてんだ、瀬川。おめえ、明日、引っぱってくる関係者の算段はついてるんだろうな」伊加が怒鳴った。

「わかってますよ、俺の受け持ちは港湾航空局長ですからね。赤ん坊、連れてくるようなもんです。それより、伊加さん、峯岡の社長は、ずらりと弁護士をはべらせてますよ。何か、秘策でもあるんですか？」

「ばっきゃろう、んなもん、あるわけねえだろ。首根っこひっつかんで、引っぱってくるまでよ、なあ、局長」

太田は大仕事を前にして、もはや伊加にかかわっている暇はなかった。

41

任意同行する関係者のリストは、太田の手によって、できあがっていた。峯岡建設社長の峯岡隆司や供述の支えになりそうな経理部長をはじめとして、役所の関係者、そして『贈』と『収』それぞれの愛人。

全部で二十人近くがリストアップされている。これを短時間で攻め落としていくのだ。

そのリストのチェックを終えて、五来はおもむろに手帳を開いた。電話機を引きよせて、そこに書かれた電話番号にかけた。なかなか、出なかった。十回鳴ったが出ない。

受話器をおきかけたとき、低い女の声が流れたので、あわてて耳に押しつけた。本条康子に間違いない。

「本条さんのお宅ですか？」

はいも何も言わず、小さな声で「どちら様でしょう？」ときた。

「わたくし、警視庁捜査二課の五来と申します」

相手が息を呑むのがわかった。

「ご主人の本条修一さんですが、贈賄容疑でさきほど逮捕いたしました。今日、ご自宅に帰られませんのでよろしくご承知ください」

電話の向こうは押し黙ったままだ。ことりとも音がしない。

いきなり警察から電話がかかり、夫を逮捕したと言われれば、誰しもショック状態に陥る。康子も例外ではなかった。じっと相手の出方を待つしかない。

「お名前、もう一度、仰ってください」しかし、康子は意外に芯のある声で答えた。

五来は担当になった旨の説明をし、再度名前と連絡先の電話番号を告げた。冷静に罪状のみを告げる。詳しいことは言えない。

康子の口から洩れたのは、たった一言、「勝手な」だけだった。

「そういうことですので、これで電話を切らせていただきます」

受話器を置こうとすると、「いつまでいるのですか？」と追いかけるように康子が言った。

「それは、私にはわかりません」

荒々しく康子が受話器をおく音が五来の耳元で響いた。ため息をつき、同じ趣旨のことを話すために松永家にも電話を入れた。

すでに、松永節子は覚悟ができているらしく、おとなしく話を聞いて電話を切った。

捜査二課長の原田が本庁にやってきたのは午前二時半。平山と握手を交わし、五来をふりかえった顔は、これ以上ないという笑みをたたえていた。事件のあらましは四十を過ぎたばかりのキャリアの頭にすでにおさまっていた。

記者会見の開始時刻は、月曜日午前三時半。この時間帯ならば、朝刊には間に合わない。

記者クラブに電話を入れると、記者たちが何事かと、会見室にばたばたとやってきた。

原田は自信満々で容疑者名を口にする。記者たちがノートパソコンのキーを叩く音が深夜の会見室に響いた。

保秘を貫きとおし、記者たちを出し抜いたという快感が二課長の声を震わせている。その勝ち誇った声を聞きながら、ふと五来の耳元に、あの本条康子の刺々しい声音がもどってきた。

42

月曜日午前八時、二課捜査員の半分近くを投入して、一斉に家宅捜索がはじまった。

五来は分室に待機して、刻々と進む捜索の報告を受けていた。昼過ぎ、テレビのニュース番組に登場したのは、国運省の正面玄関から続々と入っていく背広姿の二課員たちだった。

つづけて、横浜にある松永の自宅が映し出された。ぴっちり、内側からカーテンの引かれた窓の奥には、妻の節子が息を殺すようにして嵐の過ぎ去るのを待っているはずだった。それが終わると、武蔵小金井にある本条修一の、どっしりした家構えが映し出された。こちらも、ガサ入れする刑事たちが入っていく。生け垣には、脚立がずらりと並び、カメラを抱えたクルーやマイクを握りしめたレポーターたちが家を取り囲んでいた。松永の家よりもずっと数が多かった。ノンキャリアの役人より、準ゼネコンの営業本部長の自宅の方が絵になるにちがいない。

しかし、あまりに、数が多すぎる。中ではまだ、家宅捜索が行われているのだ。五来は本条康子の顔を思い浮かべ、ひとり息子の圭太のことを思った。

ガサ入れに入った時間はまだふたりとも家にいる時間帯だ。おそらく、圭太は学校には行っていない。家の中で、捜査員たちに囲まれて、じっとしている。北青山にある峯岡建設本社ビルの映像が流れ、ようやくテレビ中継が終わった。

松永と本条を取り調べている青地と尾上から、供述内容が次々に上がってくる。立件は間違いない状況だった。十一カ所のガサ入れが済み、課員が引き上げてきたときは、午前零時を過ぎていた。

押収したブツの入っている段ボール箱が、続々と地下二階の証拠品保管室に運び込まれていく。

刷り上がったばかりの全国紙の一面は、でかでかと国運省摘発の文字が躍っていた。夕方のニュース番組では、依然として本条修一宅が煌々とライトを当てられ、その前でマイクを握りしめた記者ががなり声を上げている。

五来にのんびりとテレビを見ている余裕はなかった。明日の午後には、身柄を検察に送らなくてはならない。

ブツ読みの指揮を済ませて、五来はひとり、車で武蔵小金井にある本条宅へむかった。台風でもないのに本条家の窓はすべて雨戸が引かれて、一筋の明かりも洩れてこない。黒々とした家のはす向かいにテレビの報道車が一台停まり、いつでも中継できるようにスタンバっている。

五来は知り合いの記者に電話を入れ、「お宅の社だけだよ、残ってるのは」と取材を打ち切るように要請した。それを済ませて梨園をまわりこみ、本条家の裏手に出た。

勝手口にも明かりはついていなかった。そっとドアをノックすると、内側から戸が開いた。ほの暗い明かりに照らし出された人影が見えた。

五来が名乗ると、ぱっと蛍光灯の明かりが灯った。まぶしそうに目を細めて、本条康子がすぐ前に立っていた。一歩、中に入ろうとしたとき、康子の背後から、「あっ、あいつ」と子供の声がした。同時に明かりが消えた。

ふりむくと、黒っぽい影が生け垣の中に飛び込むように走り去っていった。マスコミ関係者だ。いまだに虎視眈々とスクープを狙っている。

五来はとっさにドアを閉めた。

ふたたび、蛍光灯が灯った。

化粧をしていないせいか、それとも心痛からなのか、間近で見る康子の顔は、職場で見たときとは別人に思えた。圭太の姿はなくなっていた。

康子はまるで自分の家のように、勝手に上がり込む五来をあっけにとられた様子で見ている。

五来が声をかけると、康子は我にかえったみたいに、冷ややかな口調で切り出した。

「さぞかし、楽しいことでしょうね」

五来は意味がつかめなかった。

「公権力とつるみあって、弱い者いじめすればいいんだわ」どこか、乾いた口調で康子は言う。

平山から聞かされた、左翼くずれの父親のことが五来の頭をよぎった。康子はその血統を受け継いでいるらしかった。

「マスコミにはもう来るな、と伝えてあります」

「ハイエナが簡単に餌をあきらめるものですか」

「いや、来ません。わたしが保証します」

「……主人、いつもどってくるんですか？」

「それは地検が決めることで、わたしにはわかりません」

康子は意気消沈し、椅子にすわりこんだ。厚手のウールセーターを着込み、その上に半纏を羽織っている。

暖房は切ってあるらしく、家の中は底冷えがした。テレビはついているが音は消している。

二階でがたんと物音がした。

「……兵糧攻めって効きますよ。少しずつですけど確実に」自嘲するように康子はつぶやいた。

夫が逮捕された日から、康子は外へ出歩けなくなってしまった。食べるものにも困るというのは本音だ。マスコミの一部はいまだに家を張り込んでいる。

父親が顔写真入りで実名報道され、新聞やテレビをにぎわせている。贈収賄事件には被害者はいないと言われるが、実際はそうではない。

家族が逮捕されたその瞬間から、マスコミが自宅のまわりにあふれ、残された家族は一歩も外に出られなくなる。

突っぱっている康子にしても、息子の圭太にしても、一片も罪はない。ホシの家族こそが、贈収賄事件の最たる被害者なのだ。その扱いに、いつも悩まされる。

「うちの主人、一体、何をやらかしたんでしょうね。わからない」

「これまで話したとおりです」

「どこにでもいるごく普通の会社人間ですよ、主人は。それを権力をかさにきて、身柄を拘束するなんて……汚い」

「奥さん、圭太君はどちらです？」

圭太の名前を出したとたん、康子の顔色が変わった。

五来は二階に上った。間取りは頭に入っている。和室が二間つづき、その突き当たりのドアの向こうが圭太の部屋だ。真っ暗な廊下を手探りで進み、その前に辿り着いた。弱々しいスタンドの薄明かりがひっそりと隙間から洩れている。

「圭太君、いるかな？」

軽くノックするが返事はなかった。しかし、中にいる気配は伝わってくる。

「下に降りてこられないかな。少し、お話をきいてもらえると助かるけど」

ごそっと何かの動く物音がして、スタンドの明かりが消えた。雨戸の閉め切られた廊下は、本物の闇に包まれた。

仕方なく、一階にもどる。階段の際(きわ)で上をのぞきこんでいた康子が、はばかるような声で、「今日はお引き取り下さい」とつぶやくと、背を見せて台所にもどっていった。

今日は引き上げるしかなさそうだった。狭い勝手口で靴をはきながら、「何か困ったことがあったら、いつでも呼んでください」と声をかける。

ドアに手をかけたとき、囁(ささや)きかけるような康子の声が五来の耳に届いた。「今日、あの子、学校に行かなかったんです」

家を出た。凍えるような寒さがまとわりついてきた。分室にもどると、証拠品保管室の明かりが煌々と灯っていた。山と積まれた押収品の段ボール箱の中から、瀬川がちょこんと首だけ出している。

「何時だと思ってるんだ？」

五来が声をかけても、瀬川はブツ読みをやめなかった。午前三時をまわっていた。

43

贈賄工作の原資になった不動産仲介手数料の資料は、本条修一の逮捕から一週間を過ぎても見つからなかった。

すでに峯岡建設社長、峯岡隆司も逮捕されていた。すべては社長の了解のもとに行われ、経理部長も犯行に関係したが、こちらは命令に逆らえない立場にあることで、逮捕はまぬがれた。

金曜日あたりから、五来を名指しして康子から電話が入ってくるようになっていた。

夜半過ぎ、五来はふたたび単独でアスリートに乗り、甲州街道を西にむかって走った。

重そうな雲が夜空を覆っていた。

康子の言葉の端々には、警察に対する批判が混じっていた。それは一朝一夕に身についたものではなく、長い間かけて親から子へ受け継がれたものに思えた。しかし、五来が圭太の名前を出すと、康子は決まって動揺した。

圭太は学校にいるとき、事件がらみで嫌がらせを受けているらしかった。

途中、瀬川からブツが見つかりました、と報告を受けた。いくらか、ほっとしたものの、気分は晴れなかった。

本条家は先週と同じように雨戸を閉じ、闇に溶けこむように佇んでいる。勝手口のドアをノックすると、内側から戸が開いた。五来はさっと中に入ってドアを閉める。

食卓に本条康子が立ち、その左に灰色のトレーナーを着た圭太がすわり、五来に険しい視線を送りつけてきた。髪が伸びて耳にかかり、どことなく大人っぽさが増している。

五来には圭太が憎しみの言葉を吐きたいがために自らすすんで下りてきたように見えた。流しの前に段ボール箱がずらりと並んでいた。大根の葉っぱや飲料水の二リットルボトルの先端がはみ出ている。親しい人間の差し入れだろうか。それとも、康子自身の買い出しか。

あらためて所属と名前を名乗る間、圭太はじっとテーブルをにらみつけ、固まったまま動かなかった。五来は康子にむかって、「地検から何か言ってきましたか?」ときいた。

「ありません」

「マスコミはどうですか?」

「昨日今日は見えません」少しばかり、口調が穏やかになっている。

「ご主人は、まだ、少しかかるかもしれないですね」

「少しって、どれくらいなんですか」一転して康子は棘のある口調で言った。

「ご主人は取り調べに素直に応じています」

「それはそうでしょ。子供じゃないですから。でも、理不尽じゃないですか。責任はすべて社長ひとりが負うべきです」

それから先の言葉をさえぎるように、五来は言う。「今日のところは、理解できるできないにかかわらず、まず、人の話を聞きなさい」

「そんなっ」

康子が色めき立ち、地団駄を踏むように五来に詰め寄った。

そのとき、それまでじっとテーブルの面に目を落としていた圭太がさっと立ち上がった。康子と身長は同じだった。そのまま、母親の肩を両手でつかみ、子供に言い聞かせるように、かあさん、かあさん、と何度もつぶやきながら康子を椅子にすわらせた。

どうにか、話の聞ける状態になると、圭太は五来の正面に腰を落ち着けた。そして、五来と顔を見合わせた。

五来は、古びた小箱を懐から取り出し、康子の前に滑らせた。それは康子の結婚指輪で、捜査員が誤って押収してきたものだった。

結婚指輪まで持っていくとは何事かと康子は何度か電話で訴えてきた。それを取りもどした康子は、ふたたび、苦情とも哀願ともつかない文句を放ちはじめる。

五来はそれを無視するように、「圭太くん」と呼びかけた。「お父さんは、越えてはならない一線を越えてしまった。それは理解してもらえると思う。お父さんの取り調べも、わたしが直接あたりました。お父さんは会社のために、役人に金品を贈って仕事を取ったことを自ら認めた」

圭太は尖った目で一瞥をくれると、すっと顔をそむけた。そして、はじめて口を開いた。

「親父って仕事しかないから。女の人の家にも泊まるし」

聞いている康子の顔が耳元まで赤く染め上がった。言葉を完全に失っていた。親子三人、ひとつ屋根の下でどう思って暮らしてきたのか、見えたような気がした。

母親側に立っている圭太の言葉はある意味、自然だった。しかし、それを肯定したところで、この家族に未来はない。

「お父さんはね、圭太君、社長の特命を受けてこの仕事を引き受けたんだ。特命という言葉、わかる？　本当に心底、社長から信頼されていた。社員全員からもね。だから、お父さんはやらざるを得なかった。本当はしたくなかった。でも、やらなきゃならなかった。大人の世界は本当に理不尽にできてるんだよ。わかってくれるよな、お父さんのこと」

圭太は不本意ながら、かすかにうなずいた。

「でもね、奥さんと圭太くんは何ら、罰を受けることはない。そのために、わたしがこうしてきました。わたしがいることで、いくらかでも気が休まるなら、毎日でもわたしはきて、ご相談に乗りたいと思っているんだ」

康子はじっとうなだれたまま、肩を小刻みに震わせて口を開いた。「……私はいいんです。でも、この子が、この子が学校に行けなくなってしまって……学校にも苦情を申し立てましたが、何も聞いてくれません……もう、どうしていいのかわからない」康子はさめざめと泣き出した。

それにつられるように、それまで気を張っていた圭太が大粒の涙を流しはじめた。しばらく、そのままにさせておいた。

康子は何かが切れてしまったみたいに、むせび泣いている。警察への怒りも影を潜め、ひとりの女に立ちもどっていた。

そんな母親をかばうように、圭太が泣くのをやめて五来と向きあった。

その顔を見ながら、五来は静かな口調で語りかけた。

「圭太くん、残念ながら、お父さんのしたことは今の法律で罰せられる仕組みになっている。でもな、ここだけは聞いてほしい。重ねて言うが、お父さんは、決して自分の私利私欲でそれをしたわけじゃないんだ。わかるね」五来はじっと圭太の目を見て言う。

「お父さんの会社は何年か前まで、つぶれてしまう寸前までいった。でもお父さんは会社のことを誰よりも愛していた。何とかして、会社を救おう、業績を上げようと人一倍、熱心に思っていた。その気持ちが先走ってしまって、残念ながらこんな結果になってしまった。

でもね、圭太君、お父さん、取り調べ中に圭太君はどうしてるって、とても心配していた。お母さんのこともね。自分のことより、ふたりのことが気になって仕方ないんだ」

圭太は顔をねじまげ、歯を食いしばるように聞いている。

「圭太君、君にも友達、大勢いるよね。友達のお父さん、たくさん、知ってるだろ？　そんなお父さん方と比べて、君のお父さんは劣(おと)っていると思うかな……わたしは決して劣ってなどいないと思うんだがどうだろう。むしろ、会社のみんなのためを思って自分が犠牲になり、人一倍働いているんじゃないかなと思うんだよ。そこのところ、よーく、考えてほしい」

圭太の頬に赤みが増し、ぐっとこらえるように口を尖らせた。五来はやさしい口調でつづける。「だから、お父さんが帰ってきても責めないでほしい。むしろ、誇りに思ってくれていいんじゃないかな。圭太くん」

それだけ言って五来が圭太の肩に手をやると、圭太の目にふたたび涙があふれ出し、堰を切ったように泣き出した。止まらなかった。肩を震わせて大声で泣きじゃくった。

五来はそのうしろにまわり、両手を圭太の肩にのせた。康子の手が伸び、圭太の指とからまりあう。康子はあやすように圭太を慰める。

少しずつ、ふたりは平静を取りもどしていた。泣きはらした目をふくと、圭太の顔に少年らしい輝きが宿っていた。

五来が本条家を出たのは、午前二時半を過ぎていた。道はひっそりとしている。少し風が出ていた。真っ黒な墨を落としたような夜空が広がっている。

たとえ法を犯しても、会社に忠誠を尽くす心情は理解できる。もし自分が本条の立場にあったなら、同じように贈賄工作に走っていたかもしれない。

しかし、その結末として逮捕という代償はあまりにも大きい。あの家族はこれから先、何を支えに生きていくというのか。見えない棘が喉元深く刺さったような、息苦しい、割り切れないものが湧いてくる。

松永を取り調べる前日、自宅に帰った夜のことがふと頭をよぎった。長女の尋がこちらを避けるように、すっと目の前から消えてなくなった。松永の取り調べを控えて、よほど恐ろしい顔つきでいたのだろうか。いや、そうでもないかもしれない。

ふだんから、娘たちは父親はいないと思いこんで暮らしている。澄子にしてもそうだ。これまで気にもとめてこなかった家庭というものが、不憫な存在に思えてならなかった。

ぱんぱんと乾いた音がして、五来は我に返った。ふりかえると、本条家の雨戸が勢いよく次々に開き、そこから洩れ出した明かりが夜道を照らしていた。

これまで暗く沈んでいた康子や圭太だけでなく、家全体が生気を取りもどしたように見えた。

気落ちしている自分を恥じた。止めていた息を吐いて車にもどる。ハンドルを握りしめ、車道に出る。ヘッドライトをつけると、広い道路が目の前に開けた。

よしっ。

ひとつ、大きく気合いを入れて五来はアクセルを強く踏み込んだ。

◎本作は二〇〇五年四月より「静岡新聞」「徳島新聞」「佐賀新聞」「北海民友新聞」「日本海新聞」「大阪日日新聞」「荘内日報」「北國新聞」各紙に連載された小説「突破屋」を加筆修正の上、再編集したものです。
◎本作はフィクションです。実在の人物、団体、企業、学校等とは一切関係ありません。

安東能明（あんどう・よしあき）

1956（昭和31）年静岡県生まれ。明治大学政経学部卒。94（平成６）年『死が舞い降りた』で日本推理サスペンス大賞優秀賞を受賞。2000年『鬼子母神』でホラーサスペンス大賞特別賞を受賞。2010年『撃てない警官』所収の「随監」で日本推理作家協会賞（短編部門）受賞。『夜の署長』『蚕の王』『聖域捜査』「生活安全特捜隊」シリーズなど、緻密な取材に裏付けられたサスペンス、警察小説で注目を集めている。

突破屋　警視庁捜査二課・五来太郎

潮文庫　あ－４

2023年　４月20日　初版発行
2023年　５月25日　２刷発行

著　　者　安東能明
発 行 者　南 晋三
発 行 所　株式会社潮出版社
〒102-8110
東京都千代田区一番町6　一番町SQUARE
電　　話　03-3230-0781（編集）
03-3230-0741（営業）
振替口座　00150-5-61090
印刷・製本　株式会社暁印刷
デザイン　多田和博

ISBN978-4-267-02388-0 C0193
